현대신서
213

동방 순례

바라나시에서 교토까지

올리비에 제르맹 토마

김웅권 옮김

東文選

동방 순례

Olivier Germain−Thomas

Le Bénarès−Kyôto

© Éditions du Rocher, 2007

한국 독자에게 보내는 저자 서문

나는 한국에 세 번 머문 적이 있습니다. 첫번째 때 나는 여러 시간에 걸쳐 방영할 한국 문화를 취재하기 위해 프랑스 라디오 문화방송 팀 및 여류시인 한경자(자한)와 함께 왔습니다. 프랑스에 중국과 일본에 대한 심취가 있는 데 비해, 한국은 북한의 존재와 관련된 지리적 문제를 빼면 잘 알려지지 않았었지요. 따라서 나는 우리 프랑스인들에게 한국의 역사 · 문학 · 회화 · 불교 · 유교 · 샤머니즘 등 문화의 독창성을 알리고 싶었습니다. 우리는 한국을 한 바퀴 돌아보고 한국의 역사가 남긴 풍요로움을 발견함과 동시에 주민들의 열렬한 환대와 강산의 아름다운 풍경을 감상했습니다. 두번째로 나는 작가들의 국제 학술대회 때 한국에 다시 온 바 있습니다. 그리고 마지막으로 나는 여러 대학에서 드골과 앙드레 말로에 대한 강연을 하러 온 적이 있습니다. 이러한 몇 번의 체류 동안 나는 송광사와 해인사에 잠시 머물렀고, 법정 스님의 암자에 찾아가 그 분의 말씀에 귀를 기울이기도 했으며, 남쪽 지방의 어촌 섬들에서 생활해 보기도 했습니다.

프랑스에서 나는 한경자와 20여 년 전부터 교류를 해오고 있는데, 이 분 말고도 화가 이응로를 만난 적이 있으며, 빛의 정신적 떨림을 화폭과 종이에 새기는 방혜자의 작품에 많은 관심을 갖고 있습니다. 한국은 나의 책 《붓다를 향한 길》(2001)에서 가장 많은 부분을 차지하고 있으며, 물론 크리스토프 부아비외의 《붓다의 빛》(2007)에 나오는 사진들을 참조해 접근되고 있습니다.

한국이 이 책에 빠져 있는 이유는 내가 중국의 남쪽에서 북쪽까지 편력했을 때 교토의 남쪽에 있는 산에서 의례적인 걷기행사를 위해 나를 기다리는 사람들이 있었기 때문입니다.

그러나 한국은 내가 보지 못한 봄을 발견하도록 다시 나를 부르고 있습니다. 여러 해 동안 가보지 못했지만 재회는 복잡할 것이고 내가 20년 전 처음 여행 때 발견한 한국에 집착하지 않도록 노력해야 하리라 짐작합니다. 그때 한국의 빛나는 겨울 하늘, 즐겁고 때로는 다정한 만남들, 언제나 풍요를 주는 발견들은 매혹적이었습니다. 우리들은 각자가 지닌 측면을 교환해 왔습니다. 중요한 것은 시와 진정한 철학의 기원에 자리한 새로움에 대한 놀라움에 개방적이어야 한다는 것입니다. 과거의 이미지가 새로운 일신을 막아서는 안 되는 것이죠.

재회가 이루어질 때까지 기다리면서, 나는 한국의 독자들이 인도에서 일본까지 펼쳐지는 나의 여행기를 읽을 수 있다는 게 행복합니다. 이것은 자신의 뿌리에 매우 애정을 느끼면서도 특히 아시아의 다른 문화적 뿌리들을 접촉함으로써 풍요로워진 한 프랑스 작가의 여행기입니다.

우리는 피할 수 없는 세계화에 직면하고 있습니다만 그 시작만을 느끼고 있습니다. 이런 상황에서 세 가지 태도가 가능합니다. 첫번째는 자기 정체성만을 고수하는 자폐적 태도인데, 여기에는 그것이 포함하는 게으르고, 두려우며 폭력적인 것이 수반됩니다. 이런 태도와는 반대되는 두번째 태도는 보편적이라고 자처하는 가치들을 향해 뛰어드는 것입니다. 그러나 이런 것들은 다만 지배적 문화의 가치들이며, 그 목적은 대상의 독재를 확실하게 하기 위하여 특이한 것들을 죽이는 것입니다. 세번째로 매우 까다로운 길이 남아 있습니다. 그것은 호기심과 관용을 가지고 다른 사람들의 문화에 관심을 기울이면서도 자신의 문화에 충실한 태도입니다. 그럴 경우 자신이 갈피를 못 잡을 위험이 있을까요? 우리가 길들을 열 때면 늘 위험이 따르기 마련이지만 그럴 만한 가치가 있습니다. 머나먼 고장의 한 인간이 어떻게 아시아, 곧 아시아의 주민들·정신생활·풍경·침묵 등을 받아들일 수 있었는지 판단하는 것은 이제 당신들의 몫입니다.

올리비에 제르맹 토마

독자는 이번 작업이 잘 시작되었다고 생각하지 않을 것이다. 무언가 비어 있음, 어떤 소란스러움, 열정적인 무엇, 몇몇 가정(假定)들에서 출발하는 것이다. 그러면 어떤 씨앗 같은 게 도착한다. 그런데 이제 이 씨앗은 아무도 그 정체를 알지 못하는 어떤 주체라고 스스로를 간주한다. 이 주체는 턱을 쳐들고, 영혼은 예속된 채, 자신이 진정 하늘의 변덕이라는 것을 모르고 있다.

사실, 우리에게 어떤 마음, 이런저런 기분 그리고 밤에 대한 두려움을 주었던 이번 모험은 기나긴 여행이었다 할 것이다. 나의 삶은 나에게 알맞은 미세한 그런 운동을 따라가도록 도움을 주고 있다. 나는 들어가는 문은 무겁고 나오는 출구는 가물거리는 그런 고장들을 향해서 조금씩 여행해 왔다. 이제 나는 서두른다. 나는 시간이 얼마나 지나갔는지 알고 있다. 물론 그것은 나의 시간이다. 그러나 특히 이 지상이 고대의 점토로 빚은 얼굴들을 여전히 제시하게 될 그 지속적 시간을 알고 있다. 점토를 빚었던 반죽하는 인간 기계를 그 어떤 것도 멈출 수 없을 것 같다. 아프리카의 야생동물들을 뚫고서 저 최후의 부족, 마지막 애꾸눈 신(神), 비(雨)의 마지막 노래로 향하는 여행은 언제가 될까?

서두르자! 배낭을 지고, 신발을 신고 우둘투둘한 고장들에 대한 취향을 간직한 채 떠나니 어느새 나는 태양이 떠오르는 시간에 인도의 어떤 강 앞에 와 있다. 한 가족이 강물 속에 잠기면서 부푼 옷으로 강물을 채색하고 있다. 거리에서는 어떤 노래가 기원의 불을 통한 탈출이라는 우리의 인간 조건을 상기시키고 있다.

바라타[1]

가장 잘 닦여진 길은 또한 가장 많이 속이는 길이다.
세네카

나는 강물 앞에 앉아 지극히 단순한 경이로운 광경에 매료되어 있다. 태양이 떠오르는 가운데 한 가족(아빠와 엄마, 두 딸과 두 아들)이 물속에 잠기고 있는 것이다. 물 위에 동심원들이 그려지고 있다. 야무나 강[2]으로 내려가는 계단들 위쪽의 거리에서는 사람들이 노랫소리를 듣고 있다. 몇몇 남자들이 군중을 헤치고 달려가고 있다. 그들은 한 늙은 여인을 들것에 눕혀 싣고 가고 있다. 화장(火葬)터에서 타오르면서 그녀를 기다리고 있는 불꽃의 색깔로 그녀의 얼굴은 시뻘겋게 칠해져 있다. 군중은 자연스럽게 비켜섰다가 무심하게 제자리로 돌아간다. 어린 소녀 하나가 과자를 사고 있다. 원색으로 수놓은 전통의상

---

1) 바라타(Bhârata)는 인도인들이 자기 나라를 부르는 명칭이다. 이 명칭에는 리그베다 시대의 전설적인 왕국 바라타족의 후손이라는 의미가 담겨 있다. 바라트 혹은 바라타바르샤(바라타의 영토라는 의미)라고도 한다. 〔역주〕

2) 인도 북부에 있는 강으로 히말라야 북쪽 산맥에서 발원해 갠지스 강의 최대 지류를 이룬다. 델리·마투라·아그라 등의 도시가 강가를 따라 세워져 있다. 〔역주〕

사리를 입은 여인들이 가볍게 미끄러지는 듯한 발걸음으로 다시 길을 가고 있다. 이 모습이 인도의 표징이다. 물속에 잠긴 가족은 물에서 나오자 태양을 향해 감사의 기도를 올린다. 나도 그 가족을 따라서 그렇게 해본다. 비록 잡동사니 이론들로 인해 순진무구함이 퇴색된 이래 나의 찬송이 시원찮게 되었지만 말이다.

의심들로 가득한 우리의 배낭은 무겁도다! 이곳 인도의 땅에서는 태양, 물, 여인들의 옷, 밤이나 노래, 이 모든 것이 어떤 유연한 흐름을 이루고 있으며, 우리는 이 흐름을 진열창의 장난감들 앞에서 경탄하는 가난한 어린아이의 눈으로 바라본다. 어린아이는 진열창에 머리를 부딪친다. 우리, 우리한테는 일어나는… 일이란? 나는 이런 칸막이벽들을 부숴 버리기 위해 비행기를 타고 떠나왔던 것이다. 피어린 시련이 있다 해도 말이다.

몇 시간이 지난 후, 크리슈나[3]가 태어난 브린다반에서 나는 다시 야무나 강 앞에 앉아 있다. 예전에 나는 이 신이 목녀(牧女; 소 치는 처녀)들과 춤을 추었고 그 가운데 라다라는 처녀와 함께 이상한 음악을 연주했다는 것을 증언하는 성스러운 숲에 와 본 적이 있었다. 이 증언은 에로스와 성스러운 것의 만남을 말하며, 외설적인 편견이나 미소를 짓지 않고 열어 보아야 할

---

3) 리그베다에 최초로 등장하는 크리슈나는 인도에서 가장 경배되는 중요한 신으로 간주되며 비슈누 신의 여덟번째 화신이다. 다른 모든 신들의 기원에 자리 잡고 있으며 최고의 보편적 스승이다. 인도에서 브라흐만(창조의 신), 비슈누(유지의 신) 그리고 시바(파괴의 신)는 우주현상을 설명하는 최고의 세 신이지만 삼위일체를 이룬다. 〔역주〕

선물과 같은 것이다.

하지만 내가 이제 만난 것이라곤 말라빠진 나무들, 녹이 슨 전선들, 폐물들뿐이었다. 참으로 악당 같은 현실이라니! 나는 물 위에서 노니는 새들을 바라보면서 나의 실망을 달랜다. 걸어오는 동안 나는 이마에 비슈누파를 나타내는 표징을 지닌 현자 한 사람을 지나친 바 있다. 그의 즐거운 눈빛은 그가 아무것도 우리처럼 바라보고 있지 않다는 것을 증거하고 있었다. 마치 우리 사이에는 아직도 살아 있는 반짝이는 신화가 있는 것처럼, 우리는 서로에게 공감의 신호를 보냈다. 그가 다가와 내 곁에 앉는다. 그는 말이 없다. 이런 경우는 사람들이 끝없이 말을 지껄이는 이 나라에서 너무도 생소하다. 그래서 내가 기본 영어로 질문을 하자, 그는 그의 옷차림이나 꾀죄죄한 모습으로는 전혀 예측되지 않았던 완벽한 영어로 대답한다. 그는 중부의 마디아프라데시 주(州) 출신이며 걸어서 갠지스 강의 발원지로 가고 있는 중이라는 것이다(어림잡아서 1천 킬로미터는 되는 거리이다). 그는 말하고 있는 동안 장딴지에 진물이 배어 나오는 상처를 어루만진다. 나는 그에게 소독약을 제안해 본다. 그는 혐오스럽다는 듯이 거절하고 입을 다문다. 그는 머리를 끄덕이면서 "그럼 당신은?" 하고 묻는다. 나는 내가 가야 할 길을 대략적으로 알려 준다. 마투라와 아그라를 본 다음 바라나시로 갔다가, 강가-카베리 급행열차를 타고 인도의 몸통을 거쳐 남동부에 있는 타밀나두 주(州)의 첸나이(마드라스)까지 내려가며, 그 다음에 태국·라오스·베트남, 중…국으로 넘어간다고. 그는 단호하게 잘라 말한다. "바라나시에는 가지 말아요! 당신한테는 매우 위험해요." 나는 짜증이 나자 우리 프랑스인들이 잘 쓰는 그 빈정대는 쌀쌀맞은 어투로 말한다.

"당연히 비슈누파는 시바 신에게 바쳐진 도시를 좋아하지 않을 수 있죠."

"터무니없는 소리 말아요! 비슈누 신은 어디에나 있듯이, 바라나시에도 있어요. 내가 당신한테 조심하라고 하는 것은 내가 당신에게서 보는 게 있어서 그래요."

"제발 그 더러운 손으로 당신의 상처를 만지지 좀 말아요. '투시력이 있는 자' 같으면 세균을 틀림없이 알아볼 수 있을 텐데!"

그는 물속에 조약돌을 던지면서 몸을 긁어댄다.

"당신은 뭘 피하는 거요?"

"나의 배짱을 말하는 거군요! 아무것도 피하지 않아요. 나는 내 아들, 큰딸 그리고 조카와 인도를 여행하는 중입니다. 그 다음에 나 홀로 일본까지 아시아의 나머지를 돌아다닐 생각입니다. 나는 이 아이들에게 바라나시에서 보여줄 게 있어요. 화형용 장작더미, 삼사라(윤회)에 대해 영향을 미치는 갠지스 강의 물, 둥그런 불 속에 있는 시바 신, 시바 신의 상징인 남근상 링감(lingam), 시바 신과 하나 되는 영원한 우주적 에너지 샤크티의 상징인 여음상(女陰像) 요니(yoni), 태양신 수리아가 강 건너편에서 마차를 타고 떠오를 때의 저 영광스러운 아침 같은 것 말입니다. 얼마나 풍요롭습니까! 나는 바라나시와 빛나는 모습으로 마주할 것이고… 발견할 게 있을 거예요."

"그게 무엇이죠?" 그는 조용히 말한다.

그는 야무나 강의 회색빛 물속에 돌 하나를 던진다. 우리들 위로는 새들이 위풍당당하게 다시 날아가고 있다. 그 남자는 말한다.

"당신의 아이들은 아무것도 두려워하지 않지요. 그 애들은 보호를 받고 있습니다. 하지만 당신은 아니에요."

"왜 그렇죠?"

"당신 자신이 가벼워져야 합니다. 당신은… 벗어던져야 합니다."

"그만 하세요! 당신이 나에게 접근한다는 것을 압니다. 나는 당신네 기차 시간표나 라다의 신음소리만큼이나 당신의 절도 행각을 알고 있습니다. 나는…"

"무거운 짐, 당신 마음에 지니고 있는 무거운 짐을 말하고자 하는 겁니다."

"마음의 짐이 없는 사람이 어디 있습니까? 난 발목이 튼튼합니다."

"앞으로 전진하기 위해선 끈을 끊어 버리세요."

"끈이라고요…? 물론 나는 인연을 간직하고 있지요. 나는 나의 아내, 아직 어린아이인 또 다른 두 딸, 나의 가족, 나의 친구들에 여전히 집착하고 있습니다. 사랑은 끈이 아닙니다."

"그 문제가 아닙니다."

"그럼 무엇이 문제인가요?"

"일어나 봐요…! 당신 발밑에 절벽을 바라봐요!"

"난…"

"상상하지 말아요." 그는 조용한 목소리로 말한다. "있는 그대로 봐요. 깊숙한 곳에서 잉걸불이 당신을 기다리고 있는 광대한 구멍을 말입니다. 자, 건너뛰어요. 건너뛰라고…! 바라나시는 건너뛸 수 없는 사람한테는 불길합니다."

나는 일어섰다. 그는 미소를 짓는다.

"자!"

나는 내 주위에서 미로를 보았다. 나는 그 미로가 좁혀지고 나를 으깨어 가루로 만들 것 같은 느낌이 들었다. 나는 물러섰다. 나는 미끄러졌다. 나는 땅바닥에 있었다. 그는 떠나 버렸다. 나는 버림받은 내 자신을 다시 발견한다. 물과 몹시 뜨거워지는 태양밖에 없다. 나는 충격에 휩싸이지만 바라나시를 방문하겠다고 결심한다. 나는 인도에서 어떤 존재들은 '초자연력'을 획득했고 우리의 심적 현상 속에 침투하여 허깨비들을 강제할 줄 안다는 사실을 알 정도로 험한 여러 지역을 행군한 바 있다. 그렇다면…? 나의 회의적인 영혼을 흔들려면 그런 힘보다 더 많은 게 필요하다. 게다가 진정한 현자들은 그런 힘을 사용하지 않는다. 나는 운명은 내적인 문제라는 것을 알고 있다. 그럼 악마들은? 우리는 그들의 유일한 온상이다. 그들이 우리를 벗어나 투명하게 맑은 창공에서 어떻게 살 수 있겠는가?

돌아오는 길에 버스 속에서 나는 흔들려 요동쳤기 때문에 가로 막대 하나에 매달려 있다. 꼭두각시의 끈을 조종하는 자는 누구인가?

그 꾀죄죄한 행색의 도보자는 나의 발에다 족쇄를 채웠다. 어디서 마귀를 쫓아낼 것인가? 버스는 해질녘의 푸르스름한 그림자가 드리워지고 있는 마투라의 높은 지대에서 갑자기 멈춘다. 그 충격으로 나의 바지가 찢어진다.

저녁에 나는 어제 우리가 델리로부터 도착하면서 내려갔던 야무나 강의 계단들 앞에 위치한 호텔에서 나의 세 아이들을 다시 만난다. 각자가 하루 동안 있었던 일을 이야기한다. 그들은 마투라의 좁은 길거리를 떠나지 않았던 것이다. 그들은 거리의 악사들과 어울렸고, 철·동·나무·천을 가지고 작업하는 장인들에 경탄했다 한다. 그들의 시선은 매혹되어 있다. 아무런 동요도 없다. 과거의 무게는 아직도 가볍다. 나는 그들에게 크리슈나의 사랑, 사라진 숲, 브린다반의 새들에 대해 이야기해 준다.

보잘것없는 호텔의 창문 없는 방에서 나는 베네치아의 이미지를 떠올리면서 잠든다.

아주 오래 전부터 인도에서는 칼리(시간)가 관리하는 역사의 장들은 진절머리 날 정도로 어리석은 것으로 간주되고 있다. 지금 우리는 난장판 한가운데 있는 것이다.

다음 날 나의 어린 3인조는 유령 도시 파테푸르시크리[4]를 방문하기 위해 떠나고(나는 그곳에 다시 가보고 싶은 마음이 전혀 없다) 나는 곧바로 버스를 타고 아그라로 간다. 내가 방을 예약할 때 호텔주인은 갑자기 웃음을 터뜨린다. "당신들 프랑스인들은 파피용(나비)을 말할 때 참 우스꽝스러워요. 파피용을 말해 보세요." 나는 그 낱말을 발음해 보고 그가 점잔빼며 모방하도록 내버려둔 뒤, 찢어진 바지를 수선하기 위해 재봉사를 찾아간다. 나는 삐거덕거리며 흔들리는 낡은 목마 위에서 천사들(어린아이들)이 노는 것을 바라본 후, 나무로 지은 오두막집

---

4) 무굴 제국의 악바르 대제(1542-1605)는 이슬람교 성인 치슈티가 대를 이을 아들을 낳게 해주자, 이 도시를 지어 아그라로부터 잠시 10년 동안 수도를 옮겼다 한다. 아그라에서 40킬로미터 떨어져 있으며 시크라 궁이 유명하다. 〔역주〕

에 자리 잡은 '미용실'에 들어간다. 깨어진 거울 하나와 빅토리아 시대의 세면대가 갖추어져 있다. 미용사는 이런 질문을 한다. "당신네 서양 나라에선 왜 언제나 그렇게 바쁩니까? 나는 타지마할을 방문하는 단체 관광객들이 지나가는 모습을 보곤 합니다. 마치 사냥꾼에 쫓기는 사슴들 같아요. 대체 누가 사냥꾼이죠?" 내가 그에게 팁을 두툼하게 주자 그는 감사하다는 말도 없이 주머니에 집어넣는다.

나는 대사원(자미마스지드 이슬람사원) 옆에 있는 시장으로 가 어슬렁거린다. 장식이 된 구리제품, 금색 실이 달린 천, 당근·오이·반팔 셔츠·팔찌·신발·양가죽, 가죽이 벗겨져 수난의 붉은 피가 새어나오는 황소, 강황(薑黃)·생강·고추, 녹색 레이스 모양의 미나리과 고수, 지붕이 없는 공동변소 등이 눈에 들어온다. 나는 야무나 강의 둑을 따라 걷는다. 성벽·성채가 보이고, 그리고 등 뒤쪽에서 낮게 비추는 태양과 함께 타지마할의 일부가 나타난다. 그것은 붉은 화강암으로 된 높은 벽 뒤로 강물을 굽어보고 있다. 소리 하나 들리지 않는다. 강물 위에서 이는 잔물결의 움직임 이외는 미동도 없는 가운데 이 영묘는 사랑이 끝난 후 엄숙한 잠 속에서 붉은 모습을 띠어 가고 있다.

약속한 시간이 두 시간도 넘었는데 3인조는 아직 나타나지 않는다.

"걱정 마십시오." 호텔주인은 나에게 말한다. "당신의 아이들은 곧 도착할 겁니다. 그들은 파테푸르시크리에서 길을 잃었을 것입니다. 유령 도시이니까요."

"무슨 위험이 있나요?"

"파퓌욘, 욘욘들한테는 아무런 위험이 없지요. 저녁식사를 따뜻하게 해드리겠습니다."

저녁식사는 그의 전문이다. 여섯 가지 라자(맛)를 넣어 만든 채식의 식사이다.

밤이 왔다. 초가지붕 아래서 나는 정원의 석유램프의 불빛에 몽테뉴의 《수상록》을 펼친다. "지혜의 가장 확실한 표시는 한결같은 즐거움이다"(I, 26).

*

우리가 파리의 샤를 드골 공항을 떠나 델리의 공항에 도착한 지 이제 3일이 되었다. 전에는 여행에서 가장 중요한 일이 배낭을 잘 꾸리는 일이었다. 몽테뉴는 상비약을 알맞게 챙겼는 데 비해 중국의 도인들은 날으는 양탄자에 앉아 있었다. 신발은 잘 선택하는 게 절대적으로 필요하다. 이 기나긴 여행 동안 발이 나의 주인이 될 것이기 때문이다. 발은 그 나름의 방식으로 나를 멈추게 할 수도 있거니와, 신들을 가깝게 만든다고 전해지는 산들을 올라가게 해줄 수도 있을 것이다. 두고 볼 일이다.

공항에서 나의 아내 클레르 옵스퀴르, 그리고 (네 살과 일곱 살 먹은) 두 딸을 앞에 두고, 나는 한 유모(乳母)가 울면서 읽어 준 다음과 같은 하나의 전설을 생각했다. 한 남자가 사랑하는 연인을 떠나지 않으면 안 되었다. 그녀는 그의 손을 너무도 강하게 붙들고 있었기 때문에 그는 단칼에 그 손을 잘라 버렸다. 그의 손과 그녀의 손은 강가에 버려졌던가? 나는 그 대목을 잊어버렸다.

　샤를 드골 공항에 가기 위해서 지하철을 타야 할 곳은 '피라미드' 역이다. **저세상**에서 필요한 물건들에 둘러싸인 채, 영원이라 명명된 어둠 속에, 흔적조차 상실된 지속 속에 수천 년 동안 남아 있던 그 미라들에 대해서 생각해서는 안 되겠지.

　나는 나와 첫 2주 동안 함께 여행할 세 명의 동반자를 공항에서 다시 만났다. 나의 아들 샤를 마리는 기타를 짊어지고 왔다. 나의 딸 잔은 늘 활기차고, 나의 조카 오렐리앵은 곧바로 다른 승객들과 어울렸다. 우리는 이미 함께 일본과 인도를 여행한 바 있다. 그들은 청춘의 정열과 위험에 대한 취향을 가지고 오고, 나는 노련한 고참의 지식을 갖고 오는 것이다. 우리는 서로에게 빚진 게 없다. 나는 그들을 인도의 남부에 남겨둔 채, 육로와 해로를 통해 인도에서 일본까지 가는 구체적인 계획을 홀로 수행할 것이다. 나는 서른다섯 살 때 철로와 도로를 따라 파리에서 인도까지 간 적이 있었다. 이탈리아 → 유고슬라비아 → 그리스 → 터키 → 이란(통치자 샤의 추락이 있었다) → 아프가니스탄(소련) → 카이바르고개 → 파키스탄 → 펀자브를 거쳐 타밀 지방까지 내려갔었다. 아슈람에 머물기도 하고, 다소간의 에로스를 맛보았으며, 명상과 하루 동안의 우정을 나누기도 했으며, 약간의 위험이나 변함없는 놀라움과 분노도 겪었고, 아파서 쉬기도 했으며, 의미는 길의 끝에 있다는 집요한 환상에 사로잡히기도 했다. 그러나 길은 길이었다. 그것은 누구나 다 아는 것이다.[5]

---

5) 《인도의 유혹》, 플롱, 1981. 알뱅 미셸에서 문고판으로 재판, 1993.

무엇보다 내가 배운 것은 인내의 미덕이고 순진무구함의 신성함이었으며, 항상 동일한 빛이 동일한 사물들을 비추지는 않는다는 것이었고, 가장 그럴듯한 신들이 가장 어두운 신들이라는 점이었다.

당시에 유럽은 무기력에 사로잡혀 있지 않았다. '공산주의'는 단순한 사람들과 냉소적인 사람들을 꿈꾸게 하고 있었고, 인도는 이해할 수 없는 습관을 지닌 외딴 섬같이 보였으며, 중국은 폐쇄되어 있었고, 이슬람 세계의 요동은 기진맥진한 시대착오로 간주되었으며, 돈의 횡포는 다시 확실해지는 국경이라는 현실을 통해 여전히 일정한 방향을 잡고 있었다.

세월이 흘러가고 내가 환상을 상실하면서 통찰력이 좋아짐에 따라 나는 아시아의 길들에서 미완으로 남아 있던 그림의 윤곽을 계속 그려 나가겠다는 마음을 먹었다. 그렇게 하여 우리는 이곳에 온 것이다. 우선 중요한 것은 과거에 와본 곳을 답습하지 않는 것이고 아무런 예견된 설계도도 자신 앞에 갖지 않는 것이다. 다만 드넓게 펼쳐진 처녀지 같은 모래사막만을 예상하는 것이다. 백색은 미래의 유머이다.

구(舊)도시인 올드델리로부터 마투라까지 꼬불꼬불한 철로를 따라가는 지방열차 안에서 농부들의 얼굴이 지닌 고귀함과 어린아이들의 전염적인 즐거움은 배불리 먹는 부자들의 왕국에는 무언가 썩어빠진 것이 있다는 것을 확인해 준다. 마투라 역에서 나오니 밤은 매우 어둡다. 농촌에서 소똥을 밟아 미끄러진다면 그것도 전원 풍경을 이루련만, 우리는 이런 풍경과는 전혀 거리가 멀게 소똥을 밟아 미끄러질 위험이 있는 좁은 길거리들을 지나 강으로 통하는 계단들을 더듬으면서 내려갔다. 빛의 유일한 진리를 따르는 겸손한 손이 그려낸 장면들의 영상이, 아주 약하게 조명된 방들의 창문을 통해 눈에 들어왔다. 우리는 헤매다가 향기가 나는 막다른 길에 이르러 수척한 암소들에 의해 떼밀렸다. 우리는 경탄에 사로잡혔고 전설적인 이야기 속에 들어가고 있었다. 마침내 우리는 방과 깨끗한 시트가 우리를 기다리는(우리는 그렇게 믿는다) 야무나 강의 연안에 도착했다.

　마투라에 아침이 찾아왔다. 나는 3인조를 남겨두고 나왔다. 작은 길들이 거미줄처럼 얽혀 있었다. 암소들·자전거들·어린아이들, 누르스름한 먼지, 번석류 열매와 렌즈콩, 캐묻기 좋아하는 사내아이들, 흥분된 순진무구함을 지닌 처녀들, 딸그락거리는 소리를 내는 양철제품 판매자들 등이 눈에 들어왔다. 나는 야무나 강을 따라 북쪽 한복판을 걸었다. 마투라와 마찬가지로 브린다반 역시 비슈누 신의 화신들 가운데 가장 유명하고 여인들의 관능을 가장 자극하는 화신인 크리슈나 신과 결합되어 있다. 나는 전설과 〈기타 고빈다〉[6]에 따르면 크리슈나가 매혹적인 목녀들(고피들(gopîs); 소 치는 처녀들)과 즐겼다는 숲을 몰래 지켜보았지만 헛된 일이었다. 우리의 취향에 따라 말하면 이 작품은 짐짓 태를 부려 우아함을 드러낸 시원스런 텍

---

6) 〈기타 고빈다 Gîta Govinda〉('소 치는 청년 크리슈나의 찬양')는 크리슈나와 소 치는 처녀들, 특히 라다가 야무나 강과 갠지스 강이 만나는 지점의 전원에서 펼치는 에로틱한 사랑을 묘사하고 있다. 산스크리트어로 씌어진 문학에서 가장 유명한 서정적인 시 가운데 하나이다. [역주]

스트이다. 인도인의 취향에 따라 말하면 그것은 찬란한 아름다움이 있다. 그것은 자야데바가 12세기에 쓴 시이다. 그것은 라다와 크리슈나의 사랑을 노래하고 있다. 라다는 소 치는 처녀(vachère)이지만, 이 낱말이 소똥 냄새를 풍기므로 고피(gopî)는 양 치는 처녀(bergère)로 번역되었다. 우리의 경우, 양 치는 처녀는 화가들과 변변치 않은 시인들, 그리고 자연을 쾌적한 살롱으로 간주한(간주하는?) 사람들의 마음에 들도록 리본을 단 모습이었다. 라다와 크리슈나가 숲 속에 단 둘이 있을 때, 이 젊은 처녀에게 세상사는 즐겁게 흘러간다. 우리는 다음의 시구에서 보듯이 그녀의 관점을 알고 있다.

나는 꽃 침대에 쓰러졌고
그분은 나의 가슴에 쓰러졌네,
영원히 머물려는 듯.
나는 그분을 포옹했네, 연인이 되어!
나는 그분과 키스했네. 그리고 그분은
내 입술의 넥타르를 마셨네.
(…)
우수에 젖은 내 두 눈은 감겼고
나는 느꼈네,
그분의 몸이
나의 애무 아래 전율하는 것을.
나의 온몸은
욕망의 땀으로 축축이 젖었네,
사랑에 도취되어 떨면서!

(…)

그분이 내 몸 안에서

은밀한 신비를 찬양하는 동안

나는 뻐꾸기처럼 노래했네.

〈기타 고빈다〉(VI, 3-5)

우리는 (예를 들면) 윌리엄 셰익스피어 · 마리보[7] · 자허마조
흐[8] · 페이도[9] 혹은 지그문트 프로이트가 다양한 방식으로 상
기시킨 이 **은밀한 신비**에 대한 경험이 있거나, 아니면 경험이
있다고 생각한다. 사람들은 이 신비에서 모든 게 조명의 문제
라고 이해한다. 그러나 브린다반에서 펼쳐진 사랑의 놀이는 인
도가 지닌 독특함, 그러니까 성스러움을 에로스에 자연스럽게
결합시켰다는 그 독특함을 예시하는 하나의 사례에 불과하다.
관능적 결합의 환희는 신학 서적들보다 훨씬 더 유쾌한 방식으
로 우리의 눈높이에 맞추어, 우리로 하여금 신적인 것과의 만
남의 축복을 어렴풋하게나마 느끼도록 하기 위한 방편인 것이
다. 육체적 황홀경으로부터 또 다른 신적 황홀경으로 가기 위
한 방편 말이다. 그 어떤 다른 곳에서보다 인도는 이와 같은
문법을 발전시켰다. 인도에서 사람들은 이 문법을 적용함으로

---

7) Pierre Carlet de Chamblain de Marivaux(1688-1763): 프랑스의 소설
가 · 극작가로 《사랑과 우연의 장난》과 같은 작품을 남겼다. [역주]

8) Leopold von Sacher-Masoch(1836-1895): 오스트리아의 소설가로
'마조히즘'이라는 용어를 낳게 한 작가이며, 《콜로메아의 돈 후안》 등의
작품을 남겼다. [역주]

9) Georges Feydeau(1862-1921): 프랑스의 극작가로 중요 작품으로 《아
메리카를 부탁하네》가 있다. [역주]

써 다시 태어난다. 경우에 따라 그들은 그 속에서 자신을 불태운다. 우리의 경우, 사랑이 체조가 되지 않게 한다면 커다란 혜택을 입을 텐데 말이다. 크리슈나와 라다의 사랑 이야기에 담긴 목적에는 성스러움과 죽음, 증여와 텅 빔이 있다. 누가 이것을 다음의 시구보다 더 잘 말할 수 있겠는가?

　오, 라다의 풍만한 젖가슴을
　그토록 무구하게 애무했던
　그분 크리슈나의 손이
　우리에게 은총의 비를 내리게 해주소서,
　갠지스 강과 야무나 강의 합류점에서
　그렇게 해주시듯이.

<기타 고빈다>(XII)

*

　내가 졸고 있자 아그라의 익살스러운 호텔주인은 나를 흔든다. "내가 당신에게 말했다시피, 당신의 **파-피-용**들이 저기 옵니다. 이제 당신들은 진정한 걸작(*master piece*)인 나의 저녁 음식을 맛보게 될 겁니다. 프랑스어로 걸작을 뭐라 합니까…? 오, 정말 재미있군요." 그는 비비 꼬아서 말한다. "쉐두브르 (*Chaidouvre*),[10] 매우 멋있어요!" 내가 땅바닥에 살짝 내려놓은 몽테뉴의 책을 믿는다면, 이 남자는 현자이다. 우리 네 사람

---

10) 프랑스어로 걸작은 쉐되브르(chef-d'oeuvre)이다. 〔역주〕

모두는 광천수를 마신 것 같은 청량한 즐거움을 느끼면서 그를 따라서 모방해 발음해 본다.

"그래, 왜 이리 늦었지?"

"너무 아름다웠어요…."

타지마할의 경내에 우리들만 있기 위해선 입장 시간 전에 도착해 관리인에게 지폐 한 장을 슬그머니 준 뒤 신속하게 아침 햇살을 받으며 걸어가야 한다. 여기서는 아침 햇살도 신성의 현현이다. 수로(水路)를 비추는 첫 빛줄기들은 꽃잎 때문에 노란색에서 장미색으로 바뀐다. 이 영묘는 얼린 각설탕으로 만들어진 것 같다. 사람들은 전체적인 분할의 조화에 깊은 인상을 받는다. 그리고 정문 위의 창문들과 둥근 천장들이 벌집 같은 모습으로 전체 건축물에 힘을 실어 주고 있다는 사실에 말이다. 빛을 받아 조금씩 드러나는 이 **비어 있는** 공간들이 없다면 이 사랑과 죽음의 기념물은 그것에 생명을 부여하는 호흡을 하지 못할 것이다. 그것의 윤곽을 만들어 내는 벽들, 첨탑들, 둥근 천장들은 다른 곳에서도 볼 수 있는 것이지만, 이런 식의 비어 있는 홈들은 없다. 이것들은 우리로 하여금 파고 또 파서 이 무덤을 기도로 변모시키는 작업을 계속하라고 권유한다. 사랑에 빠진 황제의 구상은 무덤을 자신의 죽은 부인을 위한 '하늘의 정원'으로 만드는 것이었다.

타지마할은 그것이 존재하는 이유로 인해 더욱 아름답다. 무굴 제국의 황제 샤 자한(Shâh Jahân)은 쾌락밖에 주지 못했던 수많은 향긋한 육체들을 품어본 후, 마침내 자신의 부인 뭄타즈 마할과 형언할 수 없는 사랑을 경험했던 것이다. 그녀는 1631

년에 열네번째 아이를 낳다가 숨졌다. 다음 해, 비탄에 잠긴 황제는 (내가 상상하건대) 아름다움이 자신의 고통에 대한 위로가 되리라는 열광적인 희망을 품고 그녀를 위해 찬란한 순백의 영묘를 짓도록 했다. 그는 그녀를 위해 자신의 왕궁(Tâj)을 빼닮은 검은색 대리석 기념물을 강 건너편에 건축하는 계획을 구상했다. 그러나 이 기념물은 결코 세워지지 못하게 된다. 세워졌을 경우, 이 왕궁이 밤에 달빛을 받아 강물 위에 흰 영묘 쪽으로 기울어져 하나가 되는 모습이 상상된다.

권력은 감정과 그다지 잘 결합하지 못한다. 샤 자한은 그의 아들, 곧 사원들을 불태운 잔인한 아우랑제브에 의해 권좌에서 쫓겨났다. 샤 자한은 시인이자 사상가인 큰 아들 다라 시코를 계승자로 정했는데, 이 아들의 목표는 수피파의 신비주의자들과 힌두교도들 사이에 공통의 길을 찾아내는 것이었다. 그의 머리는 1659년에 동생들과의 왕위 쟁탈전에서 잘린다. 한편 샤 자한은 아우랑제브에 의해 감금되어 감옥 창문을 통해 타지마할의 둥근 흰 지붕들을 바라보면서 감탄하고 죽은 왕비의 육체에 대해 몽상할 수 있었지만, 곰팡이가 자라고 있는 것은 모르고 있었다. 그는 8년 동안 이런 관조를 하다가 죽었다.

신성한 타지마할 내부는 인도 예술의 만족할 줄 모르는, 물결모양 장식에 익숙한 눈을 놀라게 하는 절제를 드러낸다. 그러나 이슬람은 페르시아에서도 그랬듯이, 몇몇 이미지들을 모방할 수 있었는데, 흰 대리석 속에 원색의 돌로 꽃들을 새긴 모습은 천국이 정원이 되리라는 것을 즐겁게 상기시켜 준다.

말이란 모두가 헛된 것일지도 모른다. 이 성전에서 들리는 것이라곤 신발을 벗은 우리의 여덟 개 발이 미끄러지는 소리뿐이다. 우리는 하나로 결합된 듯이 두 번, 세 번 맴돌지만, 각자가 간직하는 것은——알고 있을지 모르지만——서로 다르다. 그것은 사랑이나 신이 새겨진 모습일 수 있고, 아니면 이 비어 있는 공간 속에 함께 초대된 모기들한테 물린 자국일 수 있다. 내세는 당연하다는 확신을 길가에 남겨두고 온 우리는 신심 깊은 얼굴을 한 저 관리인과 무엇을 공감할 수 있단 말인가?

　멀리서 보면, 비어 있으면서도 충만한 둥근 천장들과 첨탑들은 주요한 분절들을 매끄럽게 한 추억처럼 단 하나의 전체적 덩어리를 형성할 뿐이다. "나는 이음새나 박음질이 나타나 있는 피륙을 전혀 좋아하지 않는다. 아름다운 육체에서는 뼈와 정맥을 헤아릴 수 있어서는 안 되는 이치와 같다"(《수상록》 I, 25).

　늙은 여자 걸인 하나가 거리에서 우리한테 다가온다. 그녀는 앙상한 손을 드러낸 채, 쉰 목소리로 나를 **바부**(babou; 선생님)라고 부르면서 매달린다. 나는 그녀의 눈빛에서 내가 사랑했던 조모의 눈빛을 재발견한다. 나는 그녀의 볼을 어루만진다. 그녀의 미소는 더러우면서도 신성하다. 단 하나의 강, 단 하나의 흐름인 삶이란… 그리고 우리는 암초들과 꿈들 사이에 있는 부스러기들…

　한 편의 영화 같은 갠지스 강 계곡 주변. 삐거덕거리는 낡은 철제 다리 위를 사람들이 통과하는 모습은 슬로모션이고, 인도 여인의 전통의상 사리들의 다채로운 모습들이 들판에서 곡선을 그릴 때는 퀵모션이며, 현자의 책을 읽어 주면서 이웃 사람들을 위압하는 만족한 기름진 남자의 얼굴은 클로즈업되고, '은총의 비와 젖가슴의 애무'를 상징하는 갠지스 강의 여신 강가와 야무나 강의 여신 야무나가 만나는 합류지점은 파노라마로 펼쳐진다. 그리고 빈민굴의 아이들이 그날그날의 양식을 찾으러 오는 쓰레기 더미 앞에서는 화면이 정지된다(허리춤에 갓난아기를 찬 한 소녀가 음식 껍질들 위에서 미끄러졌다).

바라나시에서 길들은 너무도 좁고 혼잡하기 때문에 암소 한 마리와 엇갈려 지나가는 데는 투우사의 기교 같은 게 필요하다. 강으로 난 계단들을 내려갈 때 요란한 타종 소리가 우리를 멈추게 한다. 나는 3인조의 흥분 앞에서 나의 역할을 수행한다. "조심해. 조심하라고! 악마는 성수반(聖水盤)과 친한 사이다. 너희들 지갑을 단단히 쥐어라." 그들은 내가 말하게 내버려둔다. 이제 우리는 테라스에서 성스러운 갠지스 강이 보이는 게스트하우스에 방을 얻어야 한다. 우리는 여러 번 실패를 겪고, 별로 우리한테 맞지 않는 장소들로 우리를 데려가고자 하는 개구쟁이들을 물리쳐야 한다. 마지못해 우리는 강물 앞에서 우리의 배낭 위에 앉는다. 어떤 사람이 안내서에는 전혀 표시되지 않은 숙소를 우리한테 제안한다. 우리는 이곳이 우리한테 정해진 것이라고 예감한다(이것이 인도적인 전염이다).

그 집을 운영하는 브라만 계급의 가족이 빌려 준 방들은 전원적인 테라스가 딸려 있지만 엄격한 분위기를 풍기고 있다. 집주인은 훌륭한 영어를 구사하고, 견실한 전통문화를 지니고 있으며, 결혼시켜야 할 두 딸이 있는데, 하나는 매혹적이고 다른 하나는 보완이 좀 필요하다. 문에는 아무런 간판도 없다. 결혼지참금은 세금을 내는 것보다 더 절대적인 의무이다. 주인은 베다 경전에 대한 대단한 지식이 있고, 그의 부인은 브라만 계급

전통의 채식 요리를 훌륭하게 만든다.

황금사원은 무굴인들(이들은 매우 뛰어난 조직자들이다)이 바라나시의 힌두교 성소들을 주도면밀하게 파괴한 후, 1776년에 재건축된 것인데, 다른 성지들과 마찬가지로 힌두교도가 아닌 사람에게는 금지되어 있으며, 이같은 결과는 이 도시가 아직도 그 상처를 지니고 있는 격분에서 비롯된 것이다. 고통을 삶의 충동으로 변모시킨다는 것은 힌두교의 근본주의자들에게는 도달할 수 없는 기적 같은 일이다. 우리는 황금사원의 마당이 한눈에 들어오는 어떤 집의 테라스로 올라간다. 무리를 이룬 힌두교 신도들이 복잡하지만 천체들의 움직임만큼이나 정연한 기계적 작동에 따라 성소(聖所) 안에서 돌고 있다. 어린아이들은 그들이 그려내는 예기치 않은 선들에 의해 하늘의 운석(隕石)이 된다. 과달루페·루앙프라방 혹은 메카나 바빌론과 라스코에서 그렇듯이, 절대적으로 얻어내야 하는 힘들을 중심으로 한 이와 같은 의식(儀式)은 수천 년 전부터, 무(無)에 대한 두려움이 가득한 무의식을 달래는 미덕을 지니고 있다.

우리의 신경증에 의해 납빛이 되어 버린 가치들을 전통 사회에 가져가야 한다고 우리가 느끼는 필요성은 몰상식한 발상이다. 유기체들은 그것들에 고유한 자극에 의해서만 진화한다. 섹스·죽음 혹은 상상적인 것을 해결한 위대한 종교적 제도들에서 무언가는 녹초가 되어 있다. 그러나 불필요한 대상들에 대한 우리의 광기를 통해 이 제도들을 깨뜨리는 것은 결국 이것들 가운데 가장 어리석은 부분을 부활시키게 된다. 우리는 다른 사람들이 매인 사슬 같은 구속들을 언제나 비웃을 수 있다. 그래서…?

　바라나시의 좁은 거리들은 요정들과 악마들이다. 사내 녀석 하나가 나의 한쪽 손을 잡고, 여자 점쟁이 하나가 다른 손을 잡자, 좀도둑 하나가 나의 주머니를 뒤진다. "아, 이런!" "아, 이런이 어쨌다는 거지? 넌 부자이고 넌 거리낌 없는 양심이 필요하지. 우리는 가난해. 그러니 거래를 해보자 이거야!" 사람들은 소똥과 썩은 야채를 피하고, 향에 도취되며, 쌓여 있는 붉은색 혹은 노란색의 분(粉), 흘러내리는 천들, 청동으로 만든 우상들에 의해 현혹된다. 우리는 장사꾼들의 유혹을 거절하기도 하고, 귀담아 듣기도 하며 맴돌기도 한다. 우리는 길을 잃다가 다시 만나고, 삼사라(윤회)의 이미지를 띤 물결 속에 휩쓸린다. 육신들이 떼밀리며 붐비는 이러한 혼란스러운 모습 속에는 많은 수줍은 정숙함이 있다. 예전에 정숙하다는 것은 절제하는 것이었다(*modus*, 곧 절도(節度)를 의미했다). 17세기 프랑스의 재치 있고 세련된 귀부인들의 언어에서 세 개의 속치마 가운데 첫번째는 절제를 나타냈고, 두번째는 비밀을, 세번째는 관능적 선정성을 나타냈다. 남자의 마음을 동요시키는 정숙함이 깃든 사리를 입은 인도 여인들도 동일하게 겹겹이 옷을 입고 있다. 그녀들은 그녀들의 전유물이 지닌 가치를 알고 있다. 어찌하여 우리의 경우, 많은 사람들이 이 전유물을 돈으로 판단 말인가? 여성성은 만들어진 허구에 불과하단 말인가? 자유의 극적인 타락이 아닐 수 없다. 성스러운 정숙함은 꽃가루 같은 것이다. (육체가 되었든 언어가 되었든) 우리의 과도한 드러냄은 밤의 마법을 상실하게 만들었다. 또…

홀로 있다면 나는 갠지스 강을 따라 육신들이 화장되는 계단으로 되돌아가지 않을 것이다. 예전에 나는 화장되는 장면을 바라보면서 사랑한 육체가 연기가 되어 떠나는 모습을 본다고 생각했었다. 또 한 번은 나는 육신이 타고 있는 불꽃 앞에 한 소년이 서서 손을 내밀어 쬐고 있는 모습을 견디지 못한 적이 있다. 여자들은 화장(火葬)터의 울타리 안으로 들어오지 못한다. 울어 버릴 수 있기 때문이다. 생과 사의 자연적인 순환 앞에서 운다는 것은 관점이 틀린 것이다. 그만하고 넘어가자.

우리는 불꽃이 타닥거리는 화장터 앞에서 몇몇 점쟁이들과 같이 있다. 나의 3인조에겐 직접적인 가르침이 될 것이다. 불타고 있는 육신의 향료가 밴 연기가 한 줄기 바람을 타고 우리의 얼굴에 가득히 날아온다. 화장 전문가 한 사람이 불을 뒤적거리고 새빨간 천을 둘러친 육신 하나를 뒤집는다. 한 남자가 우리한테 다가와 쓸데없는 설명을 잔뜩 늘어놓는다. 나는 영어를 할 줄 모른다고 무뚝뚝하게 대답한다. 화가 난 그 남자는 프랑스어로 배운 타라타타(시시하지!)라는 말을 되풀이했다. 타라타타… 화장용 나무는 매우 비싸고, 죽은 자의 가족은 빚을 짊어졌고, 먹여 살려야 하는 어린아이들은 있고… 타라타타… 아무려면 어때! 더 할 일이 아무것도 없다. 그는 돈을 받을 때에만 입을 다물 것이고, 물론 그 돈은 그의 주머니 속에 들어갈 것이다. 조용히 좀 해요!라고 나는 그에게 말한다. 그는 불꽃과 변화시키는 그 은밀한 힘, 갠지스 강과 그 운명, 히말라야의 얼음덩이로부터 벵골 만의 물웅덩이들까지… 어쩌고저쩌고 수다를 계속한다. 그는 플록! 하고 마법적 소리를 낸다. 죽은 자의 두개골이 야자열매가 떨어지는 소리를 내면서 갈라

터진다. 과장해서 말하기 위해 사내는 우리의 심적 구조에 대해 지닌 지식을 이용한다. 나는 화가 난 신(神)의 표정을 지으며 화장터로부터 멀어진다. 그 허풍쟁이가 나의 아이들을 유혹하자, 아이들은 대화를 받아들이고 팁을 준다. 아이들은 내가 연민을 느끼지 못한다고 비난할 것이다. 나는 침묵한 채, 사람들이 알지도 못한 채 마지막이라고 규정하는 여행을 위해 유골이 뿌려지는 강물을 바라볼 것이다.

바라나시의 한 벽에는 저녁 콘서트를 위한 광고 게시물이 붙어 있다. 우리는 이 콘서트를 보러 와 있다. 사람들은 신발을 벗고, 바닥에 앉아 기다린다. 사실, 사리는 단순한 천 조각이며 이것의 모든 비결은 물결치듯 일렁이고 부풀어 오르는 주름들, 그리고 감추어진 것과 노출된 것의 짓궂은 장난으로부터 온다. 악기들은 이 사리를 모방하여 수수한 모습을 하고 있다. 일곱 개의 현을 지닌 비나(vina)라는 현악기와 손으로 두드리는 두 개의 작은 북(타블라)이 전부인데, 모든 중요한 놀이(릴라, *lîlâ*)가 그렇듯이 둘 가운데 하나는 남성을 다른 하나는 여성을 나타낸다. 음악은 감정이 순조롭게 밀려올 때 시작된다. 그것은 인도인이라면 우리가 하나의 얼굴이 지닌 조화를 볼 때만큼이나 수월하게 포착하는 '거의 아무것도 아닌 무엇'을 담아낸다.

현악기의 활 놀림이 시작되자마자, 우리의 무능력만 없다면 신적이라고 규정하고 싶은 분위기가 자리 잡는다. 나는 물결 따라 흘러간다. 감미로운 도취가 밀려든다. 기원으로 회귀하기 위한 공간에 보내졌다는 느낌을 받는다. 아, 그렇다! 기억난다. 내가 어린 시절을 보낸 코레즈의 그 방, 다 읽지 않은 채 책상에 놓여 있는 그 책, 덧문 틈으로 새어드는 한줄기 햇살, 침대가. 탄생할 때나 죽을 때나 똑같이 고통으로 구겨지는 시트…

"오늘 밤 음악이 즐거웠습니까?" 연주회가 끝나자 긴 손에 흰옷을 입은 한 남자가 영어로 우리에게 묻는다. 나는 나의 아이들이 자신들이 좋아하는 음악그룹에 대해 생각을 말하도록 내버려둔다. 밖에서는 별들이 우리를 부르고 붙드는 답창(答唱)의 유희를 하면서 콘서트를 계속하고 있다. 반 고흐는 자신의 누이에게 이렇게 썼다. "나는 밤이 낮보다 더 풍요롭게 채색되어 있다는 생각을 자주 한다."

"깊다는 건 무얼 말해?"

"내 딸아, 껍질 속에 깊이가 있단다. 파헤친다고 해서 되는 건 아니다. 가치가 없는 나무 조각만 만날 수도 있지. 목표는 눈앞에서 장막을 벗겨내는 것이다. 깊이는 어떤 자유자재함이다."

"바라나시의 거리에서는 그게 무엇을…?

"…나머지 일에 대한 망각이지."

"문제가 없네."

나의 조카 오렐리앵 덕분에 우리는 숙소로 되돌아가는 데도 문제가 없다. 그는 그의 마음만큼이나 훌륭한 방향 감각을 지니고 있다. 아들 샤를 마리는 미로에서 자신의 걸음걸이에 맞춘 상송 가사를 생각해 내려고 애쓴다. 나는 사랑, 술 그리고 음악 사이의 관계를 어떻게 명명하나 자문해 보고——이내 이런 자문을 조롱한다. 갠지스 강 위에 있는 테라스에서는 별들이 줄곧 드러나 있었다. 멀리 화염덩어리들이 보인다. 삶과 죽음에는 서로가 놀랍도록 뜻이 맞는 일이 일어난다.

"물론 머지않아 나의 큰딸 남편감을 찾아내는 일은 내가 할 것입니다. 나는 아내의 의견에 귀를 기울일 것입니다…. 내 딸 말입니까…? 자, 좀 냉정하게 생각해 보세요, 선생님. 내 딸 만다키니는 열여덟 살입니다. 그 애는 삶이 무엇인지 아무것도 몰라요. 어떤 남자가 자신에게 적합하고, 누가 자신의 아이들에게 훌륭한 아빠가 될 것이며, 누가 우리의 혈통을 계승할 수 있을지 그 애가 어떻게 알 수 있겠습니까…? 당신은 그 애가 자신의 욕망에 따라 선택하기를 바랍니까? 욕망은 시들게 마련이고 지나가는 한 조각 구름에 지나지 않습니다. 당신은 당신들 서구인의 퇴폐를 사례로 제시하려 하지 않겠지요. 이혼, 찢겨진 어린아이들, 버려진 노인들 따위 말이요…. 당신들은 섹스가 당신들의 행실에 대해 힘을 행사하도록 방치했습니다. 꼴좋은 결과죠! 개인의 자유에 대한 당신들의 견해에는 악이 깃들어 있습니다…. 나는 삶에 대한 경험이 있습니다. 나는 내 딸의 성격·기질·취향까지 그 애를 잘 알고 있어요. 나는 어떤 남편이 그 애를 행복하게 해줄 수 있고, 어떤 가정에서 그 애가 꽃피울 수 있을지 알고 있습니다…. 그래요, 우리는 또한 점성가에게 자문을 구할 것입니다…. 카스트제도 말입니까? 물론 그 애는 브라만 계급의 한 신분이 될 것입니다! 우리는 신이 계급적으로 분리해 준 것을 뒤섞지 않습니다…. 그래요. 그렇습니다. 그 문제에 대해선 걱정하지 말아요. 정해 준 사내가 진정으로 그 애의 마음에 들지 않는다면, 그 애는 거절할 수 있죠. 한 번은 되지만 두 번은 안 되죠! 차를 더 드시겠습니까?"

내가 매일 아침 브라만 계급인 호텔주인을 다시 볼 때면 내가 데려온 3인조는 아직도 자고 있다. 주인은 세상 돌아가는 상황을 알고 있으며, 이 상황이 그에게 확인시켜 주는 것은 사회질서에 대한 인도인의 비전이 유일하게 가치가 있다는 점이다. 그는 미국 대통령 조지 W. 부시가 신을 믿으며 정복적인 이슬람과 싸우고 있다고 하면서 옹호한다. 그는 프랑스가 우유부단한 게 사실이라고 말한다. 하지만 그는 로맹 롤랑[11]의 작품을 읽었고 이 작가를 바라문교의 학승이 될 만하다고 평가한다. 그에게 카르마(업)의 법칙은 우리에게 중력이나 진화의 법칙만큼이나 명백하다. 그것은 견해의 문제가 아니다. '카스트 계급'의 존재는 자연법칙이다. 출생은 전생에서 행한 행동(곧 카르마)에 따라 주어지기 때문에, 불평등에 반대하는 것은 그가 볼 때 신체의 각 부분들을 부정하는 것만큼이나 헛된 일이다. 그는 우리가 현실로 간주하는 작은 부분을 환상으로 만들어 버리는 시간과 공간 속에 삶을 편입시키고 있다.

　나는 이런 내용을 담은 음악을 상당히 잘 알고 있다. 안다는 것은 무엇을 말하는가? 이 경우, 나의 곁에 앉아 나와 대화를 수월하게 하는 이 정상적이고 쾌활한 인간은 육체(섹스나 숨결), 갠지스 강의 물, 어린아이의 시선이나 다른 사람들의 고통, 구름이나 찻잔을 내가 지각하는 것과는 다르게 바라본다.

　1968년 5월 학생운동 세대의 그 우스꽝스러운 물결이 일기 전에 나는 성인이 되자, 최초로 인도 여행을 하면서 하나의 거

---

11) **Romain Roland**(1866-1944): 프랑스의 소설가 · 사상가로 노벨문학상을 받았다. 동양사상에도 대한 깊은 조예가 있다. 주요 작품으로 《장 크리스토프》가 있다. 〔역주〕

울을 통과하고 있다고 생각했었다. 사원들·기차들·군중들·마을들에서 나는 신화들과 나의 꿈들을 초월하는 현실의 면면들을 발견하곤 했다. 감히 내가 접근하지 못하는 경우가 자주 있었다. 이 마법은 무엇이란 말인가? 그것은 무엇을 용해시켜 버리는가? 등의 질문을 했다. 당시에 이곳에서 나는 여자들을 우상으로 간주했다. 두려움과 동시에 매혹의 대상이었다. 이를 비웃어 보아야 소용없는 일이었다. 그건 분명 어떤 풍요로움이었다. 프랑스에 돌아오자, 나는 인도에 대해 자주 꿈을 꾸었다. 인도는 불가능한 것들이 가능한 것처럼 존재하는 장소였다. (10여 년에 걸쳐) 조금씩 나는 길들여졌다. 나는 내 과거의 놀라운 일들에 대해 놀라움을 느꼈다. 인도의 아슈람에서나 혹은 초가집의 땅바닥에 앉아 나는 내가 나의 집에 있다고 느낄 수 있었다. 보다 정확히 말하면 진실은 이런 것이었다. 즉 프랑스에 있는 **나의 집**에 인도의 한 마을이 존재했던 것이다.

나는 지금도 계속해서 나의 집에 있다고 믿지만, 여기에는 미소가 뒤따른다. 나는 나와 인도를 갈라놓은 틈이 완벽하게 메워질 수는 없으리라는 것을 알고 있다. 사랑은 이와 같은 수수께끼를 제시한다. 오직 신비주의자들만이 그 틈을 메운다. 어떻게? 그건 말해질 수 없다.

인도가 주는 하나의 교훈을 말하면, 풍요로운 의심은 우리를 마비시키는 의심이 되지 않는다는 것이다.

가장 어려운 것은 과거의 모든 흔적에서 벗어나 사유하는 일이다. 흔적들은 기만한다. 왜냐하면 사람들은 각각의 새로운 사실을 그 흔적들로 끌어당기기 때문이다. 아무것도 없는 백지 속에서 사유해야 하는 것이다.

인도를 이해하는 일? 나의 분신은 이렇게 말하곤 했다. 그 방법 가운데 하나는 위스키를 석 잔 마신 뒤 나선형 계단을 바라보는 데 있다.
그런 다음에 이렇게 자문하는 것이다. 인도를 이해한다는 것은 무엇을 의미하지?

나의 딸 잔의 질문.
"그런데 아빠, 나한테는 어떤 남편이?"
"장화 신은 고양이지."

사르나트(녹야원)의 스투파(탑)는 배타적인 유일신을 믿는 기사들이 지나간 후(증오는 불안을 치유한 적이 있었던가?) 여러 번에 걸쳐 재건되었는데, 사실 그것은 거대한 돌무더기에 불과하다. 길일에 이곳에서 자유자재한 마음을 지닌 자는 붓다가 보드가야(보다 동쪽에 있음)의 보리수나무 아래서 깨달음을 얻은 후, 행한 최초 설법의 네 가지 진리(고집멸도)를 들을 수 있다. 7세기에 중국에서 걸어서 온 현장법사는 오늘날 (아주 가까이 있는) 바라나시가 그렇듯이, 무질서한 삶으로 살랑거리는 장소에서 명상을 했다. 시간은 모든 것을 파괴했고, 불교는 인도에서 추방되었으며, 무굴인들은 제국을 건설했고, 이 제국은 차례로 대영 제국에 의해 제거되었으며, 또 대영 제국은 차례로…
이곳에서 한 **인간**의 말씀에서 태어난 신앙은 아프가니스탄에서 일본까지 퍼져나감으로써 나사렛의 스승이 남긴 말씀만큼이나 역사를 만들어 왔다. 이 동양과 서양을 수 세기 동안 갈라놓는 균열이 생기기 전에, 알렉산드리아를 통해 두 지혜 사이에 대화가 확립된 적이 있었다. 유대교의 일파로 기독교의 기원이 된 에세네파 신도들은 인도로부터 빛을 부여받지 않았던가? 훗날에 기독교 교회는 붓다를 요사팟이라는 이름을 지닌 성인으로 만들었는데, 중세에 그의 성공적 위세는 대단했다. 그 시대에 사람들은 출생지가 어디냐에 대해서는 그렇게 까다롭지 않았다. 불교의 승려들과 기독교의 수도사들 사이에 되찾은 대화는 이제 수월한 것으로 남아 있다. 나는 우리 조상들의 신앙에 따라 내 아이들을 키우고 있다. 그들이 성장하면 나는 그들에게 이렇게 말하리라.

"너희들 알겠니, 그것이 다른 방식으로 밝혀질 수도 있단다."

"그것? 아빠는 무엇을 말하는 거야?"

"음… 존재의 불가사의 말이야."

"명료하지 않아."

"당연하지!"

사르나트로부터 교토까지, 앞으로 나는 불교가 전파된 경로를 대략적으로 따라갈 것이고, 라오스의 산 정상에서 오늘날 상좌부불교(남방불교)의 신앙과 대승불교의 형태를 갈라놓는 지대를 통과할 것이다. 그렇다고 이 지대가 생생한 것은 아니다. 깊이는 또 다른 문제이다.

나는 나의 그림자가 대(大)스투파로 향해 나가고 있는 것을 바라본다. 나는 서양의 후예로서 나를 보고 있으며, 이 후손은 민첩한 발과 탐식적인 마음을 지니고 있고, 사랑받고 있지만 지친 얼굴을 한 어머니인 유럽의 확인된 쇠퇴와 열정 사이에서 두뇌는 분열되어 있다. 누가 현실을 죽은 언어로 은폐해 버렸는가? 과거에 감사한다는 것은 어떤 풍요로움을 나타냈다. 그런데 우리 서양인들은 불안한 것들을 제거해 버린 망상들을 향해 닻을 올린 채 떠났던 것이다….

스투파 주변을 배회하는 스리랑카의 승려들의 옷은 나비의 우아함을 드러내고 있다. 그 곁에는 붓다가 이 공원에서 어루만졌다는 영양들이 풀을 뜯고 있다. 덜커덩거리는 버스를 타고 불과 몇 킬로미터를 가자, 우리는 때로는 공격적이고 끊임없이 윤색되는 살아 있는 하나의 종교로부터 평화를 가져다주는 부드러움으로 넘어왔던 것이다.

우리는 우리 스스로 우리의 **자아**라고 간주하는 존재가 아님을 이해한다면 불교의 사성제(고집멸도)는 도달할 수 있다. 어떤 한가한 날에 나는 우리가 단번에는 도달하기 어려운 동양의 가치들이나 습관들과 같은 모든 관념들의 목록을 만들 것이다. 의복에다 관습, 그리고 인간을 우둔하게 만드는 원천, 이 셋을 접근시켜 보면 우리는 사람들이 모두가 똑같은 방식으로 포맷된다고 생각하게 된다. 그럼 우리가 제반 상상계들을 면밀히 살핀다면 어떻게 될까? 그건 이슬람을 통해 알 수 있는 것이다. 사태가 험악해질 것이다!

나는 나를 가네샤[12]로 간주하는 어린아이들에게 만년필을 선물로 준다.

일주일에 두 번, 월요일과 수요일에 운행되는 강가-카베리 급행열차(인도 열차에 관한 권위 있는 책에 따르면 번호는 6039 이다)는 바라나시와 첸나이(마드라스)를 갈라놓은 2144 킬로미터를 41시간 만에 주파한다. 그것은 17시 35분에 출발해 이틀 밤이 지난 후 목적지에 9시 55분에 도착한다. 이 기차는 우타르프라데시 주(州)·마디아프라데시 주·마하라슈트라 주를 거쳐, 바파틀라를 통해 인도양으로 통하는 안드라프라데시 주를 통과하며, 마침내 오래된 문화와 대단한 아름다움을 지닌 타밀 지방에 도착한다. 철길은 기복이 심한 협로를 따라 데칸고원 위를 지그재그로 이어진다.

저녁은 카주라호[13] 쪽으로 빠르게 다가오고 있다. 이 도시의 사원들은 구경꾼들이 깜짝 놀라면서 즐거움을 느끼고 그 의미를 곰곰이 생각하게 할 정도로 서로 얼싸안은 조각들로 뒤덮여 있다. 우리는 이타르시에서 일출을 볼 것이고, 카지페트 근처에서 일몰을 마주할 것이며, 빛나는 초록색 논들이 물결 위에 황금빛으로 반사되고 백로들이 하얗게 날개를 펄럭이는 코로만델해안에서 해를 다시 만날 것이다.

인도 열차들이 가져다주는 시정(詩情)은 35년 전부터 나에게 마음의 양식을 제공했기 때문에 나는 수집가가 지닌 편벽증이 생겼다. 내가 과거에 한 기나긴(길다는 것은 최소한 이틀 밤을 포함한다는 말이다) 여정의 여행들에서 바라나시-첸나이(혹은 그

반대 방향)는 빠져 있었다. 비록 1994년에 나의 아내 클레르 옵스퀴르를 동반하고 집요하게 시도하려 했음에도 불구하고 말이다.

*

당시에 마드라스의 남쪽에서 우리는 빅토리아 시대의 집들과 다소 막연한 이상을 지닌 접신론 공동체의 공원에서 감미롭고 교훈적인 일주일을 보낸 참이었다. 아직도 새들의 노랫소리가 귀에 쟁쟁한 채, 우리는 월요일에 떠나는 강가-카베리 급행열차(GKE)를 탈 수 있는지 알아보기 위해 첸나이역에 도착했다. 그 다음 열차는 토요일에 있었다. 우리는 안드라 지방에 있는 성도(聖都) 티루파티로 가는 열차에 뛰어올랐다. 그런 뒤 우리는 맹렬하게 위세를 떨치는 성스러운 세계로부터 벗어나, 우리의 피요자가(家) 친구들[14]의 권고에 따라 발견한 찬드라기리에서 휴식을 취했다. 우리는 구드르 시(市)에서 19시 50분에 출발하는 다음 GKE를 잡아타기 위해 세 시간 전에 역에 도착한다는 계획을 잡아놓았다. 그러나 꼬불꼬불한 노선을 달리는 지방 완행열차는 예상보다 다섯 시간이나 늦게 도착했고, GKE는 넬로르와 카발리 사이에 있는 해안을 따라 경적을 울리면서 어두운 밤을 가르며 이미 멀리 사라지고 있었다.

따라서 고다바리 강(江) 삼각주에 한가하게 졸고 있는 모습을

---

14) 장 피요자(Jean Filliozat, 1906-1982): 프랑스의 권위 있는 인도 및 동양 전문가이며 그의 아들 피에르 실뱅 피요자(Pierre Sylvain Filliozat) 역시 아버지를 계승하여 인도 및 동양 전문가로 활발한 활동을 하고 있다. (역주)

한 야남이라는 옛 프랑스 상관(商館)을 방문한 뒤, 우리는 약간 북쪽으로 가 월요일에 출발하는 그 다음 GKE를 잡아탈 생각이었다. 비자야와다에서 우리는 화요일 밤 12시 20분에 도착 예정이었던 GKE가 첸나이를 떠나지 못했다는 것을 알았다. "그럼 그 다음 열차는 어떻게 되나요?" "문제없습니다!" 우리는 정말로 기묘한 작은 열차들(*meter gauge lines*이라는 철도 노선)을 타고 중부 지방에 있는 산치에 도착했다. 이곳에는 난간과 문으로 둘러싸인 자비로운 가슴인 가장 아름다운 불교 스투파(탑)가 있는데, '토라나'라는 문들은 단계에 따라 변화하는 상징들을 통해 각자(覺者)인 붓다의 삶을 환기시킨다. 우선 발걸음(왕궁에서 출가), 두번째로 한 그루 나무(대각(大覺)), 세번째로 하나의 바퀴(사르나트에서의 설법), 마지막으로 스투파(대(大)열반)로 끝난다. 여기서는 모든 게 둥근 형태이고 파동이며 자비이다. 마디아프라데시 주의 북쪽에 도착했을 때, 우리는 이미 2144킬로미터 가운데 1800킬로미터, 다시 말해 GKE 도정의 4분의 3을 온 셈이었다. 그러나 나는 이제 반대 방향으로 달리는 첸나이-바라나시 GKE가 바라나시역에 영광스럽게 진입하는 이미지에 여전히 매달려 있었다. 그리하여 이른 오후에 우리는 다음 GKE가 22시 25분에 도착하게 되어 있는 자발푸르에 도착했다. 우리는 이 열차가 네 시간 늦게 오며 만원이라는 것을 알았다. 나는 올라탄 뒤 바라나시에 도착하기 전에 복도에서 밤을 보내기로 마음먹었다. 쥐들이 뛰어다니고 있는 방 하나를 역 주변에서 살펴본 후, 결국 역의 플랫폼에서 기다렸는데, 그 더러움이 역겨웠지만 아직도 그 추억은 감미롭다. 새벽 3시경이 되자 플랫폼이 부산해졌다. "GKE입니까?" "예 그렇습니다." 마침내 그토록 바랐던 대상이 위엄 있는 요란한 소리를 내면서 자발푸르의 역에 진입하고 있었다. 인도에서는 탑승과 하차가 혼란스럽게 동시에 이루어지는데, 우리는 그 사이를 뚫고 기차에 올라탔다. 나는 나의 집요한 고집을 유치한 짓으로밖에 생각하지 않는 클레르 옵스퀴르와 나의 그 모든 기쁨을 나눌 수가 없었다. 그래서 나는 승객 한 사람에게 이 기쁨을 나타냈다. "태양이 떠오를 때 갠지스 강의 성스러운 계곡에 도착하게 됩니다!" "아닌데요, 선생님. 해가 뜰 때 우리는 이타르시에 도착할 것입니다. 이 기차는 마드라스로 가고 있거든요."

우리는 플랫폼에 다시 내려서 작은 통로들과 연결 가교들을 건너면서 북쪽으로 가는 열차는 이제 물 건너갔음을 확인했다. 그런데 대체 마드라스에서 출발한 GKE는 어디를 통과했단 말인가? 개찰원 한 사람이 결국 진실을 말해 주었다. 철도 노선에서 다리 하나가 무너졌기 때문에 찬드라푸르에서 철길이 끊어졌다는 것이다. 마드라스로 향한 기차를 탄 승객들은 어쩔 것인가? 그 문제는 어떻게 될지 모른다는 것을 개찰원의 손동작은 나타냈다. 그 동작은 소용돌이 모양을 그려냈고 그게 현실의 모습이라는 것이다…. 그러나 그는 (남쪽으로) 방금 떠난 기차가 방향을 반대로 틀어 (그는 정색을 하며 시간을 계산했다) 대략 30분이 지나면 이곳으로 되돌아올 가능성이 없지 않다고 덧붙였다. 고맙구나! 그렇게 하여 밤에 우리는 야무나 여신(야무나 강)과 강가 여신(갠지스 강)이 만나는 알라하바드로 가는 첫번째 기차를 탔다가, 다른 기차로 갠지스 강을 따라 134킬로미터를 간 후 그 다음 날 저녁 때 바라나시에 도착했다.

*

이 여행으로부터 9년이 지난 후, 나는 지금 잔·오렐리앵·샤를 마리와 함께 바라나시에서 탄 GKE에서 인도에 대한 다음과 같은 하나의 교훈을 되씹는다. 즉 모든 면에서 어디서나 때를 잘 선택할 줄 알아야 한다는 것이다. 우리가 배낭을 묶어놓고 여권과 돈을 옷 안쪽의 주머니에 감춘 후 삼등칸의 간이침대에 즐겁게 자리를 잡는 순간에, 나는 삶의 기술은 이성과 비이성(그러니까 모호한 이성)을 적절히 배합할 줄 아는 데 있다고 생각한다. 인도인은 저마다 어머니의 배 속에서부터 이것을 배운다. 우리의 경우, 교육은 현장에서 이루어지지만 혼란이 없지 않다. 길은 가장 좋은 학교이다. 다음과 같은 표현에서 보듯이, 우선 좀 더 가벼워졌어야 한다. "우리가 신에 관한 앎이 깊어지는 것은 우리의 학문을 통해서가 아니라 무지를 통해서이다. 우리의 자연적이고 지상적인 수단들이 이와 같은 초자연적이고 내세적 앎과 관련될 수 없다 해도 놀랄 일이 아니다"(몽테뉴, 〈레이몽 드 세봉에 대한 옹호〉,[15] 《수상록》 II, 12).

나의 아이들은 기차를 둘러보러 갔고 나는 자리를 지키고 있다. 그들이 돌아오는 게 지체되고 있다. 바라나시에서 물건을 도매로 이제 막 구입한 참인 사리 상인 하나가 객차 안에서 나에게 나의 가족·직업·여행에 대해 질문한다. 이 기차가 나를 데리고 갈 여정을 내가 환기하자, 그는 완전한 무관심을 나타낸

---

15) 레이몽 드 세봉은 중세 말엽의 의사·신학자·철학자로 《자연 신학》(1487)에서 철학을 통해 종교를 밝혀낼 수 있다고 주장하고 있으며 몽테뉴는 《수상록》에서 이 책을 다루고 있다. 〔역주〕

다. 인도인을 놀라게 하기 위해선 빨리 일어서야 한다. 그러니까 인도 역사에서 4천 년 전부터 빨리 일어나야 하는 것이다.

기차가 (30분 동안) 알라하바드에서 멈춘 후 다시 출발할 때 3인조는 웃으면서 돌아온다. 나의 충고에도 불구하고 그들은 플랫폼에서 튀김요리를 사서 인도인 가족과 식사를 함께 나눈 데 대해 매우 기뻐한다. "그 여자애는 아름다웠어!"라고 샤를마리는 인도인 악센트를 강하게 넣으면서 영어로 말한다. 기차가 데칸고원 쪽으로 향할 때, 이제 내가 좀 돌아다녀 볼 차례라고 나는 그들에게 말한다. 나는 기차 전체를 둘러본다. 예쁜 구릿빛 젖가슴에 매달린 게걸스러운 갓난아이들로부터 갠지스 강의 강물에 의해 환해진 늙은 현자들까지, 거만한 사업가들로부터 농부들까지, 시크파교도들로부터 타밀인들까지, 결혼식에 가는 가족들로부터 화장터에서 오는 가족들까지, 어린 천사 같은 아이들에서부터 어린 창녀들까지, 이 기나긴 여객 열차는 자동화기 소리 같은 영광스런 타카닥(tacatac) 소리를 내며 인도의 밤을 헤쳐 나가고 있다. 성스러움 · 사랑 · 힘 · 죽음, 모든 것이 여기에 존재하고 있다. 무엇 때문에 더 멀리 간단 말인가? 오, 열쇠고리를 받고선 더 이상 나를 놓아 주려 하지 않는 네 개구쟁이들이 보여주는 애정이여! 잠시 쉬는 하나의 역, 아무것도 씌우지 않은 전구들, 플랫폼에서 기분 좋게 취해 있는 한 마리 염소, 거지 하나, 붉은 담요를 덮고 웅크리고 있는 수많은 사람들, 미소들, 정화하는 맑은 빛… 나는 공간을 정복하러 다시 떠나는 기차에 뛰어오른다. 밤 속에 씽씽 달리는 소리, 타카닥 소리, 자스민 향기가 뒤섞인 가운데 한 어머니가 노래하면서 어린 딸을 재우고 있고, 할아버지는 기도를 중얼거리고 있다. 문을 지시하는 낱말이 단 하나만 있다면? 그 낱말은 결합시키는 것, 곧 연결(yoga)를 의미하는 산스크리트어 jug일 것이다. 그것은 인간, 하늘 그리고 땅의 결합을 의미한다. 우리는 다음에 이 주제를 다시 다룰 것이다. 나는 나의 객차로 되돌아간다.

"어때요?"

"애들아, 사람들은 왜 전진하는지 모르면서 전진한단다."

"그런 질문은 결코 제기된 적이 없어요. 간이침대에 올라가면서 떨어지지 않도록 조심하세요."

밤은 얼음장 같다. 자발푸르에서 새벽 3시경 나는 우리를 유령처럼 따라다니는 과거의 모습들을 찾으러 플랫폼에 내려 한 의자가 있는 데로 가본다. 나는 아무것도 알아보지 못한다. 내가 돌아와 기어오르면서 잠을 깨우자 잔이 묻는다. "어디에 있었어?" 과거의 고장은 어떤 것일까?

그 다음 날 기차는 인도의 전통이 아직도 가장 살아 있는 데칸고원의 중심부를 통과한다. 우리가 간이침대를 치운 뒤 한담하며, 책을 읽고, 고개를 가볍게 흔들며 운동하는 동안 이타르시 · 안라 · 나르케르 · 나그푸르(이곳 플랫폼에는 화관들이 보인다) 등의 도시가 지나간다. 젊은이들이 객차 안으로 올라온다. 그들은 샤를 마리가 기타로 새로운 곡을 작곡하는 소리를 들었던 것이다. 그들은 우리를 몰아붙이면서 연주를 해달라고 조른다. 샤를 마리는 기타를 치고, 잔은 노래를 부르며 오렐리앵은 가사를 번역해 준다. 다른 승객들이 빽빽하게 모여든다. 남자들이 입는 전통의상인 디오티를 입은 인도인 하나가 차례로 노래를 부른다. 언덕과 산들이 연이어 지나가고 차축들은 삐걱거린다. 밤은 안드라프라데시 주에 진입하자 다시 찾아온다. 이곳 드라비다족의 고장에서 이슬람은 멀어졌고, 문자는 텔루구어의 둥근 형태를 취했으며, 여자들은 머리에 자스민꽃 장식을 하고 있다.

코로만델해안을 따라 펼쳐진 들판의 논 위로 해가 솟아오른다. 첸나이(마드라스)의 아침은 매우 덥다. 우리는 배낭을 물품 보관소에 맡기고 곧바로 티루발란가두로 향하는 열차를 찾아본다. 이곳은 그 어떤 지도나 안내책자에도 나타나 있지 않다. 나는 피에르 라르티그라는 발굴해 마땅한 한 작가의 훌륭한 책을 통해 이곳을 알게 되었다. 바로 이 마을에 있는 사원에서 시바 신과 바드라칼리 여신이 춤 경쟁을 펼쳤다고 전해진다. 이들 남신과 여신은 함께 춤을 추는 습관이 있었다. 시바는 자신의 동반자가 자신보다 더 능란하다는 것을 알고 있었다. 그는 여신에게 경연을 제안했다. 바드라칼리는 더없이 경쾌하게 춤을 추었다. 시바는 자기 차례가 오자, 자신의 귀고리 하나를 공중에 던졌고, 자신의 사지를 볼까지 수직으로 뻗은 뒤 발톱으로 귀고리를 붙잡았다. 인도의 여인이라면(프렌치 캉캉을 추는 무희와 혼동해서는 안 된다) 다리를 정숙하게 들어올릴 수 없기 때문에, 바드라칼리는 자신이 졌다고 인정하지 않을 수 없었다. 여러 조각 작품들이 이 장면을 표현하고 있는데, 나는 아주 기꺼이 나의 아이들이 이 장면을 곰곰이 생각해 보도록 맡긴다. 여기서는 보여주되 해설하지 않는다. 다른 신화들을 보면, 여자는 사랑의 유희를 하는 기교에서 우월한 것으로 판단되고 있다.

남신들과 여신들의 제반 이야기를 읽으면서 내가 확인하는 것은 문학이 이 이야기들의 수준에 도달하는 경우는 매우 드물 뿐이라는 사실이다. 문학은 나무에서 떨어진 신화와 같다. 우리는 줄기를 통해 위대한 문학으로 거슬러 올라간다. 가장 나쁜 문학은 앵무새가 내뱉는 죽은 가지와 같다. 놀랍게도 창구 직원은 티루발란가두를 알고 있다. 서쪽으로 두 시간을 달리면, 무굴 제국 시대풍의 기차역과 마을에 도착하며, 이 마을의 시장에서는 신성한 타밀 지방 시골에서 나오는 과일·야채·싹의 짜릿한 맛, 향기와 웃음, 어린아이들의 손이 우리 4인조에게 낙원의 대기실 같은 것을 제공한다. 푸른 하늘, 노란색의 무성한 미모사, 초록색의 버들옷, 그리고 노란 과일이 달린 초록색 마전으로 인해 더욱 부각되는 초록빛 논을 따라 난 도로를 한 시간쯤 걸어야 한다. 반쯤 갔을 때 우리는 하나의 성소(聖所) 앞에서 산책을 하기 위해 멈춘다. 한 남자가 멀리서 나타난다. 그는 혼자 열심히 무언가를 중얼거린다. 우리는 그가 가까이 올 때 그에게 인사를 건넨다. 그는 멈추어 우리를 바라보고는 다시 발걸음을 옮긴다. 우리들 가운데 하나가 그는 자기가 모시는 사람에게 이야기한 것이라고 말한다. 그러자 다른 하나가 그는 자기 아내에게 이야기한 것이라고 말한다. 그러나 다른 하나가 그런 게 아니라 그는 젖이 잘 안 나오는 자기 암소에게 이야기한 것이라고 말한다. 그러자 네번째가 그는 자신의 악마에게 이야기했다고 말한다.

방대한 수로(水路)로 둘러싸인 사원은 인적이 없다. 여러 개의 뜰, 신성한 용수 한 그루, 커다란 묘 하나, 삶의 불길하고 은혜로운 힘들을 표현하는 많은 남신들과 여신들이 있다. 오늘 우리 네 사람에게 삶은 부드러운 모험이다. 우리는 얼굴에 다리를 들어 올린 시바 신의 자태를 표현하고 있는 조각 앞에서 조용히 머문다. "하지만 우리가 그 불완전함을 인정해야 하는 우리의 인간 조건에 따라 신들을 만들었고, 이 신들에게 욕망·분노·복수·결혼·세대·일가친척·사랑·질투, 우리의 사지와 뼈, 열기와 즐거움, 죽음과 묘지를 부여했다는 것은 인간의 지적 능력에 대한 경이로운(극단적) 도취에서 출발했음에 틀림없다"(몽테뉴, 《수상록》Ⅱ, 12).

첸나이의 거리에서 밤에 어슬렁거려 본다. 인도인들은 밤에 열광한다. 우리에게는 밤은 여전히 불안이 담겨 있다. 하지만 여기서 그것은 전체에 속한다. 우리는 전체를 이루는 모자이크 위에 벽들을 쌓았던 것이다.

오로빌[16]에서 이미 나는 새들과 나무들을 벗 삼아 3개월 동안 머문 적이 있는데 이 공동체 실험에 대한 여러 대조적인 감정들을 느낀 바 있다. 이 도시를 일구는 데 일등공신은 이제는 세상을 떠난 프랑스인 베르나르[17]이다. 재미있는 이야기지만, 이 인물의 보이지 않는 보호를 받는다는 샤랑가 공동체 안에 우리는 자리를 잡는다. 나의 아이들이 자신들의 세계를 위해

---

16) 오로빌은 지구촌 공동체로서 인도 남부의 코로만델해안에 건설된 생태도시(40여 개국에서 온 2천여 명 거주)이다. 1968년부터 건설되기 시작했으며 명상의 성소 마티르만디르라를 중심으로 직경 5킬로미터로 이루어진 원형 도시다.〔역주〕

17) 사막 같은 오로빌의 최초 개척자 7인 가운데 한 명으로 "개척자들은 세계 최초의 진정한 공동체를 만들겠다는 열정으로 열사병과 굶주림을 이겨냈다"고 말했다 한다.〔역주〕

오토바이를 타고 남쪽으로 떠나는 동안, 나는 바다와 도로에 다시 접어들기 전에 잠시 휴식을 취한다. 나는 인도의 전통의학인 아유르베다(생명과학)에 관심이 있다. 이 전통의학의 명철성은 질병의 원인을 탐구한 뒤, 식물치료나 규칙적인 삶(음식·호흡·잠·섹스), 혹은 신체의 에너지 순환을 트는 마사지를 제안하는 데 있다. 그것의 스승은 환자가 치료를 받기 전에 대답해야 하는 다음과 같은 두 개의 질문을 키란 브야스에게 전수했다. 하나는 왜 당신은 아픈가?이고 다른 하나는 당신은 진정으로 낫고 싶은가?이다. 환자는 자신의 생명력이 지닌 불균형이 그 근원인 질병에 대해 책임이 있다. 그가 낫기를 원한다면, 그는 순환을 다시 작동시키는 방법을 찾아내야 한다. 우울·슬픔·분노, 정서적 충격 등은 우리를 고장나게 만들지만 이게 질병한테는 횡재이다. 막힌 차크라[18]들을 다시 열어 주는 게 중요하고 자연적인 흐름이 제대로 이루어지도록 해야 한다. 어떤 경우에는 한마디 말, 하나의 미소, 한 번의 애무를 통해 병이 치유될 수 있다.

붓다가 '불교도'가 아니었을 때가 있었듯이(그리스도에게도 같은 말을 할 수 있다), 르네 데카르트가 '데카르트주의자'(합리주의자)가 아니었을 때, 자주 고통을 당하는 보헤미아의 엘리자베트 공주에게 다음과 같이 편지를 쓴 것을 보면 그는 사태를 정확히 보았다. "정신을 온갖 슬픈 생각으로부터, 심지어 학문

---

18) 차크라는 산스크리트어로 '바퀴'를 의미하며 인간 신체의 여러 곳에 있는 정신적 힘의 중심점을 말한다. 〔역주〕

과 관련된 온갖 진지한 사색으로부터 완전히 해방시켜야 합니다. 그리고는 초록빛 숲, 꽃의 색깔들, 나는 새나, 혹은 아무런 주의력도 요구하지 않는 사물들을 바라보면서 자신이 아무것도 생각하지 않는다고 확신하는 사람들을 모방하는 데만 전념해야 합니다. 이것은 시간을 허비하는 게 아니라 시간을 잘 사용하는 것입니다. 왜냐하면 어쨌거나 이런 방법으로 완전한 건강을 되찾을 수 있다는 희망을 통해 만족을 얻을 수 있기 때문입니다. 완전한 건강은 우리가 이 삶에서 가질 수 있는 모든 재화들의 토대입니다."

코로만델해안에 있는 어떤 퐁디셰리 연구소에서 나는 바라문교 학승 한 분과 인연을 맺는다. 그의 열정은 자신의 지식을 전수하는 것인데, 그는 이 일을 서양인들에게도 기꺼이 해주지만 그 방식은 조금씩 단계적이다. 우리는 바닷가를 따라 함께 산책한다. 나는 그에게 이곳에서 오래 살면서 오로빌의 실험에 이론적 영감을 주었던 스리 오로빈도[19]에 대해 질문을 해본다. 그는 오로빌에 대해 부정적이다(나는 그런 의심을 품었었다). 베다에 대한 스리 오로빈도의 해설에 대해서도 그는 불신한다. 오로빈도가 강조한 진화 원리는 그의 관심 대상이 되지 못한다. 그는 우주적인 순환 사이클(칼파)들을 생각하는데, 이 사이클 각각은 40억 년 이상 지속된 후 파괴되고 새로운 사이클이 이어진다. 직선은 없으며 순환하는 사이클들이 있다는 것이다. 학

---

19) Sri Aurovindo(1872–1950): 인도의 사상가로 '마더(Mother)'로 불리는 그의 정신적 동반자 미라 알파사(1878–1973)와 함께 오로빌을 건설하는 데 정신적 토대를 제공했다.〔역주〕

승은 세계의 현 상태가 보이는 타락 앞에 고요하다. 그는 '신의 죽음'[20]을 상기시키는 말을 들은 바 있다. 그가 보기에 신의 죽음은 정신이 병든 자들이 만들어 낸 허구이다. 크리슈나의 팔 안에서 라다가 느낀 신적인 감동을 생각하면서 나는 성적인 성격을 지닌 탄트라 의식에 대해 그에게 질문한다. 그는 망설이는 모습을 보인다. 나는 무지가 어떤 역할을 하고, 무지에 대해 이야기하는 것을 거부하는 태도가 어떤 역할을 하는지 이해할 수 없다. 나는 입문을 받지 못했지만 융합의 충동은 인간적 질서를 벗어난다는 것을 안다. 몸("인간 안에 가장 심층적인 것은 몸이다," 발레리), 감정·언어·영혼·죽음과 같은 여러 도구들이 작용하는 이런 문제는 함부로 다루어질 수 없을 것이다── 우리가 잊어서는 안 될 것은 생명은 우리 자신들을 통해 영속될 수밖에 없다는 필연성이다. 오케스트라의 웅성거림 속에서는, 혹은 표피가 신체를 뒤덮을 때 따라오는 침묵 속에서는 각각의 도구가 하는 역할을 구분한다는 게 불가능하다.

　인도에서 오랜 세월 동안 탄트라의 전통은 우선 힌두교에서 나타났다가 불교에서도 나타났는데, 에로스를 신적인 것을 향한 길로 실험해 왔다. 이 의식(儀式)은, 은밀하게 남을 수밖에 없었고 은밀하게 남아 왔던 세심한 입문을 필요로 했다. 탄트라의 많은 텍스트가 이 의식을 환기시킨다. 그것들은 이같은 밤의 영역에서 언어가 얻게 해주는 것을 가져다준다. 《쿨라르나바탄트라》에 따르면(X, 39-47), 신봉자가 '자신에게 끌리는 사랑스런 처녀'를 초대해야 하는 날은 금요일이다. 그는 자신

─────────────
20) 이 말은 철학자 니체가 최초로 한 것으로 되어 있다.〔역주〕

의 육체를 정화하고, 단장하며, 향기롭게 하고, 치장하고, 자기 몸에 향수를 뿌린다. 그런 다음 제의적인 공여(供與)를 통해 그녀의 몸속에 신성이 깃들게 하고, '생각을 고정시킨 채 천 여덟 번 반복' 되는 주문을 중얼거린 뒤 그녀와 밤을 보낸다. "세 번, 다섯 번, 일곱 번 나아가 아홉 번 금요일에 이런 방법에 따라 경의를 표하는 자는 헤아릴 수 없는 이득을 얻게 될 것이다."

퐁디셰리의 학승은 이렇게 말한다. "아시겠어요, 그 모든 것은 상징적으로 받아들여야 합니다. 신성과 결합하면 크나큰 기쁨이 있다는 것을 단순한 사람들에게 보여주어야 하지요. 육체에 뿌리는 향수는 신성을 표현한 형상 앞에 뿌리는 향수와 같습니다. 문제의 밤은 기도의 밤입니다." 아 그런가?

나는 오로빌로 다시 올라간다. 달이 기우는 이 밤에 귀뚜라미들이 울어대는 가운데 나는 클레르 옵스퀴르, 우리의 두 딸(당시에 그 가운데 하나는 젖먹이었다), 그리고 내가 함께 3개월 동안 산 적이 있던 그 집으로 향한다. 지붕을 뒤덮고 있는 용수의 가지들은 변하지 않았고 멀리서 들리는 자칼들의 짖는 소리도, 베란다 아래서 나뭇잎들이 떨리는 소리도 변하지 않았다.

길에서 이는 먼지로 뒤덮인 샤를 마리는 이런 말을 한 적이 있다. "힌두교의 사원들은 정말 경이로워요! 그곳에서는 모든 게 가능해요. 사람들은 그곳에서 기도하고, 즐기며 논쟁을 합니다. 우리는 가장 무더운 시간에 그곳에서 잠을 잤습니다. 왜 우리의 경우 신성한 곳들은 삶과 단절되어 있지요?"

신비적이면서 육체적인 결합. 서양인들은 이것을 불신한다. 인도에서라면 신비적이지만 육체적이 아닌 결합은 불안을 야기할 것이다.

욕망은 적톳길 위에서 자신의 그림자를 끌고 전진하는 자의 주인이다.

우리가 어떤 진리를 지니고 있다고 생각할 때면, 그것을 어디에서나 재발견하려는 충동이 일어난다. 스리 오로빈도는 헤라클레이토스를 자신에게 끌어당긴다. 기독교 교회는 고대 그리스·로마인들한테 존재했던 기독교 이전의 기호들(signes)을 받아들였다. 마찬가지로 마르크스주의자들, 프로이트주의자들, 구조주의자들도 모든 것을 자신들의 잣대로 읽는다. 환원 불가능한 것을 좋아해야 한다. 자신의 먹을 것을 가져가는 게 불가능한 식탁들을 향해 가야 한다.

작은 오토바이를 타고 나는 아직도 신화들의 살아 있는 배경으로 남아 있는 마을들을 방문했다. 집들은 우물 주위에 있는 초가들이다. 건조되고 있는 염소가죽(하층 계급), 순간적으로 나타났다 사라지는 전통의상 사리들, 완만한 동작들, 미소들이 눈에 들어온다. 나는 어린아이들과 함께 웃고, 성소의 신을 경배하며, 접대하는 차를 마시고, 비스킷을 준다.

나는 나의 집에 있음을 느낀다. 이 나가 무엇인지 아는 문제는 접어두고 있다. 나는 관점을 바꾸어 이렇게 자문한다. 즉 나가 무엇인지가 아니라 나는 어디서 비롯되는가?

다시 출발할 때 눈부신 태양이 눈에 들어온다. 나는 노란 구름 같은 한 무리의 염소들 속에서 일종의 현자 같은 사람을 얼핏 본다. 그는 나에게 신호를 보낸다. 나는 브린다반에서 내 옆에 앉아서 바라나시에 가지 말라고 당부했던 남자를 알아본다. 길은 구부러지고 나는 미끄러질 뻔하며, 그는 더 이상 보이지 않는다. 물론, 그게 그 사람일 수 없다. 어쨌거나 누군가 환각이 되는 두려움을 이용해 나를 속이지는 않겠지!

나는 샤랑가로 통하는 울퉁불퉁한 길로 천천히 돌아온다. 유칼리나무 잎 뒤로 오렌지색의 커다란 태양이 보인다. 나무들의 평화가 질서의 확신처럼 다가온다. 내일은 새로운 출발이다.

"생활양식은 아무리 어리석고 허약한 것이라 할지라도, 질서와 규율에 의해 인도되는 것밖에 없다"(《수상록》 Ⅲ, 13).

*

인도양을 바라보며.

어린 시절에 누가 염료상 앞에서 꿈을 꾸어 보지 않았겠는가? 갖가지 붉은색 · 검은색 · 노란색 · 흰색, 그리고 꼭두서니 붉은빛 · 쪽빛, 옅은 밤색이나 암사슴의 배처럼 붉은 기가 도는 흰빛 등과 같은 보다 불확실한 색깔들 앞에서 말이다. 나는 내 삶의 모든 나이에 사방으로 나를 이끌었던 여행들을 하는 동안에 모든 것을 받아들이면서 궁극적 여행, 내가 말(馬)을 타고 끝내고 싶은 그런 궁극적 여행을 기다려 왔다.

상처들, 눈 속에 낀 얼룩 같은 것들, 찌푸린 얼굴들, 민첩한 손들, 영벌을 받을 조소(嘲笑)들, 망각된 도시들, 화장터 앞에서 펼쳐지는 연금술들, 무덤들과 윤무(輪舞)들, 말라빠진 젖가슴을 한 어머니들, 밤의 번개들, 법의를 입고 멀리 사라지는 한 남자가 돌무더기 위에 새겨놓은 말 따위가 내 눈앞에 다시 떠오른다.

수많은 얼굴들은 우리의 얼굴을 하나의 표본으로 귀결시킨다.

여행은 개방시키고, 고갈시키며, 정화시키고, 충전시키며, 친근한 가구들을 흔들리게 만들고, 양피지에 쓴 미완된 글의 이미지들을 나타나게 한다. 그것은 우리를 젊어지게 하고 우리를 애무한다. 그것은 아! 저런! 어휴! 아이! 음…! 그리고 예술가들임을 나타내는 오!라는 감탄사의 원천이다.

여행은 숲 속에서의 보행에 짜릿한 맛을 주고, 황혼에 행복을 가져다주며, 푸르스름한 새벽녘에 낡은 버스가 시동을 걸 때 식욕을 돋운다. 그것은 우리의 친근한 신들이 놀라움을 주게 만든다.

헤아려 보면 나는 여행한 것보다 더 많이 잠을 잤고, 낯선 이름을 지닌 도로들을 따라간 것보다 더 많이 책을 펼쳤다. 쓸데없는 계산이다! 삶은 우리의 모든 시간들 가운데 어떤 것이 우리에게 우리의 영원한 얼굴을 주게 될지 말하지 않는다.

여행은 나의 학교이다. 그것은 협소한 이성을 무너뜨렸고, 나에게 모래와 하늘의 이면을 보게 해주었다.

나는 강들·계절들·신화들·바다들·불·얼음을 통과했다. 나는 파멸의 위험을 만나기도 했다. 그러나 이렇게 돌아다니는 것은 천성이다! 이로부터 어떤 지혜가 나오는 것이다.

나는 기차의 차축에서 나는 이상한 소리를 듣곤 했다. 나는 늙은이라는 존재의 조각들이 길에 떨어지는 것을 보곤 했다.

돌아오는 길에 나는 어린아이들이 왜 지치지 않고 질문을 해대는지 알게 된다. 또한 나는 늙은이들의 얼굴이 가면을 드러내는 상황이 되면 그의 집은 헐어빠진다는 것을 안다.[21] 나는 무너지는 집 출신이다.

나는 여행의 수많은 추억을 쌓아놓았다. 바람이 불면 그것들은 흩어져 버린다.

---

21) 종교 정신이 껍데기만 남은 노쇠한 서양 문명을 암시하는 말이다. 저자가 서양에서 새로운 종교 정신의 부활을 꿈꾸고 있음을 상기하자. [역주]

시암 왕국

마치 이 세계가 하나의 단순한 물방울이나 보잘것없는 신기루에 불과한 것처럼 바라보는 자는 마왕이 보지 못한다.

《다마파다》(붓다의 금언), XIII.

"당신은 여기서 무얼 하고 있죠?"는 다음과 같은 국제적인 관용어로 대답함으로써 부각되는 적절한 질문이다. "난 기차 밑으로 몸을 던지지 않기 위해 여행을 하고 있습니다." 나는 태국의 동쪽 극단의 메콩 강 위쪽에 위치한 마을인 콩시암 우체국에서 소포를 보내는 데 나를 방금 도와준 요정 같은 여자를 보다 주의 깊게 바라본다. 그녀는 우체국에서 나간다. 나는 지불해야 할 게 남아 있다. 나는 그녀를 다시 보지 못하리라 생각한다. 나는 서양의 신경증을 다시 만나기 위해 여행길에 오른 게 아니다. 그녀는 그늘에 앉아서 담배를 피우고 있다. 그녀는 금발의 긴 머리에 푸른 눈을 지니고 있고, 악센트가 있는 영어로 말한다. 나는 그녀를 싸구려 식당으로 데리고 간다. 그녀는 얼음이 든 펩시콜라를 주문한다. 나는 의심스런 물로 만든 얼음은 피하는 게 좋다고 그녀에게 지적해 준다. 그녀는 얼음을 빨면서 어깨를 으쓱한다. 그녀는 오스트리아인이고, 두 달 전부터 태국에서 방황하고 있으며, 금발이 태양빛을 받아 번쩍이는 만큼이나 신속하게 언어를 배웠다. 그녀는 입에서 얼음을 빼냈다가 다시 빨아들인다. 나는 그녀에게 내가 2주 전에 떠나온 인도에 대해 이야기해 준다. 그녀는 인도에 결코 가본 적이 없다 한다. 나는 그녀가 인도에 가면 도움을 받을 수 있는 스승을 만날 수 있을 것이라고 말한다.

"무엇을 도와준다는 거죠?"

"화학 같은 것입니다. 어떤 상태의 성격을 변화시키는 것이죠. 독을 생명을 주는 음료로 변화시키는 것입니다."

그녀는 다시 입술 사이로 얼음을 넣었다 뺐다 하는 짓을 한다. 그녀는 그것을 잔에다 뱉어놓고는 물방울에 튀는 것을 조롱한다. 나는 인도의 현자들이, 우리 내부에 있지만 우리가 모르는 부분을 보게 해주는 능력이 있다고 객설을 늘어놓는다. 그녀는 일어서서 담배에 불을 붙이고는 말한다. "당신은 이해할 수 없어요." 그리고 그녀는 파출리 냄새를 풍기면서 사라진다.

나는 작업 책상을 바깥에 내놓았다. 그늘 아래서도 섭씨 36.7도이다 보니 머리가 멍해진다. 우연히(?) 도착한 이 외진 마을에서 얻은 방에 딸린 테라스에서 나는 몇몇 중국 글자들을 습득한다. 나는 이미 태국과 라오스에는 와보았지만 중국은 아직 알지 못하고 있으며, 곧 이 나라를 통과할 것이다. 여행을 의미하는 *Xing*(行)이란 글자는 앞으로 나간 왼쪽 발 한걸음과 오른쪽 발 한걸음으로 만들어져 있다. 어린 태국 소녀가 숨어서 나를 관찰한다. 내가 그 아이를 바라보자, 그 아이는 나의 주인집 방향으로 달아난다. 그 아이는 너무도 가벼운 추억을 공중에 갖다놓기 때문에 태양이 곧바로 그것을 태워 버린다. 나는 성(星)

이란 낱말을 그려본다. 왼쪽에는 여행하다가 오른쪽에는 별이
씌어 있다. *Mu*(木, 나무)라는 기호는 더운 열기에 딱 맞게 쓰기
가 쉽다.[1] 우리가 이 나무를 나타내는 글자 아래 자식을 의미하
는 글자를 덧붙이면 자두나무(李)를 얻게 된다. 전해지는 말에
의하면, 자두나무는 과일이 풍부하고 그 맛 또한 좋기 때문에
어린아이들의 나무라는 것이다. 어린아이들(*Zi*, 子)은 내 삶에
서 스승이 되어 왔다. 모든 사유 체계는 이론의 여지가 있지만
어린아이들은 아니다. 성인은 자신이 특히 우스꽝스럽고 자기
자신밖에 속이지 못하는 데도 남을 속일 수 있다고 생각하는 수
단으로 반대 마스크를 쓰지만, 어린아이들의 이기주의는 이런
반대 마스크를 결코 쓰지 못한다. 나는 *ren*(人)과 호흡이 어려움
을 표현하는 두 획으로 구성된 *quian*(欠, 흠)자를 그려 본다.

  아침에 나는 (상대적으로) 서늘한 시각에 일어난다. 나는 마
을이 활동을 시작할 때쯤 해서 메콩 강 쪽으로 내려간다. 나는
강안을 굽어보는 작은 언덕 위를 걷는다. 나는 한 그루 나무 아
래 앉으러 간다. 강물은 느리고 그 흐름은 둥그런 암석들로 이
루어진 작은 섬들로 인해 리듬을 타고 있다. 나룻배 한 척이 물
위에 나타나고 서서 노 젓는 사람의 동작은 완벽하고, 찰랑거리
는 물결 소리는 매우 감미로운데, 이런 아름다움을 누군가와 함
께 나누지 않고는 그걸 맛보는 게 불가능하게 될 때 몽상은 고
통스럽게 된다. 고독한 여행은 나에게 마음의 고통이자 동시에

---

1) *Mu*는 프랑스어 mou(날씨가 습하고 더운)를 상기시키고 있음을 말한
다. 〔역주〕

필요이다. 나는 물속에 조약돌들을 던진다. 그것들은 나를 진정시키는 동심원들을 그린다. 표면이 다시 잔잔해질 때 우리는 돌들이 시간을 물속으로 가져가 버렸다고 생각할 수도 있으리라. 아무런 소리도, 바람 한 점도 없다. 강물은 대리석 같다. 사유의 바캉스 같다.

　정신이 포화상태에 있는 지식인들한테는 상기시킬 필요가 있는 것은 인간의 특수성은 그 자신이 안정되게 버티기 위해 스스로에게 이야기하는 허풍을 믿는다는 점이다. 불교의 정수는 처음부터 다시 시작하는 데 있다. 중국인들은 사실주의적인 재능으로 *xu*(空, 공)를 동굴을 통해 나타내고 있다. 사람들은 기나긴 포복(인내)을 해서 그 속으로 돌아갔다가 아무것도 아닌 것을 위해 나온다(심심풀이).

　서쪽으로 흐르는 강가의 암벽에 있자니 태양빛을 쬐고 있는 우스꽝스러운 사람이 눈에 들어온다. 내 눈이 익숙해지자 나는 그가 펩시콜라 아가씨임을 알아본다. 나는 그녀가 옷을 벗고 있음을 본다——아니면 옷을 벗고 있기를 희망하는지 모르겠다. 이를 어떻게 알 수 있겠는가? 그녀가 자살하려 물속에 뛰어든다면 어떻게 하지? 그녀는 멀리 있어 내가 때맞추어 도착하기는 불가능하다. 그러나 그녀는 목에 아무런 돌덩이도 달고 있지 않다. 젊은 여자의 시선이 나의 방향으로 돌려진다고 보이기에 나는 꼼짝 않고 있다. 그녀 역시 태양의 마지막 빛줄기 속에 융해되어 꼼짝 않고 있다. 빛줄기들이 사라지자 나는 작은 언덕으로 다시 올라가, 현자도 아닌데 현자같이 천천히 걸으면서 멀어진다.

　강안에 정박한 배 한 척이 레스토랑의 구실을 하고 있다. 이곳에 가려면 매우 가파른 계단을 통과해야 한다. 손님이라곤 나 혼자밖에 없다. 식당주인은 이 시암 왕국의 거주자들에 고유한 친절과 무관심을 드러내면서, 물가를 따라 놓인 탁자 위에 레몬향이 가미된 생선과 맥주를 내놓는다. 화덕 옆에 텔레비전이 없다면 건강에 좋은 식사가 될 수 있을 것이다. 텔레비전 주위에 온 가족(여섯 명)이 모여 앉아 기도를 하고 있는 것이다. 비록——주인 나리에게 축복이 있기를——의복 · 언어 · 손동작, 밥의 준비, 사랑하는 방식이나 신들에 간청하는 방식 등 문화적 코드가 아직도 지방마다 다르긴 하지만, 텔레비전으로 방영되는 놀이들은 백성을 대폭적으로 신속하게 무산 계급으로 전락시키는 동일한 저속성을 나타내고 있다. 나는 몸을 돌리고 아이들을 더 이상 보지 않는다. 사실, 문제는 단순하기에 나는 작은 종이에 메콩 강가의 이 철학을 다음과 같이 쓰는 데 만족한다. "악마는 천사의 그림자이다." 이런 확인을 하니 마음이 가라앉는다. 불안은 희망 없는 욕망에서 비롯된다. 욕망이 많으면 많을수록, 신경증은 증가한다. 이것은 불교의 핵심에 들어있다. 아마 나는 펩시콜라 아가씨로 하여금 그녀가 갇혀 있는 감옥에서 나오도록 도와주는 방법을 가지고 있을 것이다.

초승달의 밤은 매우 어둡다. 어두울 때까지 강가에 머물 생각을 못했기에 나는 전등을 가져오지 못했다. 나는 더듬으면서 돌아간다. 수도원을 따라 난 길을 통해 마을에 도착해 나는 내 방으로 향한다. 개 한 마리가 농가에서 나와 나에게 자신이 얼마나 불만인지 말하러 온다. 제발 나에게 관심을 갖지 말아 달라고 개를 설득해 보지만 소용이 없다.

요정 같은 펩시콜라 아가씨는 내 방으로 올라가는 좁은 길 앞에 앉아 담배를 피우고 있다. 나는 담배 한 개비를 받아들이고 그녀에게 콩시암에 얼마나 머물 생각인지 물어본다. 그녀는 어깨를 으쓱한다. 그녀는 메마른 땅에 담배를 던져 버리고는 다시 한 개비에 불을 붙인다. 나는 그녀가 담배연기, 시체 같은 파란색의 연기를 뿜어낼 때 그녀의 눈을 본다. 나는 그녀에게 악마에 대해서, 그리고 악마를 필연적으로 받아들여야 한다는 것에 대해서 이야기한다. 그녀는 내가 설교가 아닌 다른 무엇을 해주기를 기대한다고 말한다. 나는 브린다반의 숲, 크리슈나와 라다의 사랑, 인도인이 신성한 것을 관능적 행위와 연결시키는 방식 따위를 환기시켜 본다. 그녀는 연기를 내뿜으면서 "난 섹스를 혐오합니다"라고 내뱉는다. 나는 이런 측면의 무언가를 예감한 바 있었다. 다시 침묵이 흐르고 짙은 어둠과 마주한다. 나는 일어나 그녀에게 다음 날 4시가 울리면 자전거로 파템의 선사 시대 유적을 보러 떠날 것이라고 말한다.

"이미 가보았지요?"

"아녜요!"

"메콩 강 위에 있는 절벽인데, 암벽화들이 있으며, 세월의 흐름 위를 걸을 수 있고, 동굴들이…"

"동굴들은 끔찍해요."

"좋아요. 그럼 내일 5시에 입구에서 만나요."

나는 내 방 테라스에 앉는다. 별들이 수의(壽衣) 같다. 우리가 모래사장을 걸으면서 뒤돌아보면, 우리를 따라오는 발자국들은 정해진 운명과 같다. 하지만 앞에서는 그게 스윙댄스를 출 수 있다.

*

　인도를 본 후, 나는 싱가포르와 그곳의 고층 건물들, 그곳의 자긍심을 보지 않고 내버려두고 왔다. 나는 미시마[2]를 매혹시킨 방콕의 사원들, 양떼들에게 귀중한 가변적인 임시 시장, 성기가 오그라진 고아들이 좋아하는 더운 거리들, 사진작가 보볼리에게 소중한 짐 톤슨[3]의 집을 무시해 버렸다. 왕의 커다란 초상화로 장식된 방콕역에서의 기다림에 대해 내가 간직하고 있는 추억은 고양이처럼 유연한 발걸음에 주름살투성이의 수도사가 잔소리하는 모습이다. 나는 부리람에 도착해 기차에서 내렸다. 저녁식사를 제공하는 싸구려 식당을 들어가니 버너와 부엌이 복도에 있었다. 방 하나에선 두 소녀가 일을 하고 있었고, 흔들거리는 테이블 위에선 라디오가 어리석은 소리를 내뱉고 있었다. 벽에는 불교의 성인을 찍은 사진이 걸려 있었다. 두번째 방에선 매트리스들 위에 두 개의 모기장이 쳐져 있었다. 갓난아이 하나가 자고 있었다. 나에게 선물을 달라고 말하는 데 머뭇거리는 미소 띤 아이 하나가 나의 시중을 들었다. 그 애의 어머니가 손으로 그를 물리쳤다.

　어떤 녀석 하나가 오토바이로 앙코르 신전 파놈룽으로 나를 데려다 주었다. 크메르 왕국 시대에 지어진 건축물에서 나는 인

---

　2) 미시마 유키오(1925-1970): 일본의 소설가로 제2차 세계대전 후 세대의 니힐리즘적이고 탐미주의적 작품을 많이 썼으며 1970년 11월 "자위대의 각성과 궐기를 외치며 할복자살하였다." 대표작으로 《가면의 고백》(1949), 《금각사》(1956) 등이 있다. [역주]
　3) Jim Thomson(1909-1967): 기업가로 짐 톤슨의 '실크 브랜드' 로 유명하며 그의 집은 방콕의 명소이다. [역주]

도를 다시 만났다. 건축물에는 춤추는 시바 신과 비슈누 신이 표현되어 있었고, 뱀들의 왕인 칼리야를 쳐부수는 크리슈나가 재현되어 있었다. 수많은 머리를 지닌 칼리야는 야무나 강에서 살고 있었는데 크리슈나가 다섯 살 때 이곳에 와 무찔렀다 한다. 분화구 측면의 공원에 위치한 이 유적지는 다듬어져 있는데, 오래 전에 끝난 연극 작품의 배경 같았다. 삶을 나타내는 단 하나의 음조는 빽빽한 부겐빌리아 숲에서 날아가는 세 마리의 앵무새이다.

철길은 우본라차타니 주에서 멈추었다가, '세상을 편력하며 판단하는'(스트라본[4]) 여행자를 위해 베트남에서 다시 시작된다. 우본라차타나 주로 가는 열차 안에서 한 젊은 태국 여자가 눈에 들어왔는데, 높은 굽의 금박 신발을 신었고, 청바지와 헐렁한 블라우스를 입었으며, 머리는 묶었고, 워크맨을 지니고 있었다. 이런 유니폼 같은 옷을 입은 아가씨 옆에는 그녀의 할머니 같은 농부가 앉아 있었다. 이 노파는 사롱(허리에 감는 천)과 수가 놓아진 저고리를 걸치고 있었는데, 이 저고리는 열 세대에 걸쳐 봉사를 한 뒤 수집품 속에 들어가 생을 마감할 것이다. 처녀와 노파는 그들의 시대에 그 나름대로 편안하다. 붓다는 한줄기 연기 같은 외양에 대해 끊임없이 경계하라고 했다. 나는 타이 왕국 동쪽의 단조로운 풍경들이 잇달아 지나가는 동안 레일 위의 바퀴 소리를 들으면서 몽상을 했다. 소르본대학에서 오래

---

4) Strabon(BC 64?–AD 23?): 그리스의 지리학자 · 역사학자로 《지리지》 (17권)를 남겼다.〔역주〕

전에 만났던 한 타이 공주는 어린아이들이 기차에서 시간을 보
내기 위해(마귀를 쫓기 위해?) 되풀이하는 다음과 같은 표현을
나에게 흥얼거려 준 적이 있었다.

"도착하면 좋은 거고. 도착하지 못하면 할 수 없는 거지."

우본라차타니 박물관의 선사 시대 그림들은 이상하게 우리
시대 그림들을 닮아 있었다. 마치 양식(樣式)이 여행이라고 한
것처럼, 아니면 어떤 절대적 힘이 상이한 시대들 동안 지구의
상이한 지점들에 양식을 배분하기라도 한 것처럼 형판(形板)에
찍은 동일한 손, 동물들의 동일한 도식화가 나타났다. 관리인
한 사람이 라오스와의 국경 지대에 있는 콩시암 마을 근처에 파
템의 선사 시대 유적이 있음을 알려 주었다. 나는 피분 망사한
의 시장까지 가는 버스를 탔다. 그곳에서 나는 오토바이가 끄는
일종의 커다란 나무 박스가 삐거덕거릴 정도로 조용한 농부들
을 가득 싣고 나무가 우거진 도로 위를 요란한 소리를 내면서
달리기 시작할 때까지 암탉들 사이에서 기다려야만 했다.

마을 위쪽에 물과 테라스가 있는 방을 하나 얻은 뒤, 나는 메
콩 강으로 내려갔다. 반대 편 강안에서는 이상한 연기가 아무
런 거주지도 보이지 않는 라오스의 숲으로부터 올라오고 있었
다. 그것은 하늘에 새겨진 후 푸른 색깔에 흡수되었다. 내가 해
질녘에 돌아왔을 때, 라오스 쪽 강안은 붉은 반점들로 가득했
다. 나는 어둠에서 새어나오는 숲의 피를 관조했다. 어떤 육신
들이 어떤 환생을 위해 태워지는 것일까? 나는 손동작으로 질
문을 했다. 사람들은 대답으로 어깨를 으쓱했다. 그 다음 날에

도 숲은 연기를 계속 피우고 있었다. 나는 뱃사공 하나가 강 양쪽으로 승객들을 실어 나른다는 것을 확인했다. 나는 그에게 신호를 했다. 몸짓으로 점철된 긴 설명이 있은 후, 나는 메시지를 이해했다. 그러니까 그의 불법적인 장사, 특히 나 같은 사람과의 거래는 위험 부담이 매우 크기 때문에 돈을 두둑하게 내야 한다는 것이다. 우리는 마침내 합의를 했다.

나는 순진한 흥분을 느끼면서 라오스 쪽 강안에 내렸다. 내가 뱃사공에게 팔을 들어 해를 가리키며 해가 중천에 떠 있게 될 때 나를 데리러 오라고 요구하자, 그는 흔들거리는 지시적인 검지를 바라보면서 웃었다. 나는 어떤 마을에 도달하리라는 희망을 안고 가파른 숲을 전진했다. 나는 장차 경작이 될 것 같지 않은 비탈의 화전에 힘들게 도착했다. 계속해서 올라가면서 나는 불을 피우는 사람들을 만났지만 그들은 나를 보고 놀라지 않았다. 내가 나의 노트에 그림을 그리기도 하고 몸짓을 하기도 해서 마침내 이해한 것은 그들이 비가 내릴 때 버섯이 자랄 수 있도록 낙엽을 태운다는 사실이었다. 나는 그들에게 그들의 마을에 데려다 달라고 요구했다.

마을이란 말이 무색했다. 숲 속의 빈터에 말뚝을 박아 그 위에 세운 다섯 가구의 나무 집이 고작이었다. 몇 마리 닭들과 검은 돼지들, 세 여자가 일을 하고 있는 채소밭이 있었다. 나는 한 시간 동안 좀 떨어져서 앉아 있었다. 나는 나의 여정 동안에 이런 장소에서 살고 싶은 욕망을 느낀 적이 있었다. 내가 이런 곳에서 사는 모습을 상상했고, 곧바로 나는 자신을 비추는 거울 쪽 지나가고 있다는 환상을 품다가 자신의 책, 자신의 목욕실을 다시 발견하고 자신의 경험에 대해 객설을 늘어놓는 부자의 이미지를 내던져 버렸다. 다른 한편, 나쁜 이미지가 나쁜 현실인 것은 아니다… 좋아. 두고 볼 일이다. 모순의 거부는 눈멂의 형태일 수 있다.

정오 때쯤 나는 일어나 무심한 주민들에게 인사를 한 뒤 강으로 되돌아갔다. 나는 오랫동안 기다렸다. 마침내 멀리서 나타나는 나룻배 한 척! 나는 크게 손을 흔들었다. 아침의 뱃사공이 아닌 그 어부는 나에게 터무니없는 금액을 요구했다. 나는 이런 상황에 대비해 적당한 금액만을 가지고 왔던 참이었다. 나는 그에게 빈 주머니를 보여주고 그가 탐욕스럽게 바라보는 앞에서 지폐 몇 장을 흔들었다. 그러면서 동시에 나는 이해관계에 따라 더 많이 요구하는 그의 냉혹한 눈을 보았다. 기다려. 좀 봐. 나는 뒷주머니에서 마지막 지폐를 꺼내고는 그의 배 안으로 뛰어들었다. 우리는 서로 만족했다.

저녁에 강물 앞에서 나는 어둠 속에 붉은 불빛의 반점들을 보자 어떤 풍요가 박탈된 것 같은 느낌이 들었다. 프로이트 박사에게 다음과 같이 쓴 엽서를 보내야 한다. "창조는 신비의 힘에 의지한다."

*

타이 왕국의 이 끝에 도착한 지 3일이 지나자, 나는 펩시콜라 아가씨와의 약속을 지켜야 할 책임을 느낀다. 호기심, 욕망 그리고 연민의 부분을 어떻게 분간할 수 있는가? 모든 것은 혼합에 불과한가? 파템 절벽으로의 출발을 기다리면서 나는 내 손에 *ri*(日, 해)를 담아보는 동작을 해본다. 해의 형태는 어둠과 지혜가 가득한 저 *yin*(陰, 음)의 근친상간적인 오라비인 *yang*(陽, 양)이라는 글자 속에 들어 있다. 아침나절이 끝날 무렵 나는 마을의 사원으로 가 내 마음에 들었던 한 승려를 만나 시선을 통해 소통한다. 그는 담장 안에서 나에게 신호를 보내 자기 옆에 앉으라고 한다. 담장 옆에는 불상들 역시 무감각에 사로잡혀 있는 기도실이 있다. 나는 그의 크고 완만한 호흡에 따라 나의 호흡을 조절한다. 우리들 위로는 나뭇잎들이 살랑거리고 한결같은 미풍이 우리의 얼굴을 애무한다. 나는 우리가 이제 하나가 되었다는 건방진 생각을 하지는 않지만 이런 생각을 해본다. 즉 내가 더욱 작아지고 나의 내부에서 매우 조여진다면, 그를 위한 자리가 있을 것이다. 이게 환상일까? 그는 내가 이미 들은 바 있는 《다마파다》의 시구 하나를 팔리어로 낭송한다.

Yathâ bubbulakam passe, yathâ passa mâricikam,
Evam lokam avekkhantam maccurâjâ na passati.
"마치 이 세계가 하나의 단순한 물방울이나 보잘것없는 신기루에
불과한 것처럼 바라보는 자는 마왕이 보지 못한다."

그는 나를 축복해 준다. 다시 침묵이 감돈다. 그는 기도하는 것일까? 나는 명상을 시도해 본다. 그는 마른기침을 한다. 그는 움직인다. 그는 나에게 자신의 병든 두 눈을 보여준다. 나는 급작스럽지 않기 위해 조용히 일어난다. 나는 경의를 표하면서 그에게 인사를 한다. 시장에 도착했을 때 나는 나의 반응을 후회한다. 내가 보다 해방되어 있었다면 나는 그에게 돈을 주었을

것이고, 이를 거래라고 생각하지 않았을 것이다. 아니 보다 잘 말하면 합당하다고 생각했을 것이다.

날씨가 너무 더웠기 때문에 나는 자전거로 파템에 가는 것을 단념한다. 나는 손으로 시간을 명확히 알려 주면서, 오토바이를 개조한 소형 택시를 하나 예약한다. 그러자 손님이 하나도 없는 운전사는 웃는다. 나는 파인애플·오렌지·바나나와 같은 과일을 산다. 내가 한 소녀에게 이것들을 조금 내밀어 보지만 그 애는 거부한다. 낮잠에는 문명의 어떠한 충격도 통하지 않는다.

절벽으로 통하는 일방통행 도로에 와보니 자전거를 타고 가는 펩시콜라 아가씨는 보이지 않는다. 5시에 나는 유적지의 입구에서 잠시 기다리다가 가벼운 발걸음으로 선사 시대의 그림들을 보러 출발한다. 오솔길은 기복이 심하다. 때때로 암벽 사이의 좁은 통로에서는 나무를 붙잡아야 하거나 네 발로 기어서 전진해야 한다. 절벽 저쪽으로는 메콩 강이 흐르는 게 보인다. 흐른다는 말은 과장이다. 해가 질 때면 은빛에서 구릿빛으로 바뀌어 퍼지는 강물의 표면 위에 강은 무기력하게 펼쳐져 있다. 힘들게 온 데 대한 보상은 바라던 참에 이루어진다. 선사 시대 그림들이 그려진 절벽이 나타난다. 비바람에 노출된 내벽은 그 위로 솟은 돌출된 바위에 의해 보호되고 있다. 유적지의 장엄함, 나무들이 스치는 소리, 시간의 신비, 절벽이 주는 두려움, 삶에 대한 감사… 이 모든 것이 뒤섞여 신들을 탄생시켰다. 그런데 이런 혼합된 양상은 우리가 그 메커니즘을 발견하려고 시도한 이후로 진정 변했는가? (흔히 말하는) 선사 시대 인간은 사람들이 생각할 수 있는 것보다 우리와 보다 가까운 존재이다. 그의 욕망, 그의 두려움 그리고 그의 기쁨은 아직도 우리의 피 속에 흐르고 있다. 내벽의 입체파적 그림들과 화살에 꿰뚫린 동물들 뒤에는 우리의 손처럼 무기나 젖가슴 혹은 과일을 잡으러 펼쳐졌다가 오므리곤 했던 손이 있다. 나는 그림들을 보호하는 차단막을 건너 바위 위에 손은 대본다. 그림이 없다면 나는 거기다 나의 그림자를 드리울 것이다.

이 무너진 동굴(침하가 일어난 것일까?) 속에 흔적들을 남겨 놓은 인간은 삶의 통일성을 알고 있었다. 그는 나무가 지혜이고, 돌은 진리의 현전이며, 은하수는 종자(씨)의 거울이며, 자신이 동물과 술수와 발정기를 공유하고 있고, 새의 비상은 죽음이 데려가는 영혼을 닮아 있으며, 노래는 공포와 각성에 대한 힘이 있다는 것을 알고 있었다. 이 인간은 시간과 공간을 뛰어넘을 줄 알고 있었다.

도가철학자 장자는 사변적인 지식의 장벽을 무너뜨려 자연의 진리를 재발견했다. 그는 '지인(至人)'과 '정신의 여행'을 통한 이 지인의 비상을 환기시킨다. "커다란 늪을 태울 수 있는 불이라도 그를 태울 수 없고, 황허 강과 한장 강의 물을 얼어붙게 할 추위도 그를 춥게 할 수 없으며, 산을 부숴 버릴 벼락과 바다를 뒤엎을 폭풍이 몰아쳐도 그를 놀라게 할 수 없다. 그런 인간은 구름과 안개를 타고, 태양과 달을 몰아 사해(四海)를 넘어 멀리 떠난다"(《장자》).

내 앞에 있는 '흰 코끼리의 나라' 라오스에는 사물들에 대한 즉각적인 앎을 간직한 인간이 아직도 숲 속에 살고 있다. 이와 같은 즉각적인 앎은 사상의 담장들 속에 갇히기 전의 어린아이가 지닌 전유물이다. 앎에의 길은 불을 거쳐 간다. 아직도 한 세대 동안은 별들을 방황하는 영혼들이라 생각하는 존재들이 지구에 살아남아 있을 것이다. 나는 평평한 암벽 위에 눕는다. 나는 아득한 시간을 가로질러 다가온 남자에게 두려움을 가지고 접근하는 이 동굴 여자를 품위 있게 사랑할 수 있을까? 나는 그녀의 까칠까칠한 피부에 손을 내밀어 본다. '이리와!' 그녀는 이미 사라져 버렸다.

해가 지기 직전에 절벽 꼭대기에 다다르니 드넓게 펼쳐진 강과 라오스의 밀림이 시야에 들어오고, 그 너머로는 하늘 속에 떨면서 우리 삶의 망상을 드러내는 지평선이 불확실하게 그려져 있다. 나는 공간과 바람과 마지막 석양빛을 찬미하면서 높은 곳으로부터 오솔길을 따라 되돌아온다. 나는 마르멜로 열매 젤리의 색깔을 한 암벽 앞에 멈춘다. 바로 이곳에 이 시간이면 파쿠는 메콩 강에서 잡은 여섯 마리 물고기를 힘든 통로들을 통해 절벽 위에 갖다놓은 후, 앉으러 오곤 했던 것이다. 그는 머릿속에 아무런 생각도, 아무런 이미지도 없었고, 아무런 계획도 밤에 대한 아무런 두려움도 없었다. 그는 공간의 호흡에 자신의 호흡을 맞추고는 조그만 소리에도 주의를 기울이고 있었다. 어느 날 저녁 그는 풀밭 위에서 즐겁게 사랑을 나누고 있던 바즈와 목크를 발견했다. 그는 젊은이를 붙잡아 절벽 위로 내던져 버렸으며, 일이 잘 마무리되는 것을 좋아했으므로 울부짖는 젊은이에게 여러 개의 바위를 던지면서 석양보다 붉은 피가 더 붉어지기를 기대했다. 그 이후로 불알을 지닌 사내들은 변했는가? 나를 불태운다 해도 이 말은 진실이다.

유적지 입구 옆의 평지에 두 나라 말로 된 게시판이 다음과 같이 즐겁게 안내하고 있다. "여기서 태국에서 가장 아름다운 석양을 볼 수 있습니다." 나는 게시판을 더럽힌다. 그러자 그것은 '포스트모던'한 예술이 되는 한편 태양은 사라진다. 내가 오토바이 개조 택시가 있는 데로 내려오니 그 곁에 펩시콜라 아가씨가 자신의 자전거를 가지고 서 있다. 나는 그녀에게 산책을 제안한다. 운전사는 요란한 방귀 소리를 내면서 시동을 건다. 나는 금발 아가씨의 태국어 통역을 통해 계속해서 기다려 달라고 부탁한다. 그가 투덜거려도 상관없다. 우리가 걷는 동안 나는 펩시콜라 아가씨가 우리의 약속 시간보다 두 시간 먼저 유적지에 도착했음을 알게 된다. 그녀는 암벽화에 싫증을 느꼈다 한다. 그녀는 절벽 아래로 허공을 오랫동안 응시했다 한다. 우리는 절벽이 다시 와 있다. 나는 그녀에게 말한다.

"뛰어내리면 영원히 평온함을 가져다주니 유혹적이지요, 그렇지 않아요?"

"그게 문제가 아녜요!"

"이해합니다." (아무도, 뛰어내리는 자도 이해할 수 없다.)

우리는 보다 남쪽으로 메콩 강을 굽어보는 다른 절벽 앞에 도착한다. 모든 게 회색빛이다. 허공이 팔을 벌리고 있다. '멋있군!' 하고 나는 말한다. 그녀는 경련한다. 나는 다가오는 밤의 공기를 마시면서 기지개를 켠다.

"어려움이란, 아시겠어요, 우리가 우리 삶의 주인이 아니라는 데 있어요. 삶은 빌린 것과 같아요."

"어리석은 소리예요!"

"혼자 결정한다는 것은 대단한 이기주의죠."

"당신은 당신이 알지 못하는 것에 대해 이야기하시는군요."

"맞아요. 나는 아가씨의 고통도, 그 고통의 원인도 알 수 없습니다. 내가 다만 아는 것은 뛰어내려 자신을 박살내는 일이 아무런 재주도 필요하지 않으며 아무것도 해결해 주지 못한다는 사실이죠. 용기는 당신의 고통을 변모시키는 데 있을 것입니다."

"제발, 설교는 그만해 주세요! 난 그런 것 따위를 듣기 위해 온 게 아닙니다."

"아가씨가 똥이 아니라는 것을 알면서도 그 속에 우글거린 구더기들처럼 당신의 고통을 바라보도록 해봐요."

"무슨 말인지 모르겠습니다."

"그런 고통이 아가씨라는 존재는 **아니라**는 것이죠."

"웃기지 마세요."

"잘 지적했어요."

"당신은 알지 못하는 게 분명해요. 그…"

"그걸 맞추어 봅시다! 당신은 실연을 슬퍼할 그런 부류가 아니죠. 그렇지 않아요? 좋아요. 그럼 부모들이 당신을 버렸나요?"

"갈수록 태산이군요."

우리는 허공에서 뒤로 물러나 앉는다. 나는 어떤 분명한 것에 대한 어조로 말한다.

"그렇다면 당신이 어렸을 때 강간이라도 당했나요?"

그녀는 말이 없다. 밤은 너무도 빨리 왔기 때문에 절벽의 가장자리밖에 보이지 않는다.

"아가씨의 인척이었나요 아니면 모르는 사람이었나요?"

그녀는 말이 없다.

"아가씨의 아버지인가요?"

그녀는 비틀거리면서 일어선다. 그녀는 나의 팔을 잡는다. 섬광 같은 게 내 머리를 스쳐간다. 브린다반의 인도인, 바라나시의 화장터가 내 눈앞에 다시 떠오른다. 그녀는 나에게 매달린다. 그녀가 나를 끌고 허공 쪽으로 달려들자, 나는 그녀의 얼굴을 후려갈긴다. 우리는 넘어지고 나는 그녀와 함께 뒤쪽으로 구른다. 그런 다음 본능적으로 나는 나무뿌리 하나를 꽉 붙들면서 그녀를 절벽 쪽으로 밀어붙인다. 그녀는 짐승처럼 울부짖으며 땅에 달라붙는다. 내가 그녀를 내 쪽으로 잡아당기자 그녀는 나를 할퀴고, 나는 우리를 허공으로부터 몇 미터 떨어진 곳으로 끌고 간다. 우리는 숨을 헐떡거린다. 내가 숨을 돌렸을 때, 나는 그녀에게 가능한 조용히 말한다.

"이렇게 이중의 죄악으로부터 삶의 본능으로 신속히 넘어오다니 참으로 기묘하군."

그녀는 훌쩍거리며 경련을 일으킨다. 다행히도 밤이다. 잠시 후 나는 내적인 소요에도 불구하고 조용한 목소리로 말한다.

"사실, 아가씨는 뛰어내린 거죠. 물론 혼자서 뛰어내렸죠. 나는 아가씨의 곰 인형이었죠, 그렇지 않아요…? 그래요, 바로 그거예요, 당신은 달려들었고 이제 구덩이의 바닥에서 찢겨지고 있어요. 확인하러 가보고 싶나요? (그녀는 다시 뒤로 물러선다) 그림은 솜씨가 좋았고, 붉은 기조색은 …로."

"그만 하세요!"

"선명한 붉은색, 피로 된 하나의 별, 황홀경으로."

그녀는 일어서서 태양의 온기를 간직한 평평한 바위 위로 가 앉는다. 나는 그녀의 손을 잡고 어린아이처럼 그녀의 볼을 만져 준다. 그녀는 계속해서 눈물을 흘린다. 그녀의 경련과 눈물은 훌륭하다. 그것들은 나의 두려움을 진정시켜 준다. 내가 그녀에게 손수건을 내밀자 그녀는 그 속에 얼굴을 묻고 운다. 나는 그녀에게 말한다.

"진지한 이야기를 해보자고요. 코미디는 끝났어요. 보다 차원 높은 힘들의 질서가 있어요. 아가씨의 섹스를 하나의 제물로 삼아 보아요. 그것이 사랑에 굶주린 고아들을 위로하도록 해봐요. 제공해 보라고요! 제공해 보라고! 수십 명의 남자들이 쾌락으로 울부짖도록 해봐요. 아가씨가 여자들을 더 좋아한다면, 여자들한테 해도 상관없어요. 아가씨 자신의 쾌락을 구하려 하지 말아요. 그것은 감옥에 있어요. 악이 도래했던 길을 통해 제물이 되는 기쁨을 받아 보아요. 방법적으로, 열광적으로 애무해 봐요, 대지가 되어 봐요, 양식이 되는 비가 되어 봐요. 또… 되어 보아요."

"음란한 여자가!"

"이해하지 못하는 척할 필요 없어요. 나는 아가씨에게 즐거운 증여에 대해 말하는 겁니다. 당신을 넘어서게 되어 있는 힘에 대해서 말입니다. 다른 사람들에 대한 사랑을 통해 당신의 성(性)을 사랑하는 것입니다."

"당신은 다소 이상한 데가 있어요! 때로는 당신은 신부님처럼 이야기하고, 때로는 나를 이해하지 못하도록 어둠 속에 던져 넣고자 하고, 때로는 당신의 강박관념들을 나한테 시험해 보고 있어요. 당신은 다른 사람들과 똑같아요. 당신은 나의 육체를 하나의 대상으로 간주하고 있어요."

"문제는 아가씨도 나도 아녜요. 나는 하나의 무궁무진한 힘, 하나의 흐름에 대해 이야기하고 있는 것입니다. 베풀어 봐요!"

나는 어조에 힘을 주면서 말한다. "간단해요, 그렇지 않아요?"

"하지만 당신은 나를 밀었어요!" 그녀는 소리를 질렀다.

"아가씨는 넘어졌고, 정신을 차렸어요. 더 이상 그것에 대해서는 말하지 맙시다."

"당신은 무슨 놀이를 하고 있어요?"

나는 나의 손을 그녀의 배에다 갖다 대본다. 나는 그녀의 리듬에 따라 호흡한다.

"이게 불처럼 타오르는 상황에서는 타오르도록 해야 해요."

그녀는 머리를 내 어깨에 기댄다.

"나는 나의 성 때문에 사랑받고 싶지는 않아요."

"사랑에 대해선 나중에 알게 될 겁니다. 불로 시작해 봐요."

오토바이 개조 택시 운전사는 내가 부축하고 있는 펩시콜라 아가씨와 자전거를 자신의 바퀴 달린 냄비 같은 차에 받아들여야 한다는 설명을 듣자, 요란스럽게 화를 낸다. 금발의 아가씨가 옷에 흙이 묻은 채 드러내는 흐릿한 모습을 그가 수상하게 해석하고 있다는 것을 알아차리기는 어렵지 않다. 그녀의 모습은 불안에 사로잡힌 서양인들에 대해 지닌 그의 공상과 편견을 부추기고 있는 것이다. 돌아오는 길에, 이 불행한 처녀는 나를 동요시키는 신뢰를 드러내면서 나에게 기대어 잠이 든다. 운전사는 일부러 차가 흔들리게 한다. 우리는 그녀가 묵고 있는 마을 근처에 다다른다. 두둑한 팁을 줌으로써 운전사와 나는 마음이 가벼워진다. 젊은 여자는 다시 오열하면서 나를 붙잡는다. 나는 그녀를 물리친다. 그녀는 내가 그녀에게 이야기한 바 있는 첸나이의 스승의 주소를 달라고 한다. 나는 그녀에게 말한다.

"그를 만난다고 다 해결되지는 않을 거예요."

그녀는 자전거에 의지해 불확실한 발걸음으로 멀어져 간다. 내가 내 방으로 올라가는 동안 개가 다시 짖어댄다. 특히 나는 잠들기 전까지 계속 나를 따라오는 궁지 같은 것을 쳐부수어야 한다.

다음 날 해가 뜨자마자 나는 오토바이 개조 택시를 타고 한 시간 거리에 있는 라오스 국경 쪽으로 향한다. 우리는 메콩 강으로부터 멀어진다. 이 강은 콩시암에서부터 참파삭 지역을 통해 라오스 영토를 흘러가다가 캄보디아를 통과한 후 여러 줄기로 사이공 남쪽의 남중국해로 빠져나간다. 나는 백미러 속에서 내가 뒤로 하는 길, 우연들의 연쇄 고리를 바라본다. 국경 초소로부터 몇 미터 떨어진 곳에 도착하자, 규모가 제법 인상적인 시장이 서 있다. 잡동사니 진열대에서 사람들이 불쌍한 라오스인들의 이상향인 방콕에서 온 상품들을 구입하고 있다. 이들 라오스인들은 그들의 매력적인 머릿속에 미국인들의 맹렬한 집중 세례를 받았지만, 불건전한 빈정거림에 따라 인민 민주주의라 선언된 제도의 차단막이 뒤따랐다. 라오스라는 나라의 지뢰를 제거하는 데는 한 세기 반이 필요할 것이고, 15년이 안 되어 이 나라는 돈의 광란에 빠져들 것이다. 아직은 이 광란이 단호함을 다소 상실한 군부와 관대한 종교에 의해 제지되고 있지만 말이다. 배낭을 등에 메고, 마음은 호기심이 가득한 채, 나는 국경 역할을 하는 행정적 건물로 향한다. 이 국경선의 존재는 우리의 정신 속에 설정될 때를 제외하면 그 나름의 효력이 있다. 그것은 내 여행에서 세번째 국경이고 주님이 원한다면(일이 잘되면) 아직도 세 번의 다른 국경이 남아 있다. 하느님이라고? 그러나 우리는 주님의 땅(유럽)을 떠나왔고, 우리는 나무 하나에 기대어 길을 발견한 후 생애 내내 걸어다니다가 오른쪽으로 모로 누워 세상을 떠난 한 스승의 보호 아래 있다. 그분은 이런 말을 남겼다.

"모든 것은 설령 아주 오랜 기간 동안 지속된다 할지라도 그 끝이 있는 법이다."

백만 코끼리의 나라

가장 어려운 일은 유럽인의 영혼을 장식하고 있는 사상으로부터, 특히 인간의 힘은 그가 자신의 군주를 위해 사용하는 단검에 있다는 관념으로부터 조금씩 분리되는 것이었다. 우리는 이러한 망상을 단념해 우리의 내적인 꾸밈없음이 태어나게 될 갓난아기의 것이 될 때까지 나아가야 했다. 그 시작은 신비스럽게 자양을 주는 느낌들의 세계 속에서 새로운 삶을 시작하는 것이었다.

니녜스 카베사 드 바카,
그는 8년(1528-1536)에 걸쳐 텍사스에서
멕시코까지 걸어서 갔다. 《여행 이야기》.

국경에서 만나는 소인 찍기 · 차단기 · 기다림 · 차단기 · 소인 찍기… 이런 일은 진지한 일이다. 태국 쪽의 부유한 시장은 라오스 쪽의 먼지가 펄펄 날리는 무질서한 막연한 장터와 인상적인 대조를 이루고 있다. 이쪽 장터에서는 골동품상 차량들과 너무도 빈약한 진열대들이 손님을 기다리고 있다. 파크세라는 도시로 가기 위해 나는 만원인 오토바이 개조 택시에 자리 하나를 흥정하여 얻어낸다. 무뚝뚝하고 말없는 얼굴들 사이에서 한 시간을 덜커덩거리며 간다. 도시에서 나는 방콕에서 만난 사람들과 똑같이 휘청거리는 걸음걸이를 한 관광객들을 다시 만난다.

이 가난하면서도 우아한 나라는 쌀·양귀비·커피를 재배하
고, 망고나 판야를 따며, 중요한 문제들이 해결되는 사원들, 전
투적인 승려들, 배가 불룩하게 나온 어린아이들이 있다. 사람
들이 지나간 시대라고 말하지만 사실은 장식들만이 바뀐 시대
에 도시들이 이 나라에서 어떻게 건설되었는지 보자. 옛날에 한
임신한 여자가 '자원하여' 도시의 수호신이 되라는 요구를 받
았다. 많은 여자들은 숨어 있었다. 그러나 한 여자가 나섰다.
훌륭한 일이었다! 그녀는 꽃과 보석으로 치장되었다. 그녀는 선
택된 장소를 세 바퀴 돌았다. 구덩이가 파졌다. 그녀는 그곳에
몸을 던졌다. 그녀의 몸속에 말뚝이 박혔다. 구덩이가 메워졌
다. 이 수호신-여자는 땅과 하늘의 유대, 도시의 조화로운 발
전에 필요한 유대를 확립했다. 뒷날에 여자는 물소로 대체되었
다. 자원의 문제는 더 이상 제기되지 않았다.

나는 파크세에서 어슬렁거린다. 나는 다시 만난 메콩 강에도
불구하고 즐거움의 동기를 전혀 만나지 못한다. 나는 불교의
초탈과는 매우 반대적인 향수와 싸운다. 나는 회색빛의 두 작
은 도로가 교차하는 지점의 한 레스토랑으로 가 맥주 한 잔을
마신다. 맥주를 가져다주는 사롱(전통의상) 입은 젊은 아가씨는
물의 요정들의 직계 후손 같다. 그녀는 이 요정들의 율동·자
극·노래, 달콤한 유혹·환대·번쩍임을 지니고 있다. 그녀의
정숙함, 그녀의 자태, 그녀의 방추형 긴 치마, 그녀의 손놀림,
시선은 걸작이란 것이 신들과 인간들, 아니면 이게 좋다면 자
연과 문화 사이의 긴밀한 협력을 얼마나 필요로 하고 있는지를

입증하고 있다. 신들이 동굴로 은거하게 되면 그녀는 청바지를 입을 것이다.

나는 메콩 강을 따라 걸으러 간다. 발가벗은 어린아이들이 진흙탕 속에서 놀고 있다. 내가 도착하자 그들은 표정이 굳어진다. 나는 그들이 내 등 뒤에서 다시 웃고 흙탕물을 튀기는 소리를 듣는다. 어떤 막사들 앞에 도착하니 똥 냄새가 나는 가운데 버려진 인간들이 모여 있다. 무엇을 내세워 이런 일이 일어나는가? '공산주의'의 마지막 빗장이 날아가는 날, 처녀들은 태국에서 그랬듯이 부자들의 성욕을 채워 주기 위해 몸을 팔 것이고, 이는 비참보다 더 나쁠 것이다. 남자의 욕망을 부추기는 저 체위 자세 이야기, 그것이 개발하고 토해내야 할 그 욕구, 제국들을 위태롭게 했고 신화들과 온갖 종류의 죄악을 야기했던 그 이야기는 말해 보았자 소용이 없다. 그것은 여전히 수수께끼이다. 금지들이 무너졌다고 해서 이 이야기의 복잡성에서 변한 건 아무것도 없다.

다음 날 아침 나는 배를 타고 메콩 강을 내려간다. 나는 배에서 다른 서양인들을 만난다. 왜냐하면 남쪽으로 약 40킬로미터 지점에 협죽도가 둘러쳐진 언덕에 크메르 왕국 시대 때 세워진 사원인 바트 푸가 있기 때문이다. 강을 건너가는 요금을 내야 할 때가 되자, 일단의 '백인들'이 요란스럽게 항의한다. 왜냐하면 요금이 라오스인들이 내는 것보다 두 배 더 비싸다는 것을 몇몇 사람들이 알았기 때문이다. 말다툼은 악화된다. 나는 잠자코 있다가 나서서 우리가 우리들 나라에서라면 지불해야 할 금액을 내는 것은 당연한 것이고, 항의하는 것은 비도덕적이라는 등의 주장을 한다. 요컨대 나는 불필요한 좋은 감정들을 원용하여 잔뜩 늘어놓는다. 두 명의 스위스인은 나의 말에 동의하는 데 비해, 반바지 차림의 수염 기른 사람들은 하층민의 영어로 나에게 욕을 해댄다. 이들은 자신들을 붙잡으면서 나를 비난하는 뱃사공에게 선착장에서 내려 버려 큰 손해를 끼치겠다고 위협한다. 결국 잘 알려진 안내책자들이 부추기는 이 추잡한 문제는 타협안으로 해결된다. 이들 안내책자들은 지극히 꼼꼼하게 짜인 여행 시간표와 계획 이외도, 각종 가격·'악습'·거래기술을 세부적으로 알려 줌으로써 가능한 가장 값싼 방식으로 여행할 수 있는 방법을 부자들한테 제공한다. 바로 이런 식으로 21세기 벽두에…

배는 강의 중간에 이르고 있다. 그것은 모래톱을 피해간다. 몇몇 아이들이 우리에게 인사를 하고, 암수의 물소들과 그 새끼들이 뒤뚱거리는 발걸음으로 물을 마시러 내려가고 있으며, 어부 하나가 그물을 던지고 있고, 배의 갑판 위에선 한 남자가 침을 뱉고 있으며, 갓난아기 하나는 젖을 먹으면서 평생 동안 추구하게 될 축복을 경험하고 있고, 촌스런 자들은 이미지들을 카메라에 담고 있으며, 젊은 라오스 처녀 하나는 그들을 뚫어지게 바라보고, 라디오는 알아들을 수 없는 말을 내뱉고 있으며, 늙은 농부 노파는 손녀딸의 더부룩한 머리에서 이를 잡고 있고, 배의 모터는 검은 연기를 뿜어내며, 한 남자는 지붕 위에서 자고 있고, 배의 좌현에는 산들이 질병 치유의 비법인 나뭇잎들과 뿌리들을 간직하고 있다. 유럽에는 눈이 오는 때이다.

누군가 말했다. "이건 참파삭이 아니야. 아무것도 없잖아!"

배는 해변에 놓인 흔들리는 널빤지 앞에 대놓았다. 집 한 채 없고, 나무들 사이로 올라가는 오솔길 하나만 있을 뿐이다. "자, 바로 여기입니다." 우리는 메콩 강 위쪽의 고원 위에 흩어진 마을에 도착한다. 관광객들은 남쪽에 있는 바트 푸로 간다. 나는 그 반대 방향을 택한다. 잠시 목가적인 시골길을 걸으니 내가 배에서 얼핏 보았던 도선(渡船)을 다시 만난다. 반대편 강안에 도착해 나는 앉는다. 오토바이를 탄 한 젊은이가 내 앞에 멈춘다. 나는 '움무앙 방향'이라고 그에게 말한다. 그는 뒤에 타라고 안장의 뒤를 두드리고는 이름이 눔이라고 말한다. 그는 좋은 도로 위를 질주하는데, 이대로 갈 경우 내 지도가 맞는다면, 700킬로미터를 달리고 두 개의 국경을 넘으면 사이공에 도착하게 될 것이다. 북쪽으로 가면 이 도로(13번)는 비엔티안에 다다를 것이고, 이어서 위험하지만 산들을 가로질러 가면 신들의 거처인 루앙프라방에 이른다.

나 자신을 맡긴 젊은 운전자는 거칠게 브레이크를 밟은 후 논들을 가로지르는 오른쪽의 흙길로 돌진한다. 초록빛 논들은 정적에 잠긴 이 시골에 우리가 침입하면서 일으키는 먼지 구름을 시원하게 식혀 준다. 우리는 푸른 치마를 입고 자전거를 탄 초등학교 여자아이들을 가로지른다. 이 아이들에게 손을 흔드는 일도 불가능한 채, 나는 안장에 꽉 달라붙어 있다. 우리는 숲 속으로 들어간다. 바퀴는 낙엽이 쌓인 길 위를 미끄러져 간다. 우리는 말뚝 위에 세워진 나무 집 앞에서 멈춘다. 그 집은 부서진 불상들만이 지키고 있는 폐허를 돌보는 관리인 집으로 여겨진다. 귀뚜라미 우는 소리가 숲을 가득 채우고 있지만 새의 노랫소리는 전혀 들리지 않는다. 베트남 전쟁 때 폭격기들이 뿌려놓은 고엽제가 새들을 없애 버렸다 한다.

이 유적지는 여기저기 흩어진 돌조각들만이 남아 있는 한 크메르 사원을 둘러싸고 있는 이 식물 세계로 인해 당황스럽게 만든다. 아래쪽에는 메콩 강으로 흘러드는 개울이 흐르고 있다. 한쪽에는 한 그루 나무 밑에 벽 구멍의 터진 문, 층계의 계단들, 식물이 빽빽하게 뒤덮인 제단이 널브러져 있고, 다른 한쪽에는 나가[1]·무희·사자—인간의 조각상들이 흩어져 있다. 베이지색이 지배적인 화강암 더미들과 이 무질서한 식물들의 결합은 하나의 성소를 만들어 냈고, 이 성소의 망각된 신들은 지금도 초탈이 아니라 창조를 노래하고 있다. 땅과 시간은 시간과 하늘의 도움을 받아서만 자신의 힘을 발휘하는 인간——이건 명백하다!——의 작업을 보완해 왔다. 신성한 것의 전율하는 분위기가 텅 빈 교회에서 흔치 않게 그렇듯이 솟아오르고 있다.

늄이란 청년은 나를 메콩 강으로 데려가고 있다. 우리는 폐허가 된 사원 아래 흐르는 개울 쪽으로 내려간다. 통나무 하나가 물 위로 2미터의 다리 구실을 하고 있다. 이 라오스인은 춤꾼의 발걸음으로 다리를 건넌다. 나는 그를 뒤따라가려고 시도해 보지만 중간에서 현기증에 사로잡힌다. 아래에 악어가 없다 해도 마찬가지이다. 나는 불안에 떤다. 나는 떨어져도 '할 수 없지' 하는 마음으로 돌진한다. 이런 태도는 건너편에서 '아니 저런?' 으로 바뀌고 늄의 폭소를 자아낸다. 우리는 언덕으로 올라

---

1) 인도 신화에서 비·강의 정령으로 반은 사람이고 반은 뱀인 여신이다. 〔역주〕

갔다가 몹시 뜨거운 드넓은 모래사장 쪽으로 다시 내려간다. 나는 세정(洗淨)을 통해 메콩 강에 감사를 드린다. 폐허가 된 유적지로 되돌아오는 일은 수월하게 이루어진다. 마치 모래 위에서 나의 맨발이 흔들거리는 통나무 위로 개울을 가볍게 건너는데 필요한 어린 시절의 그 특성을 되살려 준 것 같았다.

나는 개미들이 우글거리는 하나의 나무줄기 쪽으로 기울어진 불상의 파편 앞에서 명상의 자세로 앉는다. *Gloria in exelcis Deo!*(저 높은 곳에 계신 신께 영광이 있을지어다!)가 나의 머리를 채우고 정적을 찬미로 변모시킨다. 여기서 나의 무의식은 이 기독교 찬송을 가지고 무슨 놀이를 하고 있는가? 이 노래에 대한 반향은 이렇게 다가온다. 보랏빛 치마를 입은 물의 요정 같은 소녀들이 나무 꼭대기에서 나한테 여러 가지 도토리를 던진다. 그녀들은 소리를 지르면서 선녀들의 위계질서로 되돌아간다. 늚이 포탄 껍데기 속에 과실이 있다고 하자 나는 그것을 맛보려 하다가 화가 나려 한다. 소녀들은 나무에서 내려온다. 그녀들은 나의 배낭 · 신발을 더듬고, 웃음을 터뜨리며, 소리를 지르고, 진저리를 낸다. 그 가운데 가장 날쌘 아이가 또 다른 나무로 돌진하여 원숭이 같은 유연성을 드러내면서 꼭대기로 올라간다. 그 아이가 과실들을 던지자 친구들은 그것들이 땅에 떨어지기 전에 붙잡는다. 이제 떠날 때이다. 우리의 발걸음 뒤로 소녀들의 웃음소리, 나뭇가지들의 우지끈 하는 소리가 들리다가 이내 귀뚜라미 소리만 다가온다.

우리는 정오의 열기 속에서 고요한 13번 도로와 다시 만난다. 나는 늚한테 점심식사를 하자고 제안한다. 수프 · 닭 · 맥주가 나오자 그는 게걸스레 먹는다. 그는 자신의 학비를 벌기 위해 가능할 때 관광객들을 바트 푸에 안내한다. 그러나 아무도 그에게 움무앙의 폐허로 가자고 요구하지 않는다. "쉿!" 나도 모르게 주문한 두번째 맥주가 나오자 그는 가장 좋은 돈벌이는 외국인들을 배에 태워 보다 남쪽에 있는 가난한 부족들의 마을들로 안내하고는 그들을 친절하게 맞이하는 주민들과 사진을 찍게 하는 것이라고 말한다. 왜냐하면 붓다를 공경하는 늙은 마을 사람들에게 자신이 버는 돈의 일부를 다시 나누어 줄 수 있기 때문이라는 것이다. 그는 나에게 이렇게 말한다.

"당신들 모두가 부자인 것은 당신들이 전생에서 선행을 많이 쌓았기 때문입니다."

"아, 그래요… 아, 그래요…!"

파크세에 도착하자 나는 식민지 스타일의 호텔 테라스에서, 돌아갈 때마다 삐걱거리는 고풍스런 선풍기 날개와 흰 주랑들을 마주하고 저녁식사를 한다. 나는 클레르 옵스퀴르와 자주 드나들었던 인도 호텔들의 성향과 다시 마주한다. 식민지적 분위기에 대한 취향은 애매성이 없지 않다. 나는 삶을 통해 경험할 수 없고 신경 써보았자 괴롭기만 한 어떤 일관성에 매달리기보다는 이 애매성을 수용한다. 종업원들은 요리를 가져다주면서 고개를 숙여 인사한다. 프랑스식 레스토랑은 형식적 틀과 향신료를 즐긴다. 그러나 디저트가 나오자 과거의 행복에 대한 기억은 고통스러워진다. 불행하지 않기 위해서는 결코 행복한 적이 없어야 하는 것일까? 저마다 마음은 좋아하는 게 있다. 마음을 없애 버려야 하나? 사탄아 물러가라!

나는 혐오스런 음악을 듣고 있는 젊은이들로 가득한 카페에서 저녁시간을 마감하러 간다. 카페 안쪽에서 사내 녀석들이 비디오게임에 열중하고 있다. 다행히 화는 향수보다 참기가 더 쉽다. 처녀들은 미숙한 어린 창녀들의 모습을 하고 있다. 그들이 외국인들과 관계를 맺는 것은 아직 금지되어 있다. 예전에 태국에서 내가 만난 어떤 프랑스 청년은 자기가 태어난 파리의 아름다운 거리들에서 안아 본 모든 처녀들보다 훨씬 더 top하다고 생각한 라오스 처녀를 나름대로 사랑하기 위해 국경을 넘어야 했다. 나는 top이 고분고분하다는 의미임을 이해했다. 모든 것으로 볼 때 그는 이 희극에서 얼간이일 것이다. 어린 암탉들이 언제나 어린 수탉들을 이긴다는 것을 어떻게 그에게 설명해 줄 것인가?

그 다음 날 나는 기도하는 시간에 파크세 사원으로 들어간다. 불교의 경전들은 표정이 없는 승려의 지도하에 팔리어로 낭송된다. 모여 있는 사람들은 전통에 따라 여러 사원들에서 다소간 긴 체류를 수행하는 소년들로 이루어져 있다. 그들은 동남아시아 국가들에 자신의 스타일을 부여하는 오렌지색 승려복을 입고 있다. 실내 안쪽에 앉아 나는 낭송을 따라가려고 해본다. 내 앞에서 소년 하나가 조각상에서 벗겨진 칠을 가지고 작은 공을 만들고 있다. 그가 그것을 옆의 동료 하나의 면도한 머리에 보내자, 그 동료는 조그만 자갈을 그에게 던진다. 싸움은 규모가 커진다. 맨 뒤의 두 줄은 완전히 흥분되어 있는데도 승려는 기계적으로 신도송을 계속 암송하고 있다.

바깥은 푸른 하늘.

나는 이 지역에서 지뢰 제거작업을 책임지고 있는 벨기에 군

대의 중대장을 만난다. 라오스는 세계에서 가장 많은 폭탄 세
례를 받은 나라이다. 700만 톤이나 받았으니 제2차 세계대전
동안 프랑스·독일·영국이 받은 것보다 많다. 이것은 주민 한
사람당 2분의 1톤에 해당된다. 1964년부터 1974년까지 10년
동안, 미국 공군은 라오스와 베트남을 갈라놓는 산악 장벽 지
대에 위치한 호치민 통로를 따라 북부 베트남인들이 남쪽으로
유입되는 것을 막기 위해 라오스를 폭격했다. 한 차례 임무를
마치고도 아직도 폭탄이 남아 있을 경우, 폭격기들은 기지로
돌아가기 전에 아무데나 폭탄을 투하해 짐을 덜어 버렸다. 그
가운데 10 내지 20%는 폭탄이 터지지 않았다. 이 폭탄들은 수
십 년 동안 가야 할 길을 가면서 표면으로 서서히 올라오고 있
다. 가난한 마을들의 주민은 이 폭탄들의 금속이 빈약하게나마
먹을 것을 가져다주기 때문에 그것들을 탐내고 있다. 어떤 것
들은 건드리면 폭발한다. 어린아이들이 맨발로 숲 속을 달려가
다가 폭탄 파편들에 찰과상을 입는 경우도 자주 있다. 날씨가
습하고 약품이 없기 때문에 이 아이들은 괴저병에 걸린다. 팔
다리를 잘라내야 한다.

한 이탈리아인 커플이 라오스에서 망각된 지역인 아타푸를
가보라고 권한다. 이 지역은 베트남과 캄보디아 왕국 북쪽 사
이에 끼어 있다. 새벽이 오기 전에 가벼운 배낭을 둘러메고 나
는 트럭 하나에 올라탄다. 트럭은 언젠가 그 향긋한 맛을 보게
될 커피를 생산하는 커피산지로 유명한, 볼로벤족의 고원으로
힘껏 달려간다. 높은 곳의 추위는 육체들에서 발산되는 열기가
상쇄시켜 준다. 하나의 민족을 안다는 것은 그 민족을 느끼는

것이다. 집들 앞에서 건조되고 있는 커피원두들은 패치워크로
된 옷처럼 채색된 사변형들을 만들어 내고 있다.

　아타푸의 큰 부락은 흥미로운 게 아무것도 없다. 내가 잡은
방은 체제의 거물들을 위해 건축된 슬픈 호텔의 방이다. 나는
유령 같은 복도들에서 어슬렁거린다. 마침내 시장 옆에서 나는
사람들이 나에게 알려 준 늙은 라오스인을 만난다. 그는 식민지
시대의 사람이다. 돈을 좀 주겠다고 하자, 그는 내가 다음 날
세콩 강 건너편에 위치한 '원시적인' 마을들을 방문하도록 안
내 역할을 해달라는 제의를 받아들인다. "내 이름은 카시미르
입니다. 프랑스 학교에서 지어 준 별명이지요."

　그 다음 날 그는 토마토와 생선 비늘에 햇살이 비추도록 구
멍이 난 방수포가 씌워진 시장에서 내가 사진을 찍지 않자 실
망한다. 나는 그에게 내 눈이 렌즈 역할을 한다고 말해 준다.
이 말은 그에게 아무런 의미가 없다. 여러 가지 많은 뿌리와 껍
질이 땅바닥에 진열되어 있다. 그것들은 상처를 아물게 하고,
열을 내리게 하며, 복통, 목의 통증이나 뱀에 물린 데를 치유해
주고, 사람에게 활력을 불어넣어 준다 한다. 나는 유령들을 쫓
아낸다는 뿌리와 껍질을 조금 산다. 또한 나는 과일 · 비스킷 ·
구장 잎을 산다. 우리는 평평한 배를 타고 세콩 강을 건넌다. 카
시미르는 오토바이 개조 택시가 강 건너편에서 우리를 기다린
다고 단언했다. 그러나 한 시간을 기다리니 성급함은 어쩔 수
없는 감수로 변모된다. 도착한 박물관 차량은 티크 숲이었던 황
폐한 풍경을 가로지르는 비포장도로 위에서 요동친다. 거대한
통나무들이 그것들을 베트남으로 실어갈 트럭들을 땅바닥에서
기다리고 있다. 그것들은 그 나라에서 이곳 사람들의 배(腹)와

마찬가지로 '영속적이지는 않지'만 보다 불룩한 배와 엉덩이를 위해 의자와 테이블로 변모될 것이다. 카시미르는 나무가 베어지는 만큼 다시 심어진다고 나에게 말한다. "대체 어디에다?" 나는 저 멀리 지평선까지 헐벗은 땅을 가리키면서 그에게 묻는다. "보게 될 겁니다." 나는 보지 못했다. 우리는 한 작업장을 가로지른다. 그것은 베트남인들이 값나가는 목재의 거래를 수월하게 하고, 또 모를 일이지만 어쩌면 태국과 베트남 사이에 낀 이 나라를 예속시키기 위해 건설되는 미래의 도로이다.

우리가 산으로 둘러싸인 파암이란 마을에 도착하자 전쟁의 추억인 대공포가 전시되어 있다. 그 위에서 노는 어린아이들에게 그것은 서양 아이들에게 비디오 게임과 같은 현실성을 지닌다. 걸어서 카시미르는 하나의 하천에 의해 형성되는 수로 쪽으로 안내한다. 30년대 민족학자들을 위해 그랬듯이, 헐렁하게 주름진 옷을 감싼 여자들과 발가벗은 어린아이들이 '자연스러움'을 드러내면서 물놀이를 하고 있다. 자신이 무엇에 대해 말하고 있는지를 몰랐던 장 자크 루소라면 이런 모습에 매혹되었을 것이다. 우리는 바지를 걷어 올리고 물의 흐름을 따라 거슬러 올라간다. 우리는 널빤지들 위에 설치된 발전기를 돌리는 급류 옆에 도착한다. 생산된 전기는 전선을 통해 집 한 채의 지붕 위에 매달린 전구에 보내지고 있다. 나의 안내인은 말한다. "저 위쪽의 산이 *phii*(정령들)의 거처입니다." 망설임은 오래가지 않는다. 나는 왜 자신과 함께 되돌아가지 않는지 나에게 묻는 카시미르에게 돈을 계산해 준다. 나는 그에게 숲을 가리킨다. 그는 나를 붙잡는다. "가지 마세요! 위험. 지뢰, 정령들…" 다시 지폐 한 장을 주고 나는 돌진한다.

*

3일이 지난 후, 나는 파암·대공포·어린아이들, 작은 식료품점을 다시 만난다. 나는 저 높은 곳에서의 체류 흔적을 평생 동안 간직할 것이다. 나는 아무런 지표가 없는 밤들에 대한 어떤 관념을 품고 있었다. 이제 나는 그런 밤들의 힘을 알고 있다.

카시미르와 헤어진 후, 나는 공포를 자아내는 숲 속에서 가파른 오솔길을 오랫동안 걸었다. 나는 말뚝 위에 세워진 여덟 채의 초가집이 있는 공터에 도착했다. "Nôn(잠자기)"이라고 나는 마을 한가운데 앉아 있는 남자에게 말했다. 그는 라오스어를 이해하지 못했다. 주민들은 나를 둘러쌌다. 나는 몸짓을 하며 "nôn"을 반복해 말했다. 침묵. 나는 부채꼴의 박공지붕들, 꼭대기에서 하나의 기둥을 축으로 돌고 있는 긴 장대와 추가 갖추어진 우물, 검은 돼지들과 닭들, 하나의 집 아래 있는 방적기, 숲의 경계에 있는 커다란 통나무와 그 사로잡는 두께 등 마을 구석구석을 관찰했다. 한 남자가 나에게 떠나라는 몸짓을 했다. 나는 피곤한 표정으로 나의 다리를 만졌다. 사람들은 해가 질 때까지 침묵 속에서 나를 바라보았다.

늙은 여자 하나가 다가왔다. 그녀는 사람이 살지 않는 것 같은 어두운 방으로 통하는 사다리를 나에게 가리켰다. 나는 그곳에 누워 신경을 써 능선과 직각이 되도록 했다. 왜냐하면 나는 능선의 연장선 속에 있는 것은 죽은 자들의 자세라는 점을 알고 있었기 때문이다. 나는 마을이 활기를 띠고 있는 소리를 들었고, 모기 퇴치용 크림을 몸에 발랐다. 나는 잠을 잤다. 아침이 되어 보니 내 피부는 부스럼으로 뒤덮여 있었다. 벼룩이 있나? 소년 하나가 걸쭉한 죽을 가져왔다. 나는 목이 말랐다. 소년은 나를 샘으로 인도했다. 가는 도중에 나는 냄새로 변소를 알아보았다. 소년은 나에게 엉덩이를 닦는 나무 막대기 하나를 내밀었다. 나는 숲 가장자리에 누워 있는 나무 위에 앉았다. 어린아이들이 다가왔다가 달아났다. 나는 숲 속에 산책하러 갔다. 나는 나무줄기로 되돌아왔다. 나는 한 집의 테라스 위에서 병에 걸린 것 같은 갓난아기를 애지중지 보살피는 여자를 보았다. 남자 하나가 올라가서 그녀의 팔을 잡아끌면서 내려오라고 했다. 그녀는 거부했다. 그는 그녀를 때렸다. 그녀는 아무 말도 하지 않고 갓난아기를 보호했다. 그는 내려왔다. 그는 나를 불러서 테라스로 데려갔다. 갓난아기는 생기가 없고 열이 있었다. 나는 아이를 파암에 데려가야 한다고 어머니를 설득시키고자 했다. 갓난아기는 소리를 질렀다. 나의 배낭에 해열제를 가지고 있었기 때문에 나는 아기의 혀에다 해열제의 작은 조각 하나를 놓고는 어머니에게 젖을 물리라는 몸짓을 했다.

나는 나무 쪽으로 되돌아갔다. 늙은 남자 하나가 다가왔다. 그는 나무줄기를 가리키면서 어떤 이름을 알아들을 수 없게 말했다. 나는 이 잘려진 나무가 마을을 지키는 수호신의 거처라는 것이 생각났다. 나는 땅바닥에 앉기 위해 일어났다. 그는 다시 나를 나무줄기 위에 앉혔다. 나는 그런 식으로 보호받고 있는가? 그는 내 옆에 앉았고 내가 내미는 구장 잎을 받아들였다. 우리는 말없이 나란히 잎을 씹었다. 그의 존재는 나를 둘러싸고 있는 어린아이들을 안심시켰다. 유감스럽게도 나는 노래를 잘 못한다. 유대감을 형성하는 데는 노래와 춤이 가장 좋은 방법이었을 텐데 말이다. 보편적인 것은 삶에 대한 동일한 견해(유토피아)가 아니라, 노래와 춤이고, 어쩌면 사랑이다. 그럼에도 나는 늙은이, 어린아이들 그리고 나 사이에 어떤 끈을 느꼈다. 나는 늙은이의 손을 잡으면서 나의 언어로 내뱉었다. "이 끈은 어디서 오는 것일까? 대답해 봐요. 이곳에 나는 그것을 알기 위해 있습니다." 어린아이들은 내가 헛되이 내뱉는 말에 웃음을 터뜨렸다. 세 살 먹은 아이가 다가와 나의 무릎 위에 앉았다. 그 아이의 누이가 그의 엉덩이를 잡아당기며 나무란다.

저녁에 나는 병든 갓난아이를 보러 가보았지만 상태는 변하지 않은 것 같았다. 어머니는 나에게 미소를 지었다. 그녀는 너무도 기막힌 젖가슴을 지녔기에 나는 눈을 내리깔지 않을 수 없었다. 나는 내 집의 (벼룩은 제외하고) 고독과 다시 마주했다. 조금 후에 나는 노랫소리를 들었다. 나는 내려가지 않았다. 꿈 하나가 나를 깨웠다. 꿈에서 나는 숲 속에 있는 기차의 객차에 있었다. 나는 이 객차가 어떻게 이곳에 도착할 수 있었는지 알고 싶었다. 그것은 미국인들이 하늘에서 던진 것이라고 나는 생각했다. 그것은 긴 나무의자들과 흰 식탁보가 덮인 식탁들이 갖추진 구식 객차의 모습을 하고 있었다. 종업원 하나가 나에게 보르도산 포도주를 한 병 가져왔지만 나는 그것을 따지 못했다. 객차는 전진하기 시작했다. 창문을 통해 논들이 눈에 들어왔다. 우리는 파리에 들어갔다. 나는 잠에서 깨어났다. 나는 몸이 가려워 크림을 발랐지만 진정되지 않았다. 나는 흔들리는 사다리를 타고 내려갔다. 마을은 3분의 2가 가려진 달빛 속에서 잠들어 있었다. 나는 숲의 경계에 있는 나무줄기 위에 앉았다. 숲은 소리로 가득했다. 내 안에서는 충만함과 무서움이 공존했다. 나는 나뭇잎들 아래서 어떤 미끄러지는 소리를 들었다. 뱀인가? 나는 움직이지 않았다. 그것이 나를 공격하지 말라는 법이 없었지만, 나는 정령들이 거주하는 이 산에서 밤에 파충류들의 관행에 대해 아는 게 아무것도 없었다. 움무랑에서 나는 시인의 천부적 자질로 유명한 나가 석상들을 경배한 바 있었다. 현실은 보다 완고하다. 가볍게 슈우하는 소리가 들렸다. 그리고는 소리가 멈추었다. 동물은 기다리고 있었다. 나 역시. 아마 나는 별과 맞닿아 있는 이 나무들 아래서 죽음의 절대에 순간적으로 유혹을 받은 것 같았다. 새로운 미끄러지는 소리가 나를 다시 방어토록 만들었다. 냉혈인 그 파충류는 어디쯤 있는 것일까? 그것은 내가 먹을 수 있는 게 아니라는 것을 알고 있음에 틀림없었다. 꼼짝하지 않은 채 인내 경쟁을 하는 것이라면, 나는 도전할 준비가 되어 있었다. 그러나 자연이란 어머니를 향한 나의 충동(정원에서는 쉬운 일이다)에도 불구하고, 나는 자연을 완전히 신뢰하지는 않는다. 그것은 나에게 아무런 신호도 보내지 않고 있었다. 내가 마을을 향해 뛰어간다면, 뱀은 도망을 갈까 아니면 공격해 결정적으로 물어 버릴까? 나는 바라나시의 시바 신들이 지닌 이미지를 물리쳤다. 이 이미지의 침입은 너무도 거칠었다. 나는 숨을 죽이고 꼼짝 않고 있었다. 나는 내 어린 시절의 믿음으로 기도했다. 얼마나 지났는지 모르지만, 나는 일어나서 조용한 발걸음으로 내 집의 사다리·잠자리·벼룩으로 되돌아갔다.

나는 나의 어머니를 꿈에 보았다. 그녀는 젊었고 나에게 무언가를 보여주었지만 그게 무엇인지 정체를 확인할 수 없었다. "이게 무엇이에요?" 나는 어머니에게 물었지만 허사였다. 아침에 나는 샘으로 갔다. 돌아오면서 나는 여자와 갓난아이를 지나쳤는데 아이는 열이 좀 내렸다. 나는 나무줄기 위에 앉았다. 여자를 때렸던 남자가 수상한 미소를 지으면서 다가왔다. 그는 약간의 의약품·수첩·만년필·셔츠, 마지막 남은 비스킷 한 봉지밖에 들어 있지 않은 나의 배낭을 보여 달라고 했다. 그는 내 바지 주머니 속에 든 스위스제 칼에 매달린 끈을 잡아당겼다. 그는 이 칼을 갖고자 했다. 나는 막았다. 그는 위협적인 모습을 보였다. 마을 사람들이 우리를 향해 왔다. 그들 가운데 하나가 그에게 꺼지라는 신호를 했다. 그는 떠났다. 어린아이들은 남아 있었다. 나는 그들에게 마지막 비스킷을 나누어 주었다. 나는 그들에게 나의 네 자식들 사진을 보여주었다. 나는 그들의 질문 가운데 하나를 알아맞혔다. 나는 클레르 옵스퀴르의 사진을 꺼냈다. 어린아이 하나가 외설적인 몸짓을 했다. 나는 화를 냈다. 내가 자명종·나침반·고도계(高度計)·온도계…와 같은 내 시계의 다양한 기능들, 요컨대 '기묘함'을 보여주었을 때 우리 사이에 화해가 이루어졌다. 나는 가장 날렵한 소년에게 저 멀리 솟아 있는 산의 자락으로 나를 안내해 달라고 부탁했다. 그는 이해했다. 도중에서 그는 나의 손을 잡았다. 우리는 내가 밑에서 동굴을 보았다고 생각했던 검은 바위 절벽 앞에 도착했다. 단 하나의 단층만이 있었다. 나는 나의 직관에 매달렸다. 나는 땅에다 동굴, 동물 모습들 그리고 손 하나를 그렸다. 소년의 얼굴이 밝아졌다. 그는 내가 바위를 기어 올라가게 했다. 잠시 후 현기증이 나의 호기심을 압도해 버렸다. 우리는 마을로 다시 내려왔다. 여자들이 씁쓰름한 탕약 같은 게 곁들여진 음식을 나한테 만들어 주었다. 그녀들은 사진들을 보여 달라고 했다. 그녀들은 나에게 질문들을 퍼부었고 내가 낭송하는 듯한 프랑스어로 대답하자 그녀들은 웃었다.

나는 떠나야 할 때가 왔음을 알았다. 나는 그들에게 내가 곧 돌아가겠다는 것을 가리켜 주었다. 어린아이들은 나를 붙잡았다. 나는 그들을 물리치고, 미소를 짓고는 상상할 수 없이 먼 곳에서 나를 기다리는 사람들이 있음을 이해시키고자 했다. 그들은 나를 따라오고 싶어 했다. 어머니들은 그들에게 나를 놓아 주라고 말했다. 숲의 경계지점에서 나는 되돌아서서 마지막 인사를 했다. 갓난아기를 안은 여자는 내가 처음 보았을 때처럼 말뚝 위의 자기 집 테라스에 다시 앉아 있었다. 우리의 시선이 교차했다. 3초가 지나자 어떤 열림이 나타났다가 어떤 추락이… 나는 숨을 돌렸다.

나는 숲·강을 가로질러 내려갔고, 냇물을 걸어서 건넌 뒤 파암까지 가서 탈 것을 얻기 위한 기나긴 협상을 했고, 도선(導線)을 타고 아타푸에 가서 지극히 위생적인 샤워를 했으며, 생선요리 저녁식사를 한 후 잠자리에 들었다.

*

나는 서둘러 중국으로 가야 한다. 나는 버스를 타고 파크세로 가 커다란 배낭을 되찾는다. 마을은 이제 시간 속에서 멀리 있다. 나는 새벽에 버스에 올라타 50킬로미터 북쪽에 위치한 사바나케트로 간다. 이곳에서 베트남으로 가는 도로가 시작된다. 이 도시는 메콩 강 위에 발코니처럼 자리 잡고 있다. 강의 반대편은 태국이다. 나는 빈곤한 강안에서 콩시암에서와는 반대되는 상황에 처한다. 앞에는 무크담이 있고 이곳에서는 사람들이 유복한 삶에 필요한 신기루 같은 것들을 상상한다. 자동차·냉장고·에어컨·텔레비전·컴퓨터·휴대전화 같은 것들 말이다.

저녁에 나는 호텔 옆에 위치한 불교사원을 방문한다. 어린 수도사 하나가 땅바닥에 앉아 자신의 법의 색깔인, 사프란 빛깔이 도는 노란색 물감으로 난간을 칠하고 있다. 그의 동작은 섬세하고 아무것도 아닌 것을 소중하게 다룬다. 그는 칭찬을 가만히 받아들이고 나를 보지 못한 척한다. 그는 일어서서 법의 스치는 소리를 낸다. 그는 나무 건물로 사라졌다가, 비엔티안에서 공부를 했고 프랑스어를 조금 할 줄 아는 보다 나이든 승려와 함께 되돌아온다. 나이든 승려는 나의 여행에 대해 질문을 하고 나를 완전히 적나라하게 드러낸 후(이미지), 나에게 바시(baci) 하나를 제안한다.

바시는 보호를 목적으로 손목에 차는 흰 목화로 만든 팔찌이다. 모든 인간 존재는 자신 안에 서른두 개의 정기(khwans, 精氣)가 있고 각각의 정기는 눈·코·입·배·발… 등의 육체의 한 부분과 연결되어 있다 한다. 이 '정기들' 가운데 하나가 우리를 떠나서 돌아다니는 경우가 있다는 것이다. 따라서 바시를 통해 그것을 다시 불러 붙잡아야 한다. 나의 정기 하나가 빠져나와 강을 따라 배회한다고 승려는 주장한다. 나는 그럴 것이라 짐작했다. 그런데 어떤 정기란 말인가? 나는 아무런 명확한 답변도 얻어내지 못한다. 승려는 한없는 주문으로 정령들에게 간청한다. 그러고 나서 그는 불교 경전들을 낭송한다(보호가 둘인 것은 하나보다 낫다). 나는 차례로 약간의 기도를 어름거린다. 승려는 나에게 말한다. "자, 이제 당신의 정기가 돌아왔습니다." 내가 그에게 왼쪽 손목을 내밀자 그는 짠 실로 감아 단단한 매듭을 만든다. "벗어서는 안 됩니다. 그대로 간직하세요. 때가 되면 떨어질 것입니다. 벗게 되면 당신은 병에 걸릴 것입니다." 그가 나에게 던지는 무서운 눈초리는 그가 내 머릿속에서 바시를 벗어 그 결과를 알고 싶은 유혹이 일어나는 것을 보았다는 것을 입증하는 것 같다. 그는 내가 마음에 들지 않는다. 유복한 승려 같으니! 대체 내 셔츠에 아직도 달라붙어 있는 벼룩들, 통과해야 할 그 모든 산들과 그 나쁜 정기가 이 시간 이 장소에서 내 마음에 든다고 그는 생각하는 것인가? 내가 머리를 숙이자, 그가 자신의 손을 내 이마에다 대고는 듣기 좋고 분명 따라 할 필요가 있는 주문을 낭송하자 내 식욕이 살아난다.

밤이 오자 나는 메콩 강이 바라보이는 곳의 식탁에 앉아 있다. 나의 접시에는 거창한 구운 생선이 담겨 있고, 내 머릿속에는 아타푸의 이미지들, 펩시콜라 아가씨의 눈물, 잠든 내 아이들의 얼굴들, 멀리 도로와 도로의 약속들, 위험들, 파리의 피라미드 지하철역에서 출발했던 나 자신의 시작이 떠오른다. "모든 면에서 그리고 어디서나 인간은 알록달록 잡색인 수선물에 불과하다"(《수상록》 II, 20).

나는 메콩 강을 바라보았던 낡은 호텔에서 나와 해뜨기 전에 걸어서 버스 정류장으로 간다. 정류장은 내가 들은 것보다 훨씬 먼 곳에 있다. 배낭은 나의 피곤한 근육을 짓누르고 있다. 잠든 도시 속에서 오토바이 개조 택시 한 대가 마침내 다가오는 소리가 들린다. 하지만 그것은 인간들이라는 우스꽝스러운

'형이상학적 동물'로 가득하다. 그들은 때때로 관대한 동물이기도 하다. 왜냐하면 차에 탄 사람들은 나를 태워 차체의 철막대에 의지해 서 있도록 해주기 때문이다. 와지끈! 내가 붙들고 있는 사슬이 끊어진다. 사람들은 나를 다시 내 자리를 마련해주고 그대로 머물러 있으라고 말한다. 다시 와지끈! 나는 결국 걸어서 정류장까지 가고 만다. 나는 향긋한 커피 한 잔으로 나의 몸을 다시 추스른다. 나는 베트남으로 가는 버스에 빈자리 하나를 발견한다. 도로는 좋다. 다만 흠이라면 확장공사를 하고 있는 심술 사나운 기계들 때문에 도로가 끊어질 때면 느닷없이 버스가 움푹 파인 길들로 접어드는 것이다. 다시 한 번 내가 아타푸에서처럼 확인하는 것이지만, 나는 이 나라들의 현실을 호의적인 필치로 그리고 있다. 그러나 이 현실은 나타나자마자 지워져 화물차 적재기들의 모습으로 대체되고 만다. 아직도 고대 세계와 연결된 채 우리의 뒤쪽에서 서양의 숨 가쁜 헐떡거림을 모르겠다는 방향으로 달려가는 한 나라의 이미지들은 오직 기억만이 간직할 수 있을 것이다. 그러나 기억 역시 때로는 호의적인 필치로 씌어진다. 이미지들이 무의식 속에 숨게 될 때 훌륭한 추적자가 되어야 하리라….

버스는 만원이고 덜커덩거려 우리는 프라이팬에 산 채로 던져진 새우처럼 튀어 오르지만, 사람들은 웃고 옆 사람의 품안으로 떨어지면 암탉의 무심한 시선을 드러내면서 서로를 축하해 준다. 큰 부락에서 버스의 엔진을 수선해야 한다. 한 시간이 걸릴 것이라는 말이 전해진다. 나는 배낭을 맡겨놓고 산책하러 간다. 내가 경험적으로 아는 것이지만, 사람들은 외국인이 단 하나 있을 때 그를 잊어버리고 떠나는 경우는 없다. 나는 누추한 집들이 펼쳐져 있는 거리 앞으로 흐르는 구역질나는 하천을 따라 걷는다. 쓰레기로 덮인 좁은 길들, 녹슨 양철 지붕이 드러난 건물들이 보이지만 문도 창문도 없고, 다만 신기루 같은 환상적인 것들을 싸고 있는 상자 조각들이 보인다. 널빤지들이 하수구 역할을 하는 하천에 여기저기 걸쳐 있다. 청바지를 입은 오토바이 탄 처녀가 이 다리들 가운데 하나로 접어든다. 그녀는 쭈그리고 앉아 냄비를 닦고 있는 여자가 그녀를 기다리고 있는 자신의 소굴 같은 거처로 되돌아간다(그녀는 간밤에 무엇을 했단 말인가?). 큰 소리가 나는 것이 들린다. 발가벗은 소년들이 거무칙칙한 물에서 놀고 있다.

버스는 동쪽으로 향한 길을 다시 달린다. 우리는 평야지대를 떠났다. 주변에는 산들이 솟아 있어 현재 '상좌부 불교,' 곧 남방불교와 마하야나 불교, 즉 '대승불교' 사이의 경계지점 역할을 하고 있다. 이 두 불교의 문화적 분열들은 깨달음을 향한 상이한 길들을 압도하고 있다.

사르나트에서부터 나는 교토까지 이어지는 하나의 길을 따라가고 있다. 그 길은 내 안에서 어떤 길을 내고 있는가? 꽝! 수리중인 다리 앞에서 버스는 갑작스럽게 하천 쪽으로 접어들었고 널빤지들 위로 통과해야 한다. 라오스인들은 제때에 균형을 잡을 줄 알았지만 나는 양철 천장에 부딪쳤다. 사람들은 웃으며 나에게 바나나 하나를 내민다. 우스꽝스러운 위안물이다! 사람들은 차에서 내려 하천을 걸어서 건넌 다음 안남을 향해 아스팔트 위에서 다시 출발한다.

통킹 지역

여덟 내지 아홉 시간 동안 도로를 달리고 승리에 찬 상승의
여정을 한 끝에 우리는 이른 오후에 라오스 인민 공화국과 베
트남 사회주의 공화국 사이의 국경이 펼쳐지는 산악지대의 한
가운데에 도착한다. 국경은 걸어서 통과한다. 내가 로마 공화
국의 원로원 같은 걸음걸이로 나아가고 있을 때 얼굴에 마스크
를 쓴 베트남 여자들이 나에게 달려들어 환전을 해주겠다고 한
다. 그들이 외치는 소리는 나의 거부에 상응하여 높아진다. 다
행히도 라오스의 마지막 국경 초소에서 사람들은 오랫동안 기
다려 아무렇게나 신속하게 찍어 주는 검인을 받는다. 걸어서 베
트남 쪽 국경에 다가가 기다려 검인을 받고 나니… 완전한 고
독감이 밀려온다! 여행자 하나 없고, 싸구려 식당 하나 없으며,
버스 한 대 없다. 베트남의 첫번째 촌락인 라오바오는 몇 킬로
미터 떨어진 곳에 위치해 있다. 선택의 여지가 없다. 나는 오토
바이를 갖고 거래를 하는 자에게 당하는 수밖에 없다. 라오바
오에 오니 버스도 없고 미소 짓는 자도 없다. 남중국해 해안 쪽
으로 내려가는 만원 파발 차량에 자리를 얻기 위해 다시 갈취를

당해야 한다.

마스크를 쓴 한 사나운 여자가 운전사 옆에 앉아서 욕설을 퍼부으며 구불구불한 도로로 들어서라고 우긴다. 차는 한 승강장에서 갑자기 멈춘다. 상스러운 여자는 의자 밑에서 담배와 의심스러운 보따리를 꺼낸다. 그녀는 그것들의 일부를 자신의 넓은 웃옷 안주머니들에 몰아넣은 다음, 나머지는 승객들에게 나누어 주고는 몸이나 배낭 속에 감추라고 말한다. 나는 거부한다. 운전사는 나에게 차에서 내리라는 동작을 한다. 이런 가파른 장소에서는 내리다가 바위 위로 '미끄러지기' 쉬운 건 분명하다. 나는 담배 한 보루의 내용을 확인한 후 그것을 받아들여 나의 배낭에 집어넣는다. 20여 킬로미터를 더 가서 우리는 병사들이 지키고 있는 육중한 건물 앞에서 멈추어야 한다. 세관인 것이다. 그 여자는 마스크를 벗고는 더없이 상냥하게 군다. 그녀는 부드러운 목소리로 질문에 대답한다. 병사는 그녀의 배낭과 내 배낭의 윗부분을 검사한다. 놀라움을 드러내면서 그는 중국 글자에 대해 공부한 공책, 《서유기(西遊記)》《수상록》 등을 뒤진다. 몽테뉴의 책 표지의 테두리 장식을 보자 그는 환호의 소리를 지른다. 나는 그에게 매우매우 오래된 것이라고 손짓을 통해 말한다. 그는 이 책에 대한 관심에서 어렵게 벗어나 의자들을 부드럽게 더듬어 본다. 그는 책을 다시 집어 들어보고는 어깨를 으쓱한 후 출발하라는 신호를 보낸다.

심술 사나운 여자는 거친 말을 다시 쏟아낸다. 그녀가 국경을 성공적으로 넘어왔음에도 불구하고 세상이 그녀의 욕망대로 돌아가지 않고 있음을 상상할 수 있다. 차가 급작스럽게 오른쪽으로 선회하여 어떤 집으로 들어가니 한 젊은이가 우리를 기다리고 있다. 그 남자 같은 여자는 자신의 웃옷을 벌리고는 안에 들어 있는 것을 쏟아낸 후 우리한테도 그렇게 하라고 권한다. 나는 내가 해준 일에 대해 5달러를 요구한다. 나의 유머를 알아듣지 못하는 수다쟁이 여자는 나의 배낭의 내용을 차 안에다 쏟아내고는 자신의 돈 되는 물건을 챙긴다. 이렇게 해 몽테뉴의 책은 우리를 구한 후 귀퉁이가 손상되고 만다. 우리는 다시 출발해 내가 가고자 하는 곳, 즉 사이공-하노이 도로 상에 있는 해안가 도시 동하에 도착한다. 다른 승객들은 도중에 여기저기서 내리는 가운데 나는 이 차가 도심에서 멀어져 점점 더 의심스러운 곳들로 향하고 있음을 확인한다. 나는 화가 난다. 왜냐하면 나는 역(역을 의미하는 *ga*는 동일한 의미의 프랑스어인 *gare*에서 왔다)에서 내려 *ye hoa*('불차'), 즉 기차를 다시 타고자 하기 때문이다. 돼먹지 못한 젊은 여자는 거친 말을 내뱉는다. 차는 질주한다. 교통체증이 나를 구해 주지만 나는 욕설을 잔뜩 얻어먹으면서 차에서 벗어난다.

　나는 무거운 배낭을 짊어지고 다시 걷기 시작한다. 나는 *Ga*, *ga*라는 말을 연발하면서 약간 머리가 돈 것 같은 모습으로 길을 묻는다. 한 시간 후에 역에 도착하자, 나는 하늘에 감사하는 것도 잊는다. 남쪽에 있는 위에(Hué)는 역사의 요란한 행진에 젖어들기를 좋아하는 여행자한테는 '놓쳐서는 안 되는' 곳이다. 또 하노이는 북쪽으로 하룻밤 기차를 타고 가면 도착하는데, 여기서 중국으로 가는 '불차'(기차)가 출발한다. 문제는 이 두 도시 사이에서 선택을 결정하는 것이다. 나는 지금 피곤하고 또 아타푸에서 지체했기 때문에 망설여진다. 우연과 필연(운명) 사이에서 통과해야 할 영토의 문제를 해결하지 못하고는 나는 우연에 몸을 맡기고 필연을 비웃는다(물론 이에 대해 이의를 제기할 수 있다). 동전을 던져 본다. 뒷면이다! 그렇다면 하노이이다.

밤이 되자 만원인 기차가 동하역으로 들어온다. 나는 딱딱한 얼굴을 한 사람들과 록 음악이 흘러나오는 가운데 긴 나무의자에 엉덩이를 반쯤 걸칠 수 있는 반액 좌석을 발견한다. 한 시간을 달린 후 나는 여자 역무원에게 간이침대가 있다면 돈을 지불할 수 있다고 말한다. 그녀는 사라졌다가 되돌아와서는 기차 전체를 가로질러 가 나를 깨끗한 객차로 안내한다. 거기서 나는 아마 그녀의 간이침대라고 생각되는 침구를 만난다. 내가 준 달러를 그녀가 쓰다듬자 나는 마음이 아프다.

나는 오래된 도시인 하노이에서 적당한 호텔을 선택한다. 이 도시는 관광 유원지로 변모되어 관광객들은 고대 통킹인들로 변장한 신(新)통킹인들이 끄는 인력거 안에서 거드름을 피우면서 식민지의 향수를 되찾을 수 있어 매료된다. (광시성 지방에 있는) 난닝(남령)으로 가는 직행열차는 나흘 후에나 있다. 기다리고 싶은 생각도 전혀 없고, 수다스러운 무리들과 아롱 만(灣)에 가고 싶은 마음도 전혀 없다. 이틀 후에 나는 산악지대에 있는 마지막 통킹 지역 도시인 랑동으로 가는 기차를 탈 것이다.

나는 공자에게 바쳐진 사당에 붙여진 이름인 '문묘'를 방문할 것이다. 주지하다시피, 공자는 '문(文)'을 자기 완성의 길로 간주했다. 그러나 그의 '문'은 우리의 서양 문학과 같은 게 아니며, 이것이 나에게 호기심을 돋우는 이유들 가운데 하나이다. 번잡한 하노이에서 안식처처럼 우거진 숲 속에 사당의 230개의 방이 자리 잡고 있다. 사람들은 계속해서 문(門)들을 통과하는데, 이는 중국 문화의 특성이다. '문후문(文厚門)'이라 이름 붙여진 문은 문정문(文定門)이라는 문과 마주하고 있다. 물론 나는 베르길리우스의 시구 하나는 망각 속에서도 맹그로브나무의 그늘을 보다 잘 맛보게 해준다고 생각하면서 엉터리로 이해한다. 중앙에 도착하자, 커다란 연못이 전각들·도서관·강연실·공동 침실과 같은 주요 건물들로 둘러싸여 있다. 지붕은 의문을 품은 고양이의 꼬리처럼 끝이 쳐들려 있다. 이곳에서는 공자의 '소크라테스적' 가르침에도 불구하고, 확신과 질서가 의문의 제기를 압도하고 있는데, 사실 의문의 제기는 새로운 질서가 도래할 때까지 아직도 지성의 고결함을 나타내고 있다. 나는 앉아서 꽃들과 어린아이들을 바라보고, 산책을 하며 1442년에 새겨졌다는 비석의 다음과 같은 텍스트를 옮겨 적는다. 텍스트를 …와 …에게(목록은 길다) 보내는 것을 생각해 본다.

"기예가 있고 덕이 있는 인간은 한 나라의 영혼이다. 나라의 번영과 힘은 이런 강력한 생명력에 좌우된다. 그 반대로 그것들은 이 생명력이 약할 경우 쇠퇴한다. 그러기에 이 생명력을 강화시키기 위해 계몽된 모든 성군은 기예 있는 인간들을 양성하고 엘리트들을 선발하는 임무를 자신의 가장 중요한 임무로 간주했다."

우리가 서쪽에서 오게 되면, 이 첫번째 공자 사당은 인도화된 아시아와 중국화된 아시아를 갈라놓는 견고한 요새지대를 나타낸다. 로마의 기독교 공동체와 비잔틴의 기독교 공동체의 뿌리가 동일하기는 하지만, 그것들을 갈라놓은 아직도 견고한 또 다른 요새지대가 있음을 망각해서는 안 된다. 여기서 붓다의 가르침은 이 경계를 차분하게 건너뛰었지만 분명한 것은 대승불교가 전파되는 동안 그것이 중국 문화권의 현실이 지닌 호소력 있는 강력한 힘에 부딪쳤다는 점이다. 장자의 나비, 곧 그것의 당황케 하는 초현실성이 존속하고 있는 것이다. 그것은 우리의 정신들이 세워놓은 벽들을 무너뜨리기 위해 있는 게 아닐까? 아, 휴식은 없도다!

나는 밤부바(*Bamboo Bar*)로 저녁식사를 하러 간다. 프랑스인들이 나의 주변 식탁들에 앉아 있다. 이런 말이 들린다. "비자를 연장했으니 난 달구지 여행을 하며 부족들을 보러 가기 위해선 실업 수당을 받아야 해." 대체 저 놈을 쏘아 버릴 내 총은 어디로 갔단 말인가?

하노이의 밤거리에서 얼굴이 갸름하고 나이가 지긋한 남자가 나에게 접근한다.

"당신은 프랑스 사람입니까?"

"당신은 참 통찰력이 있군요."

"나는 곧 알아보죠."

"무엇으로 알아본다는 거죠?"

"나, 난 알고 있지라고 말하는 모습이죠."

"틀렸습니다! 사람들이 내 머리를 이해하지 못해 얼마나 더 듣는지 당신이 안다면."

"히히! 히히! 그렇게 말하는 건 당신이죠. 나와 함께 한잔할 수 있습니까? 나의 최근 즐거움의 하나는 당신들의 언어로 이야기하는 것입니다."

그는 옻칠을 한 가구들과 비단 장식 융단들을 갖춘 집의 2층으로 나를 안내한다. 장딴지가 드러난 노란색 옷을 입은 여자가 고양이 같은 유연한 동작을 드러내면서 짚으로 싼 목이 길쭉한 이탈리아산 술병을 가져와 따라 준다. 나의 동반자는 미국인들과 싸워야 하기 전에 우리 프랑스인들에게 제대로 공격을 퍼부었다고 말한다. 그는 술을 마시고는 한숨을 쉬며 말한다.

"시계라는 건 참으로 우스워요. 학교에서 당신들은 우리한테 볼테르와 말로의 작품을 읽혔지요. 바로 그들을 생각하면서 우리는 당신들과 싸웠답니다. 당신에게 다소 상처가 되나요, 왕자님?"

"괴리. 삶은 시간에 따른 괴리를 만들어 내지요. 넘어갑시다…. 그런데 이제 당신들의 영광스러운 공산 혁명이 성공했으니 그 결과에 만족합니까? 질주하는 미국화, 소비의 신기루 같은 것에 말입니다. 죽은 자들은 밤에 당신들에게 무어라 중얼거리나요?"

"속내 이야기를 하자면, 다른 한편으로 관점들이 변화하고 있지요."

"좋습니다! 그렇게 해서 모든 게 정당화될 수 있지요."

"당신은 우리가 누군지 압니까? 우리는 내부의 썩어빠진 모델을 오랫동안 받아들이지는 않을 것입니다. 내 말 좀 들어보세요. 당신들은 아직 패배를 해결하지 않았어요. 놀-라-운 패주가 있을 겁니다."

"당신은 공산당원이었나요?"

"쉿!"

"알겠습니다. 희망의 상자가 비어 있다는 게 이해됩니다. 엉클 샘(미국의 의인화)은 주머니에 손을 집어넣고 록을 노래하면서 도착하지요.”

“사람들은 그의 손을 잘라 버릴 것입니다.”

“그건 중국인들의 꿈입니다. 하지만 그들은 우선 당신들에게 하나의 교훈을 주러 오게 될 겁니다.”

그는 서양의 살롱 같으면 예법에 어긋난다 할 입소리를 내면서 술을 마신다. 나는 좀 떨어져서 마신다. 신들의 차이는 두드러지지 않을 가능성이 있다. 나는 남자들이 여자들과 함께 홀 안쪽에 걸려 있는 벽걸이 천 뒤로 사라지는 것을 주시한다. 우리가 갈보집에 있다면, 나는 이 히히 씨의 정치적 참여의 질에 대해 상찬하는 것을 잊어버린 것이다. 나는 다시 말을 잇는다.

“당신은 더 이상 혁명을 믿지 않는 것 같군요. 당신은 우리의 모델을, 나의 모든 축복을 물리치고 있어요. 어떤 가치들을 토대로 당신은 영광스러운 시작을 구축하려 하나요? 전통으로의 회귀라면, 이해가 됩니다. 그러나 그렇게 되면 그 길은 깜짝 놀란 시체들로 널려 있게 되리라는 것을 인정해야 할 것입니다. 깜짝 놀라다는 형용사가 마음에 드나요?”

“우리는 용기를 내기 위해 계속해서 술을 마실 겁니다.”

히히가 손가락을 부딪쳐 딱 소리를 내자 야회복을 입은 여자는 술 한 병을 더 가져온다. 그는 웃으면서 나를 쳐다본다.

“저 여자 마음에 드나요? 당신이 원한다면 오늘 밤 함께 자게 해줄 수 있어요.”

“당신 뚜쟁이입니까? 그런 진한 섹스를 하고 나면, 추락이 잔인하지 않나요?”

“사랑한다는 것은, 왕자님, 추락하는 게 아닙니다. 내가 알고 있는 프랑스인은 모두가 아시아의 성적인 마법의 세례를 받았어요. 우리의 여자들은 환희…의 낙원으로 가는 문입니다!"

그는 환희라는 낱말을 음미하고 있고 나는 조용히 있다. 그는 다시 말을 잇는다.

"나는 당신 나라 출신인 여자를 경험한 적이 있습니다. 그녀는 끊임없이 이야기를 했지요. 그녀는 모든 것에게 말을 해야만 했습니다. 고역이었지요! 그녀는 나에게 자연의 감정을 주지 못했습니다. 여기서 여자들은 한 조각의 천국과 같은 것입니다."

"옛 마르크스주의자로선 괜찮은 말이군요."

"히히! 히히! 적어도 난 변증법을 배웠습니다. 쌀로 만든 술을 더 마시죠."

"난 이제 됐습니다."

노란 옷을 입은 여자는 술 한 병을 가지고 다시 온다. 그는 그녀에게 나지막이 말한다. 그녀는 연꽃처럼 바닥 위를 물결치듯 걸어가면서 멀어진다.

"나는 훌륭한 상을 하나 받았죠." 히히는 말한다. "좀 더 마셔요. 당신은 그녀의 육체에서 삶의 정수를 맛보게 될 겁니다. 그녀는 당신에게 당신이 이해… 못하는 것들을 발견하게 해줄 거예요."

"그건 아니죠! 사랑은 돈으로 살 수 있는 게 아니죠."

"과연 그럴까요? 선생님은 순진한 겝니까? 자, 그런 고집 부리지 말아요. 당신이 탐—욕스럽게 바라보는 그 잔을 비우시죠. 당신도 아시다시피, 아름다움은 관념이 아닙니다. 그것은 감상되고, 호흡되며, 애무되고…"

"그만 해요!"

"그렇게 반응하다니, 참 대단한 고백이군요. 왕자님!"

그는 술을 마신 뒤 보이를 불러 나의 어리석은 거절을 설명하는 것 같은데 나는 고위 성직자 같은 위엄을 지키고 있다.

"당신은 당신의 사랑, 사랑의 밤을 아쉬워할 겁니다."

"당신은 내가 아닙니다!"

"그렇죠… 하지만 불가능한 것은 아니죠."

히히의 얼굴에 경련이 인다. 그는 눈물을 닦는다. 나는 그의 어깨에 손을 올려놓는다.

"사랑의 슬픔 때문인가요?"

"정곡을 찌르는군요."

"오래되었나요?"

"50년."

"당신들이 디-디-디엔에서 우리 프랑스군을 포위했던 시기이군요…."

"바로 그렇습니다! 나는 당신들을 죽였고 그러면서도 당신들을 좋아했습니다."

"흔히 있는 일인 것 같군요."

"농담하지 말아요! 우리는 당신을 닮은 포로가 있었습니다. 그로 하여금 말하도록 하기 위해 나는 하지 않을 수… 하지 않을 수… 하지 않을 수 없었습니다."

"넘어갑시다!" 나는 그가 붙잡으려고 하는 술병을 멀리 치우면서 말한다.

"죄…죄송합니다."

"오래 전 이야기입니다."

"아닙니다! 아녜요! 나는 지금에 대해 이야기하는 중입니다. 당신들은 볼장 다 보았기 때문에 안됐다는 겁니다, 왕자님."

"무얼 말하는 거죠?"

"프랑스, 빅…빅토르 위고, 코르네유, 말… 말로… 서사적인 일련의 역사적 사건에 대해 말하는 거죠. 내… 내 말 좀 들어봐요.

　저 강력한 반항자는 어디서 멈출 것인가?

　그는 이 지구에서 얼마나 멀리까지 갈 것인가?

　그는 운…운…운명으로부터 얼마나 멀리까지 갈 것인가?

　끔찍한… 끔찍한… 끔찍한 뭐지? 아 그렇지. 숙명…

　끔찍한 숙명은 소멸된다… 린틴틴의 경우처럼.[1]

　소름끼치고 신선미를 잃은… 모든 고대 역사

　(저런, 그게 신선미를 잃었는가?)는

　새로운 지평선 위에서 달아난다. 뭐라 할까… 뭐라 할까…

　빨리 좀 생각나라! … 그래 인형처럼."

그는 눈물을 훔친 후 대부 위…위고라고 말한다.

나는 마치 노란 옷의 여자와 놀아난 것처럼 터무니없이 비싸게 나온 계산서를 지불한다. 우리는 서로를 붙들면서 나온다. 나는 허술한 베트남인이 끄는 인력거 하나를 부른다.

"우리가 끝장을 보지 못한 것은 모(con)…"

"머저리들(cons)은 뒈져라!" 그는 나에게 꼭 붙어서 소리친다.

---

1) 린틴틴(Rintintin)은 린틴틴이라는 개를 주인공으로 한 텔레비전 시리즈물로 미국에서 1950년대에 방영되었다. 제1차 세계대전 중 어린 유기견이 조련을 받아 많은 인명을 구하는 등 수훈을 세우는 이야기 따위가 담겨 있다. 〔역주〕

"난 모⋯순들(con⋯ traductions)에 대해 이야기했어요."

"히히! 히히! 그것들이 당신을 간지럽게 하는가 본데, 나는 아니에요. 당신도 아시겠지만, 나는 당신들을 통해 세상을 보고 있어요."

"아 그래요?"

"당신은 환희에 당신을 내맡기지 않은 걸 후회할 겁니다⋯."

"그 다음에 남는 건 향수(鄕愁)밖에 없을 겁니다."

"당신 나라의 누가, 누가 '예술작품의 원천은 향수이다' 라고 썼지요?"

"아마 나, 나가 아닐까?"

"농담하는군요. 왕자님!"

우리는 내가 묵는 호텔 앞에 도착한다. 나는 인력거꾼에게 히히를 집까지 바래다 주라고 요청한다. 히히는 나의 손에 매달린다.

"난⋯ 난⋯"

"나 역시, 나도⋯ 나도⋯"

인력거는 멀어진다. 히히는 뒤돌아보지 않는다. 나는 호텔 방 열쇠를 열기가 어렵다.

3월 10일 아침 5시 50분에 열차는 하노이역을 떠나 중국 국경 조금 못 미쳐 위치한 랑손 방향으로 달린다. 나는 나의 수집품을 보완하기 위해 국경을 걸어서 통과해야 한다. 평야를 가로지르는 동안, 풍경은 별다른 주의를 끌지 못한다. '불차' (기차)가 산으로 들어설 때 마침내 자연은 활기를 띤다. 대나무·유칼리나무·용설란·바나나나무, 그리고 테라스 위에 건조되는 벼가 눈에 들어온다. 이어서 철마는 적재기들이 보잘것없는 도로를 고속도로로 변모시키는 작업장을 따라 달린다.

첩첩산중에 뚫리는 이런 도로가 중국인들로 하여금 자신들의 옛 식민지에 쉽게 침투하게 해주리라는 것을 베트남인들은 알고 있을까? 베트남인들은 1979년 중국과의 전쟁에서 모욕을 당한 바 있다. '역사의 종말' 운운하는 것은 지각없는 자들의 희극이다. 마찬가지로 정신을 지배하기 위해 욕망을 꾸며대는 자들이 자유에 대해 말하는 허튼 수작에 귀를 기울여서는 안 된다.

랑손이 가까워짐에 따라 중국 화가들이 좋아하는 원추형 바위들이 나타날 때 기차에는 몇몇 승객밖에 남아 있지 않다. 역 앞의 광장에서는 아무도 이 초봄에 중국을 처음으로 횡단하고자 하는 여행객에게 주의를 기울이지 않고 있기 때문에, 나는 내가 비현실적으로 느껴진다. 마침내 젊은이 하나가 다가온다. "차이나" 하고 나는 그에게 말한다. 그는 오토바이를 갖고 돌아온다. 우리는 베트남 국경에 도착한다. 점심식사 시간이다. 창구들은 닫혀 있고 날씨는 덥다. 나는 검인을 받기 위해 오랫동안 기다리면서 멀리 중국의 나무들과 하늘을 바라본다. 그것들은 보이지 않는다. 그것들은 손이 접근하자마자 멀어지는 문화의 후광으로 뒤덮여 있다. 두 나라 국경 사이를 고무되어 걸으면서 나는 나의 발이 중국 회화의 특성인 '비어 있는 중심'(충기, 沖氣), 다시 말해 우리 서양인의 정신으로는 내적 변모를 한 후에만 포착할 수 있는 그 중심을 밟고 있지 않은지 자문한다. 중국 초소의 요란한 건물 위에는 붉은 기가 옅은 푸른 하늘에 나부끼고 있다. 세계가 티베트인들의 피로 뒤덮인 국기 앞

에 굴복하고 있는 시대에 사는 것에 대해 자긍심을 느끼게 해
줄 만한 게 없다. 침엽수로 장식된 바위들을 따라 나 있는 이
보이지 않는 국경선, 나의 상상력을 오랫동안 점유했던 그 국
경선을 통과하자, 나는 문화와 역사를 묻어두지 않으면 안 된
다. 문제는 환전을 하고, 점심식사를 한 뒤 교통수단을 찾아내
팽창으로 가 거기서 난닝으로 출발해야 하는 것이다.

중 국

왜냐하면 우리가 모르고 있다는 것을 지적할 수 있
을 정도의 지적 능력이 필요할 뿐 아니라 문으로 다가
가 그것이 닫혀 있다는 것을 알아야 하기 때문이다.
몽테뉴,《수상록》Ⅲ, 13.

떨림

나는 그녀에게 말한다. "하늘 아래 모든 것. 그래, *tian xia*(천
하, 天下), 어렵지 않지, 자 써봐요!" 이 젊은 여대생의 손이 내
가 높이 평가하는 떨림을 억제하려고 할 때 나는 나 자신도 쓸
수 있다고 생각되는 두 개의 중국 글자를 무덤덤하게 기다린다.
반듯하게 든 붓이 *tian*(天)이라는 글자의 네 획과 그 아래 *xia*(下)
자의 세 획에 생명을 부여하는 바로 그 순간에 나는 피부 아래
의 혈관 바닥을 짐작해 본다. 됐습니다! 링이라는 처녀는 난닝
역을 굽어보는 고층 호텔 19층에 있는 방 안에 자신이 있다는
데 감동되어 있다. 그녀가 이해된다. 얌전한 여대생으로서 생
활하는 동안 그녀는 한 번도 이처럼 예기치 않은 많은 사건을
겪은 적이 없기 때문이다. 그녀는 오늘 일요일에 난닝의 식물원
에서 나라는 외국인에게 과감히 접근했다. 그녀는 나를 동반하
는 일을 받아들였고, 처음으로 커다란 호텔에 들어온 후 방 안

에서 손에 붓을 들고 이상한 요청에 고분고분 응하고 있는 것이다. 나는 *zhu*(죽, 竹), *pi*(피, 皮), *gong*(공, 共)을 써보라고 주문한 뒤, 떠오르는 한 조각의 달(月)을 나타내는 매우 우아하고 매우 어울리는 *xi*(석, 夕)자를 주문한다. 또 포착할 수 없는 *yin*(음, 陰)을 써보라고 한다. 이 음이라는 글자의 전략은 구름과 그림자에 연결되어 있어 태양과 관련된 *yang*(양, 陽)의 전략보다 우월한 것 같다. 노자의 《도덕경》에 따르면 "천지(天地)가 나오는" "현묘한 암컷(여성)"은 사실 만물의 출현에 앞선 것으로 간주된다.

그날 오후 한 그루 복건연좌걸과(福建蓮座蕨科, 고사릿과 식물)로부터 멀지 않은 곳에서 식물원을 외톨이로 산책하고 있던 매력적인 링 메이 앞에서 나는 여성성이 남성성에 앞선다는 이 지극히 중요한 문제에 눈을 뜨고자 하고 있었다. 의학을 전공하는 이 여대생은 얼굴을 붉히면서 자신의 영어(미국어라고 말했어야 할 것이다) 실력을 시험해 보기 위해 이야기를 좀 할 수 있겠냐고 나에게 타진했는데, 도(道)에 대해선 아무것도 알지 못했다. 나는 구름 한 조각의 관조가 도에 대해 21세기 초엽의 여대생의 이야기보다 훨씬 더 유용한 가르침을 준다는 것을 모르고 있었다. 물론 취한 듯 떠다니는 구름들을 살펴본 적이 있었다. 그러나 중국의 식물원에서 젊은 처녀들을 살펴본 적은 한 번도 없었다.

그녀는 한 가닥 머리 타래를 오렌지색으로 물들이고 있었음에도 불구하고, 질문의 자발성이 마음에 들었다. 이어서 그녀는 쓰촨성에서 한 시시한 여행 이야기로 나를 지겹게 했고, 중국 문화에 대한 무지로 나를 실망시켰으나, 찻집에서 인삼음료를 마시자고 할 때는 나를 흥겹게 했다. 끝으로 나의 호텔 방에서 그녀가 고분고분할 때는 놀랐다.

그녀는 참으로 대단한 주의를 기울여 성스러운 문자인 중국 문자의 기호들을 썼던 것이다. 이 문자는 그것과 결코 멀어진 적이 없는 삶의 신비들을 표현하고 있다. 이 신비에는 투쟁이 있다. 4세기에 왕희지는 손의 움직임을 그렇게 보고 있었다. "종잇장은 전쟁터이다. 붓·창·검이 있고, 먹·정신·지휘관이 있으며, 능숙함·교묘함·보좌관들이 있고, 구성과 전략이 있다. 서예를 하는 자는 붓을 잡으면서 싸움의 운명을 결정한다. 휘두름과 획은 지휘관의 명령이다. 곡선과 접는 획은 치명적 타격이다"(《위부인 필진도》).

링 아가씨에게 강제한 시험이 끝나자, 우리는 난닝역을 굽어보는 유리로 된 뚫린 공간 앞에 나란히 있다. 그녀의 겁먹은 모습을 관통하고 있는 생각을 알아맞히기는 불가능하다. 이런 생각이 나한테 떠오른다. 세상은 하나의 커다란 교감신경계와 같은 것으로 이것이 우리를 포괄하고 삶의 모든 측면들을 통제한다. 자신을 해방시키는 것은 자신을 여는 것이다. 밤중에 기차들이 청두나 상하이를 향해 떠나고 있는 가운데, 나는 그녀에게 *tian*(天)을 반복하면서 어떤 우주적 호흡에 대해 생각한다. 우리는 이 우주적 호흡의 머나먼 메아리인 것이다.

"내일은 비가 온다는 예보가 있어요." 그녀는 나에게 대답한다.

"알고 있어요. 자, 바래다 줄게요!"

"혼자 돌아갈 수 있어요." 그녀는 추잉 껌을 게걸스레 씹으면서 말한다.

"페르시아 처녀이든, 파나마 처녀이든, 중국 처녀이든, 난 밤에 젊은 처녀를 결코 홀로 가게 하지 않아요."

구름

중국에서 회화와 서예는 현실과 동일한 관계를 유지한다. 그것들은 교감을 창조하면서 현실을 재구성한다. 관념론은 존재하지 않는다. 구체적인 것만 존재한다.

양숴에서 나는 잠시 날씨가 갠 틈을 이용해 자전거를 타고 시골로 달렸다. 원뿔 모양의 산들, 용의 꼬리 모양을 지닌 비틀린 소나무들, 거무칙칙하거나 연한 빛깔의 대나무들, 물과 바위들… 이 모든 것들은 《화어록》을 남긴 매우 자유로운 불교 승려이자 화가인 석도(石濤)[1]가 그린 것들이다. 내가 중국에 도착한 이후 나를 놀라게 한 두 원천이 있다. 하나는 휴대전화에 집착하는 젊은이들로 가득한 난닝의 번쩍거리는 거리들이다. 처녀들은 머리를 염색했고, 골든 보이들이 바쁘게 움직이고, 유리로 된 건물들이 많다. 요컨대 중국에 있으면서 서울이나 도쿄에서 이미 본 것의 인상을 받는다는 것이다. 다른 하나를 보면, 광시성 북동쪽의 이 유명한 자연 속에서 내가 화가들의 풍경들, 곧 안개 속에 일필로 강조된 경(景)들 사이를 돌아다니는 즐거움을 맛보고 있다는 것이다. 중국에서 예술은 대자연의 원소

____

1) 청나라의 승려 화가이다. 도올 김용옥이 《석도화론》에서 다루고 있다. 〔역주〕

들 사이에 숨결을 불어넣는 데 있다.

"너 날 놀라게 하는구나." 사람들은 친구에 대해 품었던 생각이 더 이상 부합하지 않을 때 그렇게 말한다. 오늘 아침 나는 중국인들에게 산은 산이고 나무는 나무라는 것을 이해하면서 '놀랍다'고 생각한다. 그들에겐 상징도 없고 기호도 없다. 문자를 통해 시작하는 것이다.

나는 비스듬한 소나무들이 매달려 있는 바위투성이의 봉우리 산 아래에 도착한다. 아래에서 보면 봉우리 산 전체가 하늘을 가리키는 거대한 손가락 같다. 빗방울이 다시 떨어지기 시작한다. 나는 한 농부의 집에 피신한다. 인도나 캄차카의 시골이라면 가능할 테지만, 여기서는 말도 몸짓도 통하지 않아 그와는 교류가 전혀 불가능하다. 그의 무관심 때문인데, 그렇다고 이런 무관심이 멸시라고 생각해서는 안 된다는 것을 나는 알고 있다.

나는 다음과 같은 하나의 허구를 만들어 낸다. 비가 지붕을 두드리는 가운데 나를 쳐다보는 농부는 중국 회화가 표현하는 그런 현자들 가운데 하나이다. 이 현자들은 자신들의 시선을 통해 우리로 하여금 산수(山水)를 보게 하는 명상적인 모습을 드러내고 있다. 나는 회화 속으로 들어간다. 나는 반쯤 기운 테라스에 앉아 있는 현자와 합류한다. 나는 묻는다.

"우리는 저 무상한 구름과 같지 않습니까?"

"사람들은 말하고, 또 말하고 한없이 따져 보지요. 중심을 지키는 게 낫습니다."

"중심은 어디에 있습니까?"

"말로 표현할 수 있는 도(道)는 이미 도가 아니고

명명할 수 있는 이름은 이미 이름이 아닙니다."

"언어가 시선을 방해하는 것을 어떻게 막을 수 있나요?"

"참된 말은 유혹하지 않고

유혹하는 말은 참되지 않습니다."

"그럼 무엇이 남습니까?"

"백(白)의 의식 흑(黑)의 몸가짐이죠."

날씨가 개어 나는 농부와 작별한다. 나는 점잖게 고개를 숙여 인사를 한다. 그러나 그는 거북해한다. 왜냐하면 그는 외국인 앞에서 어떻게 처신해야 할지 모르기 때문이다. 나는 그의 체면을 손상시킬지도 모른다는 느낌이 든다. 그건 여기서는 죄악이다.

난방이 안 되는 방을 얻었기 때문에 나는 틴틴[2]을 좋아하는 상냥한 젊은이가 운영하는 카페로 가 화로 앞에서 내 호모 유로페아누스(유럽인)의 몸뚱이를 덥힌다. 감기에 걸리지 않기 위해 나는 버스가 난닝에서 계림(구이린)으로 가는 동안 겨울 태양을 향해 몸을 돌리고 있었다. 과거에 자연은 진솔함의 모양새를 지니고 있었다. 달리 말하면 물소·논·대나무·암석을 통해 그것은 상투적 표현들에 담긴 안심시키는 이미지들에 부합했다. 이런 생각은 여담에 불과하다. 계림에서 나는 양숴 방향으로 갑자기 방향을 바꾸어 왔다. 양숴는 옛 모습을 간직한 작은 성이었지만, 이제 이 모습은 우편엽서에 나오는 이국적 중국이 인위적으로 재구축됨으로써 탈선하고 있으며 역사는 그런 중국을 과거로 던져 버렸다. 현재 중국은 초상(初喪)을 배우

---

2) 청만화 《틴틴의 모험》의 주인공이다. 〔역주〕

는 학습의 장이다. 우리는 기대하는 것을 발견하지 못한다. 발견한다는 것은 충분히 있다는 것을 의미할 수밖에 없을 것이다. 그러나 결국 나는 카페의 유리창을 때리는 빗줄기 속에서는 천(天)의 꽃잎을 볼 수 없다. 오 인도여…! 화로의 붉은 숯불은 지나간 시간을 태우는 화장터이다.

시골로 다시 나가 본다. 중국의 특성이 자연의 리듬, 곧 계절들과 여러 배합들로부터 오는 것이라면 나는 자연의 이런 작업의 한가운데 있다. 비 · 바람 · 암석 · 소나무 · 테라스가 호흡하면서 서로 교차한다. 베를 짜듯 직조한다. 천지창조의 기원에 있고 먹거리 · 감정 · 성(性)에서 표현되는 이와 같은 발레가 이곳에서는 *yin*(음)과 *yang*(양)이라 명명되고 있다. 내가 방에서 사색에 젖었던 시간에 복잡하다고 생각했던 이 배합이 지금 여기서는 씨앗을 뿌리는 것만큼이나 단순하게 보인다. 중요한 것은 이해하는 게 아니라 현장에서 포착하는 것이다. 쳐다보고 숨을 들이마시자.

물이 나의 온몸에 침투해 들어와 있다. 바나나나무들 앞에서 춤다는 것은 전혀 새로운 경험이다. 나는 유럽에 와 물랭사르성에 살기를 꿈꾸는 틴틴 애호가의 화로로 되돌아온다.

나는 기차역, 왕족의 거처, 천불동과 정원들, 예쁜 처녀들을 가질 만한 장점이 있는 계림으로 돌아간다. 호텔은 절도 있게 '중국식'인 옛날 거리에 위치에 있다. 이런 모습은 양쉬와는 반대이다. 양쉬는 그야말로 가짜의 바이러스에 걸렸고, 방향을 따라 가면서 처치해야 할 전염병에 걸렸다. 양쉬는 파고다와 작은 성(城)들, 신성한 동굴들과 감자튀김, 북미 인디언 수족(Sioux)

의 춤, 나이트클럽, 가짜 악어, 텍사스의 게이샤 따위가 갖추어진 유원지들이 많은 것이다. 어떤 반사회적인 자들은 숲 속에 난 실개천의 졸졸거리는 소리를 들으러 갈 것이다.

해가 다시 떴다. 나는 천불동에 가 앉는다. 천불동은 려강(麗江, 리장)을 굽어본다. 물 위에 비친 구름은 어떤 성공한 결혼을 표현한다고도 할 수 있을 것이다. 동굴 벽에 새겨진 불상들의 엄숙한 모습들과 시간의 운동 사이를 왕복하는 체험을 한다는 것은 유쾌한 일이다.

불교에 대한 서양의 심취는 그 성격이 나쁘지 않다. 니체——그는 불교를 쇼펜하우어보다 잘 알지는 못했지만 천재성을 가지고 다가오는 것을 볼 줄 알았다——는 유럽에서 불교의 발전을 예언했었다. 그는 역사가 물러나는 시기에 어떤 도망감의 징후를 불교에서 간파했다. 이는 하나의 가정(假定)이다. 그보다 그런 현상이 창조주인 어떤 신에 대한 모든 믿음을 벗어나서 어떤 영성을 체험하고자 하는 욕망과 연결되어 있다고 생각될 수 있다. 아주 좋다. 하지만 이런 측면이 우리 서양인을 만족시켜 주기에, 자아에 대해 그리스인들과 유대인들로부터 물려받은 개념과는 전혀 다른 개념을 함축하는 삼사라(윤회)는 등한시된다.

마케도니아의 알렉산더 대왕은 공간적 꿈에 이끌려 인더스 강안까지 나아갔었다. 그는 자신이 지나간 족적 위에 도시들과 왕들을 남겨놓았다. 이들 가운데 하나는 기원전 2세기경 인도의 북서쪽 지대를 지배했다. 인도-그리스 왕인 그의 이름은 밀린다이거나 관점에 따라 메난드로스이다. 그는 그리스인들이 지닌 의심과 의문의 취향을 간직하고 있었다. 《밀린다판하》(혹은 《메난드로스왕의 물음》)는 그가 우선은 경멸을 가지고 대하는 불교 승려들과의 대화를 설명하고 있다. "정말로 인도는 비어 있구나! 정말로, 인도는 빈 껍질이구나. 나와 대담할 수 있고 나의 의심을 해소해 줄 능력이 있는 고행자도 학자도 존재하지 않는구나." 승려 나가세나는 왕의 욕설에 동요되지 않는다. 그는 조용하고 엄밀하게 메난드로스의 확인에 대답한다(팔리어로 된 텍스트는 불교도들에 의해 씌어져 있다). 많은 군중 앞에서 이 승려는 나가세나는 하나의 이름에 불과하고 "아무런 인격도 그 속에 존재하지 않는다"고 단언한다. 자아의 실체를 부정하는 태도는 매우 인격적인 제우스 신의 가호 아래 베풀어진 가르침의 기억을 간직한 두뇌로선 받아들일 수 없는 것이다. 메난드로스왕은 이렇게 말한다. "여기 모인 500명의 그리스인들과 400명의 승려들은 내 말 들으시오. 이 나가세나는 '아무런 인격도 그 속에 존재하지 않는다' 고 단언하고 있소. 이를 받아들이는 게 좋겠소?"

그는 그것을 받아들이게 되고 심지어 다른 것들도 쉽게 믿게 되지만 이런 것들은 보다 작은 정교한 것들에 불과하다. 왜냐하면 핵심으로 확립되는 것은 아트만(자아)의 부정이기 때문이다.

원전의 다른 한 부분은 나중에 추가된 것으로 추정되는데 중국어로 번역되지 않았다. 이 부분에서 존경스러운 나가세나는 불교 승려라면 마땅히 지녀야 할 모든 특성들을 열거한다. 물의 특성뿐 아니라 대나무·호박·바람·전갈·사자·거미·길·나무·양산·아치… 등의 특성을 말이다. 요컨대 이 목록은 현상계에서 끌어낸 것이며, 게다가 이 현상계는 실체가 없는 하나의 자아에 의해 지각된 환상에 불과하다…. 우리는 센 강이나 허드슨 강가에서는 사람들이 다른 방식에 따라 요리들을 준비한다는 것을 이해한다. 개인의 유일성을 믿는 우리 서양인, 존재와 무(無) 사이에 아무런 공간을 남겨놓지 않은 우리 서양인이 어떻게 삼사라를 어떻게 받아들이고, 공(空, *shûnyatâ*)을 어떻게 체험할 수 있단 말인가?

나로 말하면, 려강의 강가에서 창녀들의 너그러움에 감사한 후, 밤이 옴을 확신하고 돌아갈 준비를 하는 빨래하는 여자들을 관찰한다. 이 여자들 가운데 하나가 나를 뚫어지게 바라본다. 그녀는 이렇게 생각할 것이다. 돌 붓다상 옆에 결가부좌를 하고 앉아 있는 저 외국인은 누구지? 나는 묻는다. 대체 그렇게 앉아 있는 내가 **자아**인가?

나는 사람들로 꽉 차고 연기가 가득한 소란스러운 홀에서 저녁식사를 한다. 훌륭한 요리에다 규율이 없는 아이들, 소리를 지르며 술을 마시는 어른들이 눈에 들어온다. 격식이라곤 전혀 차리지 않는 이런 진솔함에 매우 만족한 채 내가 버섯을 곁들인 닭요리를 먹기 시작하려고 하는 순간 사람들은 좋은 자리를 차지한 텔레비전 화면에서 조지 **W.** 부시가 나타나자 일순 조용해진다. 중국어로 더빙된 그의 말은 메소포타미아(이란)를 공격하기 위해 신세계(미국)의 군대 파견을 정당화시키고 있다. 나의 찌푸린 얼굴을 보자 고독하게 저녁식사를 하고 있는 한 사람이 나에게 접근한다. 나와 그는 미국의 이러한 침공에는 어리석음과 야만적인 폭력이 있다는 분석에 쉽게 공감한다. 그러나 내가 티베트 문제에 접근하자 우리는 논쟁을 벌인다. 조우 휘라는 인물은 나의 분개를 전혀 들으려 하지 않고 나에게 불길한 선전을 지루하게 반복해 퍼부어댄다. 어쩌면 그가 진실할 수도 있지 않을까? 메난드로스 앞에서 나가세나는 불교에서 귀중한 다음과 같은 하나의 관념을 전개했는데, 우리의 현대적인 견해들 속에 수용될 수 없는 것이다. 즉 불이나 독은 우리가 그것들의 효과를 모를 때 더욱 해롭듯이, 무의식적으로 저지른 과오는 사정을 잘 알고 행해진 과오보다 더 심각하다는 것이다. 이런 관념은 책임을 의도의 외부에 위치시키는 것이다. 악은 주관적이 아니라 그 자체로 존재한다. 조우 휘는 나더러 달라이 라마의 이름을 더 이상 언급하지 말아 달라고 간청한다. "당신은 부시를 비판할 수 있는 좋은 패를 들고 있소!" 그는 상대의 공격을 살짝 피하는 아주 오래된 기교로 대화를 다른 방향으로 이끈다. 그는 자신이 회화를 가르치고 있으며 자신이 화가라고 알려 준다. 나는 그의 작품을 살펴볼 요량으로 자기 집에 가자는 초대를 받아들여 그의 집에 간다.

나는 너무도 수다스러운 교수의 작품들 앞에서 당황해 있다. 그는 서양 밖의 다른 많은 사람들이 그렇듯이, 한편으로 자신을 능력을 벗어나는 어떤 '현대성' 의 인위적 탐구와 다른 한편으로 자신을 형성시킨 전통 사이에서 자신을 되찾는 데 어려움을 겪고 있다. 내가 호텔로 돌아가려 하자, 그는 자신이 내 앞에서 서예 작품 하나를 직접 제작해 주겠다고 제안한다. 그는 종이에 몸을 숙이고는 검은 먹물에 밴 붓으로 허공에 기호들을 쓴다. 그는 그렇게 정확한 동작을 찾아보는 걸까? 그는 계속하더니 만족한 모습을 보인 후 나에게 아무것도 씌어 있지 않는

종잇장을 내민다. 나는 그것이 려강 위에 비친 구름처럼 유동적이기 때문에 더욱 의미심장한 어떤 현전으로 가득함을 느낀다. 감사합니다!

계림의 밤 속에서 달(月)이라는 표의문자는 변화하는 현실의 반영을 나타낸다.

이제 어떤 도로를 타야 하는가? 중국을 횡단하겠다는 나의 계획을 보면, 나의 소망은 나의 직관과 충동에 따라 여정을 선택해 마지막으로 .일본으로 가는 배를 만날 항구로 가는 것이다. 내가 지키겠다고 정해놓은 규칙은 단 하나이다. 즉 여행사의 도움을 결코 받지 않을 것이고, 나를 도와줄 수 있는 어떤 누구의 주소도 지니지 않는다는 것이다. 자존심인가? 중국어도 모르면서 중국을 철저히 횡단하는 것은 머지않아 더 이상 통용되지 않을 여행 법을 실천해 보는 방식이기도 하다. 신들은 이에 대해 어떻게 생각할까? 북경의 천단(天壇)이 여행의 피할 수 없는 중심 같았다 해도, 사람들은 홍콩과 마카오, 황허강의 계곡들, 황산의 봉우리들에 유혹을 받을 수 있었고, 혹은 둔황 석굴의 어리둥절케 하는 불교 벽화들(이것들은 현대인들의 우언집(寓言集)에 따르면 놀라운 '현대성'을 지니고 있다) 앞에서 너그러운 황홀경에 빠질 수도 있었다.

두 개의 사건이 결정을 하게 된다. 난닝에서도 이곳 계림에서도 나는 일본으로 가는 배에 대한 정보를 얻을 수 없었다. 이치를 따져 보니 이처럼 이동이 많은 시기에 자리를 예약하려면 너무 늦지 않게 상하이항으로 가야 한다. 다른 한편으로 남중국에서, 특히 홍콩과 광저우에 '이형 폐렴' 전염병에 대한 소문이 돌고 있어 이것 역시 바이러스로부터 안전하다는 상하이로 나를 밀어붙인다.

이렇게 하여 계림으로 돌아온 다음 날, 나는 역으로 간다. 내가 알아본 바로는 N150인가 하는 열차를 타면 26시간 반 이후에 상하이에 도착할 수 있다는 것이다. 이 정도라면 비정형 상대성에 따라 계산할 때 공간보다 시간에서 더 멀리까지 가는 인도의 강가-카베리 급행열차에 비해 별것 아니다. 밤의 새로운 특성을 발견하기 위해선 이 세기 초에 한 중국 역에서 티켓을 구하는 '미개인'이 되어야 한다. 보다 분명히 말하면, 무질서한 줄들 속에서 오랫동안 기다린 후에도 창구에서 창구로 나를 열심히 되돌려 보내는 담당계원들을 이해하면서도 내가 바라는 것은 3등칸 간이침대이며, 그것도 남중국의 풍요로운 평야지대로 전파되는 폐렴을 생각할 때 가능한 가장 빨리 주었으면 한다. 내가 태어난 오래된 기독교 나라에선 지금 사람들이 "참선(zen)을 하세요!"라고 말한다. 사람들로 꽉 찬 역 한가운데 나무의자에 마지못해 앉아서 나는 이 명령문을 *wu wei*(무위, 無爲)를 실천하자로 번역해 본다. 이 말은 이른바 '행동하지 않음'을 의미하지만 사실은 세상사의 흐름 속에 있으면서 완전히 중국식으로 행동하는 방식이다. 요컨대 나는 기다린다. 이 방법은 성공한다. 불교 승려 같은 미소를 머금은 한 대학생이 나를 도와주겠다고 제안하여 다음 날 표를 얻어 주는 것이다. 나는 폐렴에 대해 그에게 질문해 본다. "어떤 폐렴을 말하시죠?" 중국의 만리장성은…

나는 봄이 다정한 기운을 드러내면서 폭발하는 계림의 정원들을 어슬렁거린다. 연인들이 매우 자유롭게 서로를 애무하고 있다.

등급이 없는 중국 열차에서 이른바 '딱딱한' 인민용 간이침대는 부드럽고, '부드러운 간이침대'는 호화롭고 엘리트층에 제한되어 있는데, 이들 엘리트층은 여승무원들의 시중을 받으며 남자 역무원들에 의해 보호를 받는다. 간이침대 값을 지불할 수 없는 중국인들, 이 훼방꾼들은 만원인 객차 안에서 밀집해 있어야 한다! 모든 이데올로기는 현실에 부딪칠 때 배신을 통해서만 살아남는다는 것은 분명하다. 그러나 중국이 스스로를 '공산주의국가'라고 말해 왔다는 주장을 비웃을 수는 없을 것이다. 배고픔과 국민이라는 피는 우리의 빈정거림을 신속하게 제압한다. 그리고 몽테뉴와 몽테스키외에서 운 좋게 정신적 양식을 얻었던 프랑스 국민 가운데 '고매한 정신을 가진 자들'은 자신들을 세련된 유행의 첨단에 서 있듯이 '마오쩌둥주의자'로 자처하며 즐거워했다(아, 파리 사람들은 즐길 줄을 알고 있지)!

나는 '딱딱한' 간이침대를 타고 가는 다섯 명의 동행자를 알게 되어 이들과 광시성 · 후난성 · 장시성 · 저장성의 중국 풍경들을 함께 나누면서, 나의 미래가 어떻게 될지 모르는 상하이로 가고 있다. 내가 탄 객차의 공간에는 두 커플이 있고 영어와 중국어를 구사할 줄 아는 요코하마 출신의 일본 여대생이 있다. 우리는 논과 숲과 산들이 교대로 나타나는 유쾌한 풍경들을 통과하고 혁명의 영광스러운 여명을 위해 솟아올랐던 동일한 해가 산 너머로 지고 있다.

주목되는 점은 중국은 도시화되었음에도 불구하고 이 나라가 지닌 문자 덕분에 자연과 여전히 접촉을 유지하리라는 것이다. 대지 · 나무 · 밤과 이 생명적인 관계를 지우고 있는 우리 서양인에게 '사물들의 질서'와 관계를 회복하는 일은 다른 길들을 통해 이루어질 것이다. 잘 이해된——말하자면 단순하게——도(道)는 이런 길들 가운데 하나이다.

　열차가 중국 심장부를 달리고 있을 때 나는 열차의 복도를 걷는다. 인도에서 같으면 나는 질문 공세를 받았을 것이고 신에 대한 이야기나 과자를 함께 나누자는 권유를 받았을 것이다. 나는 가족 같은 느낌을 받았을 것이다. 그리고 실제로 그랬지 않았던가? 여기서는 나의 발걸음을 따라다니는 어떤 거리감, 어떤 침묵이 있다. 나는 소나무들 뒤로 석양의 마지막 붉은 궤적을 바라본다.

　중국과 인도 둘 가운데 어느 나라가 우리 서양에 '완전한 타자' 인가라는 진부한 질문에 나는 판단을 유보한다. 중요한 것은 관점이 어느 쪽으로 향하느냐이다. 한 그루 나무 앞에 서면, 나는 중국적이 될 수 있고, 어린아이와 함께 있으면 인도적이다. 언어로 말하면, 중국과 우리 서양 사이의 단절은 엄청나다. 우리는 인도의 사회적 관습('순수성' 에 연결된 카스트제도)을 이해할 수 없다. 시간에 대한 이해는 우리를 중국과 접근시키지만, 우리는 노자 같은 인물 앞에서 느끼는 천재적인 괴리보다는 라마나 마하르쉬[3] 같은 인물의 신비주의적 탐구를 보다 쉽게 이해한다. 신들·성(性)·죽음 따위와 관련해 말하자면, 현재로선 너무 멀리 나가는 것이다. 우리가 하나의 다른 문화 앞에서 자기를 포기할 수 있다고 믿는 것은 환상이다. 여과기(체)

---

　3) Ramana Maharshi(1879-1950): 인도의 힌두 철학자이자 요가 수행자이다. 〔역주〕

의 바닥에는 분할 불가능해 빠져나올 수 없는 것이 언제나 남아 있을 것이다.

보편은 환상이 아니다. 그것은 다양하게 접근될 수 있다. 어떤 여자와 결합할 때, 우리는 그녀의 세계를 통합했다고 상상할 수 있다. 새벽이 온다….

풍경으로 되돌아가기 전에 다음과 같은 점을 하나 더 지적하자. 경험을 통해 이제 나는 문화들 속에 '완전한 타자'는 존재하지 않는다고 보며, 언어들을 파고 들어보면, 우리는 방귀 뀌고 기도하며, 죽게 되고 자신을 속이며, 자신의 허망한 꿈을 쫓아가는 한 인간 앞에 있다고 생각한다.

"육신, 죽음, 에로스, 어린아이, 두려움, 배고픔은 여기서나 저기서나 오늘도 내일도 동일한 성격을 지니고 있다."

장 리냑[4]

밤중에 열차는 평야지대를 통과하고 있다. 불이 켜진 크레인들이 저 멀리 지평선까지 우뚝 솟아 있다. 그것들이 우리에게 상기시키는 점은 중국이 세계에서 가장 방대한 작업장이라는 것이고, 너무도 빠른 이와 같은 도약 때문에 언젠가는 균형을 잃어 중국이 무역만으로는 더 이상 전진할 수 없으리라는 것이다. 중국인들의 에너지는 어디로 갈 것인가? 침묵! 이불을 끌어당겨 눈을 덮은 채 잠들었던 사람들의 잠을 깨우지 말자.

---

4) Jean Rignac(1911-): 프랑스의 유명한 점성가로서 RTL(뢱상부르 라디오텔레비전)의 진행자였다. (역주)

일본 여대생한테 이런 질문을 해본다. 당신은 중국을 어떻게 생각합니까? "멋집니다"라고 그녀는 영어로 대답한다. 그녀는 배를 타고 상하이에 도착해서 윈난성과 남쪽을 구경한 후 상하이로 돌아가고 있다. "당신 나라 일본 문화의 뿌리를 만난 것은 당신한테 진정 매우 흥미롭겠지요." 나는 그녀에게 말한다. "뿌리라고요? 무슨 말인지 모르겠는데요. 우리는 완전히 중국인들과 달라요. 중국에는 시장들, 많은 농부들, 산 속의 마을들이 있어요. 난 원색의 전통의상을 입은 종족들을 만났어요. 호텔은 비싸지 않고, 음식은 맵고, 기차는 만원이며…" 이만하면 됐죠. 넘어가죠.

우리가 차(茶)와 도자기로 유명한 장시성을 통과할 때 나는 천재적인(따라서 감동적인) 작품들을 남긴 화가, 즉 1626년 난창에서 태어난 팔대산인(八大山人)에 대해 생각한다. 프랑수아 쳉[5]은 그를 본명인 주탑(朱耷)으로 부르기를 더 좋아한다. 그가 상기시키는 바에 따르면, 주탑은 살아생전에 끊임없이 자신의 이름을 바꾸었다 하는데, '설개(雪個)' '독산(獨山)' '당일(唐一; 당나귀)' '설의(雪衣)' '단운목객(斷雲木客)'[6] 따위 등이 그것이다. 황족(皇族)의 피를 이어받은 귀족 출신으로 그는 나이 열여덟 살 되던 해에 명나라가 멸망할 때까지는 명랑하고 호기심 많

----

5) François Cheng(1929-): 프랑스에 귀화한 중국 출신의 학자이자 작가로서 프랑스문학을 중국에 소개하고 중국문학을 프랑스에 소개하는 한편, 많은 저서와 시·소설 등 문학 작품을 집필했다. 앙드레 말로상, 로제 카이유와상, 페미나상, 프랑스어권 대상을 수상했으며, 2002년 프랑스 한림원 회원에 선출되었다. 작품으로 《티앙니의 이야기》《이중의 노래》《석도(石濤): 세계의 멋》《아름다움에 대한 다섯 가지 명상》 등이 있다. 〔역주〕

은 청년이었다. 귀족의 특권을 상실한 심연이 찾아왔던 것이다!
이 역사적 사건은 그에게 깊은 충격을 주어 죽을 때까지 따라
다녔다. 그는 우울해졌고, 말수가 없어졌으며, 자기 집 문에다
묵(默)이란 글자를 걸어놓았다. 30대가 되기 전에 그는 북부 평
신에 위치한 산에 들어가 한 사찰에서 승려가 되었다. 요즘 같
으면 노동의 현장에서 대지와 밤, 방황하는 영혼들을 번쩍이는
팔로 점령하는 거대한 곤충인 크레인들의 끊임없는 작업을 뒤
로 한 셈이다. 일부 사람들이 말했듯이, 팔대산인은 '광인'이
되었는가, 아니면 자신의 독특함을 유지하기 위해 그런 척했는
가? 그는 서예와 회화에 몰두했다. 영감으로 기운찬 일필로 그
려낸 꽃·물고기·나무는 기존의 틀을 뒤흔드는 새로움을 드
러내면서 떠오른다. 검은 터치들은 살아 있는 육신의 차원에서
재단되어 있다. 그가 구름을 그린다면, 그것은 그를 옥죄고 있
는 불안을 나타낸다. 그가 햇병아리를 그린다면, 그는 그것을
가볍게 해 도피 속의 친구나 구원자로 만든다. 그의 까마귀들
은 그의 반항을 표현하고, 그의 연꽃들은 여러 마음을 나타낸
다. 회화의 혁신자로서 그는 중국 전통에서 비어 있음과 충만
함의 비교할 수 없는 유희를 자신의 그림 속에 통합시켰다. 그
는 우리와 자기 자신을 우롱하고, 깨부수고 다시 붙인다…. 그
는 노장 사상의 천재이다. 흔히 붓놀림은 '추상적' 회화와 접

---

6) 이 이름들은 자료가 없어 설개를 제외하곤 역자가 프랑스어 표현을
임으로 옮겨 본 것이기 때문에 원래 이름과 다를 수 있다. 독산은 '독특한
산(Montagne individuelle)'을, 당일은 '당나귀(Âne)'를, 설의는 '눈 옷(Robe
de neige)'을, 단운목객은 '조각구름 나무꾼(Bûcheron aux nuages brisés)'을
옮긴 것이다. [역주]

근된다. 그의 작품들은 지하수처럼 흐르는 생명력의 힘을 표현
하고 있다. 불안과 사랑을 동일한 격정으로 나타낸다. 사막 속
의 외침 같은 게 있다. 누가 뭐래도 나는 존재한다는 것이다!

　상하이. 기차역 광장에 빗줄기가 쏟아지며 나를 맞이한다.
동중국해로 빠지는 양쯔 강과 합류하는 황포 강안에 있는 나름
의 특색 있는 호텔을 찾아본다. 호텔들은 만원이다. 비를 맞으
며 오랫동안 걸어보지만 택시들은 비에 젖은 외국인을 태워 주
지 않는다. 마침내 활기가 넘치는 큰 길에서 나는 택시를 잡아
탄 후 고속화도로를 타고 보다 인간적인 거리에 도착해 정원이
딸린 호텔을 발견한다. 관리인은 나를 경멸하듯이 위아래로 훑
어본다. 결국 방을 얻는 데 성공한다. 목욕실에서 나는 하늘이
나 땅에 감사하는 데 망설인다. 잠이 밀려와 단칼에 해결한다.
　이어서 찾아오는 기쁨! 우선 명나라 때의 정원 예원을 가니
기암괴석들과 연못들, 반달 모양의 다리들과 다실(茶室)들, 그
리고 침묵이 반긴다. 이곳에서 만나는 것은 우편엽서에 나오는
그런 중국의 시대, 곧 전혀 힘 안들이고 중국화되는 만주족(청
나라)이 도래하기 이전의 시대이다. 청나라가 멸망할 때 단절
이 찾아와 한 세기 동안 지속되게 된다. 폭력적 해결은 일본과
서양이 밀려올 때도 끝나지 않는다.
　나는 짓궂은 유머를 빌리면 이른바 ‘중국인’ 거리로 가 돌아
다닌다. 좁은 길들, 집집마다 바람에 날리는 빨래들, 벽돌 벽
과 흰 초벽, 어린아이를 돌보는 할머니들이 있는 뒷마당, 닭들,
연기 나는 솥들, 길에서 나누어 먹는 식사 장면 따위가 눈에 들
어온다. 여기서 또한 구경 놀이는 끝난다. 이어서 제2차 세계

대전 후에 서구 유럽 스타일로 조성된 광택 없는 거리들로 가
니 유리와 철골 건물들을 기다리는 파괴된 공간들이 나타난다.
다음으로 골동품상 거리에서 '중국산 고물'의 잡동사니, 아편
파이프들, 복제되고 복제된 오동통한 미륵불들과 당나라 시대
의 작은 조상(彫像)들을 구경한다. 이어서 푸싱공원에 가니 젊
은 연인들이 키스를 하고 휴대전화로 전화하는 모습, 마오쩌둥
시대의 인민복을 입은 늙은이들, 주정뱅이 한 사람, 두 명의 경
찰 등이 눈에 띈다. 끝으로 옛 프랑스 조계지를 찾아가서 나는
바스크풍의 집들과 새들, 밤을 밀어낸 탑들로 둘러싸인 거리들
을 만난다.

　석굴들에서 뜯어낸 주의 깊은 불상들이 있는 상하이 박물관
에서 나는 불교 승려 화가인 석도의 〈어부의 나뭇가지〉 앞에서
발길을 멈춘다. 이 작품을 보면 화관의 분홍빛 터치들은 "우리
앞에 찬란함을 가득 드러내고 있다. 그림의 구석에 있는 화가-
시인은 우리에게 이렇게 말하고 있다. 이 터치들이 바람, 갑자
기 눈에 띈 봄바람이 아니라면 무엇이겠는가?"(프랑수아 쳉).
좀 더 가보니 〈고독한 바위〉라는 작품이 전율을 일으킨다. 그것
은 풀밭 위에 솟아 있으면서, 암울한 구름 아래 투명한 광채 쪽
으로 기울어져 있다. 그것은 근심을 드러내면서 요지부동하고
오래된 상처인 검은 줄들이 그어져 있다. 이 모든 그림들에서
신들과 성인들의 모습은 바위와 소나무로 대체되어 있다. 언젠
가 우리 서양에서도 그렇게 되리라.
　다음으로 서구 제국의 석조건물들이 즐비한 와이탄을 둘러
본다. 이 건물들은 폴 모랑[7)]의 작품에서 "오늘 저녁 어떤 옷을

입지?"라고 질문하는 여주인공들을 위한 은행들이다. 석조건물들은 주인이 바뀌었다. 역사는 유령들을 만들어 낸다. 황포 강에는 아직도 나무와 석탄을 실은 커다란 거룻배들이 천천히 미끄러져 가고 있고, 중국 해안들을 따라 가거나 떠오르는 태양의 나라 일본의 섬들로 가게 될 흰 선박들이 보인다. 맞은편에는 시카고를 조롱하는 푸동이 자리 잡고 있다. 높은 건물을 둘러싼 비행접시 같은 게 관 모양의 구멍들 위에 매달려 있다. 88층의 진마오 빌딩(금무 빌딩)은 이집트 신화에서 사자(死者)의 신 오시리스 앞에 빈손으로 나타나는 성급한 파라오들을 위해 날렵하게 건축된 피라미드 모양이다. 이 건물은 더 이상 어제를 나타나는 게 아니고, 내일, 새로운 신기루를 나타낸다. 더 높이, 하늘을 향해 더 높이! 아직도 다음과 같이 말하는 노자를 누가 듣고 있는가.

> "하늘의 도(道)는
> 남는 것(부자)을 덜어내 부족한 것(가난한 자)을 보충한다.
> 그 반대로 인간의 도는
> 부족한 것(가난한 자)을 덜어내 남는 것(부자)을 더 높인다."

나는 이런저런 광경들에 대한 한결같은 호기심을 가지고 걷는다. 나는 지하철 타는 법을 배우고, 있을 법하지 않은 노선을 가는 버스를 타다가 길을 잃는다. 나는 자전거를 한 대 빌려

---

7) Paul Morand(1888-1976): 프랑스의 작가·소설가·에세이스트로 외교관이었다. 《살아 있는 붓다》 등의 작품을 통해 동양 문화에도 관심을 많이 나타냈다. 〔역주〕

바깥으로 나가서는 팔걸이 없는 흔들거리는 의자에 엉덩이를 붙이고 소박하게 저녁식사를 한다. 나는 밤중에 다시 떠난다. 여기선 컴퓨터들이 숨 막히게 밀려오면서 무더기로 쏟아지고, 더 멀리선 정원들이 벽돌 건물들 뒤로 숨어 버리고 있다. 밤은 방금 찾아온 봄을 실어 보내고 있다.

공자의 인본 사상(*ren*, 仁)과 교육을 통한 인간 완성에 부여된 중요성을 고려할 때 우리는 공자와 가깝다고 생각할 수 있을 것이다. 그러나 예(*li*, 禮)에 대한 그의 강박관념은 현대적 사고 방식 속에 들어설 자리가 없다. 어떤 사람을 몸을 굽히거나 아첨하는 방식을 통해 판단하는 것이 정말 합리적인가? 절제와 복종의 표시인, 육체적 움직임의 정확성과 우아함을 통해 인간은 사회의 적절한 조화에 참여한다고 역설되고 있다. 어떤 상위 질서에 대한 존중과 계급구조들을 외관상 적대시하는 우리 시대로 보면, 노장 사상이 보다 매력적인 자유로운 태도들을 제시하고 있다. 하지만 각자는 자기가 원하는 것을 이 사상 속에 집어넣을 수 있고 아무것도 이해하지 못할 수도 있다. 자연에 따라 엮어진다는 결합에 대한 이 사상이 우리의 정신 속에서 비어 있는 공백 같은 것인 한 말이다. 이 사상과 가까워지기 위해서 다음과 같은 처방을 권할 수 있을 것이다. 즉 자신의 정원에 백 가지 식물을 재배하면서 그것들의 자연적 성향을 관찰하고, 사랑의 부드러운 밤들로 살아가며, 일곱 개의 성산을 오르내리고, 싸우지 않는 전쟁을 하고, 눈물을 진주로 변모시키며, 잠자리가 날아가는 것을 관찰하는 일 따위이다. 또 모든 노장 사상에 대한 모든 책들을 읽어도 된다. 한 조각 구름을 감상하는 것이 더 나을 수도 있다. "지우는 손만이 진리를 쓸 수 있다"고 마이스터 에크하르트는 말했다.

옥불사(玉佛寺)에서 자신의 집에 있는 것처럼 편안함을 느낀다고 해서 이게 불교가 우리 서양인들의 정신구조와 더 가깝다는 것을 의미하지는 않는다. 다른 모든 것도 마찬가지이지만, 우리는 불교를 우리에게 결핍된 것들에 조화롭게 적용시키고 있다. 우리한테는 현자 한 사람의 개입이 비인격적인 도(道)보다는 더 친근하다. 중국을 발견하는 여행자는 공자·노자·붓다를 모시는 성소들이 비슷하게 생긴 데 대해 놀라움을 느낄 수 있다. (사람들이 말하길) 동일한 신을 공경한다는 신도들의 유대교회당, 기독교 교회 그리고 이슬람교 사원이 드러내는 차이와 이 점을 비교해 보라. 중국에서는 경직된 독단론들은 무시되며, 사람들은 상이한 여러 길들 사이에 춤을 만들어 넣는다.

물론이다. 그렇지만 권력이 현장에 침투하자마자, 사람들은 어디서나 그렇듯이 칼을 꺼내든다. 예를 단 하나만 들어 보자. 819년에 해유(Hai Yu)는 선종 황제에게 다음과 같은 텍스트를 제시한다. "그런데 이 붓다는 중국어로 자신의 생각을 이해시킬 수 없는 야만인이었다. 상이한 천 조각들로 만들어진 옷을 입은 그는 우리 선조의 표준적인 말을 발음할 줄 몰랐고, 우리의 최초 왕들이 만든 규범에 따라 옷을 입을 줄도 몰랐다. 그는 백성을 군주와 연결시키는 도의도 몰랐고, 아들을 아버지와 맺어 주는 감정도 몰랐다. 그가 오늘날도 살아 있어서 그의 나라로부터 우리 수도의 궁정으로 오라는 명령을 받았더라면, 전하께서는 그를 맞이하는 것을 받아들여 일정한 접견, 환영 연회 그리고 무상의 옷 한 벌만을 베푼 뒤 엄중 감시 속에 국경으로 다시 돌려보냈을 것이고 혹세무민하는 틈을 주지 않았을 것입니다.”

여기서 우리는 중국에 있을 경우 언어와 옷의 중요성을 알 수 있다. 의복과 행동에 관한 상황은 오늘날 양키들의 경우에서만큼이나 끔찍하다. 혹자가 백성들이 그럴듯한 표면적 예법을 지닌 동남아시아 출신일 경우, 그는 진보의 관념에 화를 낸다. 권력과 종교의 관계라는 문제에 대해선 나는 단견적인 정신의 소유자들한테 종교에서 악의 기원을 유심히 살펴보라고 맡겨두겠지만, 사실 악은 식탁 위에 훤히 드러나 있고 권력 자체 속에 있다. 야훼·하느님·알라, 혹은 붓다의 치아[8]는 인간의 정념이 다른 사람들을 지배하기 위해 사용했던(사용하는) 도구들에 불과하다. 왜 사람들은 저 하늘이 하는 대로 내버려두는지 자문해 보자. 우스꽝스러운 하늘 같으니!

종교들은 천지창조, 신의 현현, 종말론을 통해 한 시대의 지

______

8) 티베트의 한 독실한 여자 불교 신자는 인도에 드나드는 상인인 자신의 아들한테 붓다의 성유물 하나를 갖다 달라고 두 번이나 부탁했는데 아들이 이를 망각하고 가져오지 않았다. 그녀는 세번째 부탁하면서 만약 성유물을 가져오지 않으면 죽어 버리겠다고 아들한테 말했다. 아들은 세번째에도 망각하고 돌아오다가 고향 근처에 도착했을 때에야 어머니의 부탁이 생각나자, 죽어서 썩어가고 있는 개의 이빨 하나를 여러 비단 겹으로 정성들여 포장해 어머니한테 갖다 주면서 붓다의 치아라고 말한다. 그녀는 개의 이빨을 붓다의 진짜 치아로 믿고 그것을 성골함에 넣은 뒤 제단 앞에 모셔두고 날마다 기도와 제물을 바쳤다. 많은 이웃 사람들도 성골함 주변에 모여들어 신앙심을 나타냈다. 얼마의 시간이 지나자 개의 이빨은 성스러운 진주들을 생산하기 시작했으며, 그녀가 죽었을 때 그녀는 무지개 속으로 사라졌고 하늘에서는 꽃비가 쏟아져 내렸다 한다. 신앙심의 힘이 이런 기적들을 낳을 수 있음을 나타내는 우화이다. [역주]

식으로 자신들의 견해를 표현하지만, 또 다른 시대는 성인들의 작업인 잔해들을 제거하지는 않는다 해도 이런 지식을 해체한 다. 그런 후 사람들은 죽은 목숨들에 대해 수다를 떨 수 있다. 이런 행진을 좋아하자.

옥불사에서 나의 옆에 있는 자들은 내가 명상의 자세로 앉아 있는 것을 보고 놀란다. 그들에게 이런 모습은 그들을 불편하 게 만드는 이상한 행동이다. 그러나 나에게 그것은 내 고향 코 레즈에서 냇물이 흘러가는 것을 바라보곤 했던 어린 소년의 직 관을 되찾는 일이다. 그 시절 나는 모든 것은 흘러가기에 지하 에 있는 움직이지 않는 조상(彫像)만을 찬양해야 한다는 직관 을 느꼈다. 그 전에 나는 점토로 하나의 형상을 빚어내 냇물 속 에 띄웠던 것이다.

승려들이 와 경전을 낭송한다. 중국인의 정신구조로 보면, 혁명은 하나의 지나간 돌발사이다. 변화는 제2의 자연이다. 그 렇다면 죽은 자들은? 그보단 미래에 대해 생각하도록 하자!

원색의 용 한 마리가 빙글빙글 돌고 있는 사찰 마당에서 들리 는 웃음소리가 나의 주의를 끈다. 축제를 준비하는 어린아이들 의 작은 다리들이 황제를 상징하는 용의 몸뚱이 아래에서 달리 고 있다. 용은 S자, O자, I자와 내가 모르는 다른 형상들을 만들 어 낸다. 그것의 주둥이에서는 관개(灌漑)에 좋다는 물이 뿜어 져 나온다. 나는 경전들이 침묵 속에 싸여 있는 법당으로 되돌 아간다. 고타마 붓다가 살아생전에 나무·강·산(리지기르)과 연결되긴 했지만, 자주 동굴들 속에서 경배되어 왔다. 아잔타· 파쿠·둔황·무주산에 있는 석굴들이 그 예이며 이것들은 이

대(大)스승이 경계심을 가지고 바라보았던 어떤 여성성의 상징
이다. 동굴은 우리에게 대(大)기원을 일깨운다. 그것은 모체이
고 기억이다. 여기서 촛불의 불꽃은 사라지기 전에 지글거리는
소리를 낸다.

상하이에 밤이 내렸다. 나는 기도의 말을 중얼거리며 걷는다.
그러자 이 기도의 말이 나를 짊어지고 간다. 호텔 방에 들어가
자 나는 나를 이해해 줄 하나의 영혼을 더듬거리며 찾는다. 현
자들 같으면 호흡만으로도 충분하다. 잠 속에서 어떤 만남들을
희망해 본다.

황포 강안 옆의 황량한 건물에서 나는 마침내 일본으로 가는
배편에 자리를 하나 얻는다. "어째서 여행사를 통해 오지 않았
습니까?"라고 질문을 받지만, 이유를 반복해서 댈 만한 말이 아
무것도 없다! 성 토요일에 배를 타고 하늘과 물 사이를 달려 고
베에는 부활절 월요일에 도착하게 되어 있다. 의외의 무언가를
발견할 것 같다. 그게… (또다시 말이 나오지 않는다!)

섬들

"푸퉈(보타산)는 절강성 연안에 있는 주산 열도의 섬이다. 다
소간 중요한 50개 이상이나 되는 사찰이 있으며 그 가운데 두
개는 황제들이 건축했는데, 자연과 예술이 온갖 화려함으로 즐
겁게 치장한 그림같이 매혹적인 이 섬의 산비탈과 계곡에 흩어
져 있다. 사방을 둘러보아도 보이는 것은 더 없이 아름다운 꽃

들이 심어진 황홀한 정원들이고, 껍질이 향기로운 무성한 나무들과 대나무밭들 사이에 노출된 암석을 뚫고 다듬어 만든 동굴들이다."

　호기심 많은 정신의 소유자였고 뛰어난 조직자였으나 시대의 편견(150년이 지나면 사람들은 우리를 비웃을 것이다…) 때문에 궁지에 몰렸던 성나자로회 전도사인 윅(Huc) 신부는 1846년에 중국과 티베트를 8개월 동안 여행했다. 1854년에 출간한 《중국 제국》에서 그는 당시의 중국인 관습에 대한 살아 있는 유일한 증언을 전하고 있는데, 이 관습의 어떤 특징들은 놀랍게도 아직도 그대로 남아 있다. 그는 불교에 있어서 일종의 아토스산[9]과 같은 보타산(푸퉈산) 섬에 매료되었다. 이 섬은 상하이에서 하루 동안 배를 타고 가면 도착할 수 있는데, 1339개의 섬들로 이루어져 해적들의 소굴이었던 저우산군도에 있다. 윅 신부는 사람·책·질문을 좋아했고 모든 활동에 흥미를 느꼈지만, 자신의 배타적인 신앙만은 침해받는 걸 용납하지 않았다. 그래서 본사(本寺) 사찰에서 섬의 최고위직 승려를 만났을 때, 그는 이 승려가 표명한 다음과 같은 '한탄스러운 결론'을 듣기 전까지는 즐겁게 승려의 말에 귀를 기울였다. "*Pout-toun-kiao, toun-ly*: 종교는 다양하고 이성은 하나입니다."

　중국인 군중들 틈에 끼어 부두에 앉아 나는 바다에 폭풍이 일었는데 배가 보타산으로 떠날 수 있는지 가부를 기다리고 있

---

9) 그리스 북부에 있는 산으로 수많은 기독교 수도원이 있는 성산(聖山)이다.〔역주〕

다. 여행자의 여정에서 재미있는 것은 장차 가야 할 곳이 지나온 곳들에 좌우되지 않는다는 점이다. 배가 출발하지 못한다면, 쑤저우(소주)로 갈 것이다. 왜 항저우나 닝보는 안 된단 말인가? 또 별 생각 없이 완난의 마을들로 가면 어떤가. 이 마을들은 중국의 문관들이 높게 평가했던 차(茶)를 재배하는 농장들 가운데 있다. 하나의 형이상학이 자리 잡고 있는 인도와는 반대로 중국의 문화는 자연과 분리될 수 없으며, 그런 형이상학은 이곳에서는 설 자리가 없다.

확성기가 정보를 내뱉자 군중들이 일어서서 서로 밀친다. 운을 하늘에 맡기자!라고 나는 생각한다. 하지만 한순간도 나는 하느님이 바다에 개입한다고 생각하지 않는다.

강에서 바라보니 상하이의 밤은 별들이 가득한 카오스를 닮아 있다. 선실은 술을 마시는 세 명의 청년, 담배를 피우는 자들 그리고 소리를 지르는 자들이 불쾌하게 함께 타고 있어 질식할 것만 같다.

보타산 섬 전체는 (편력하면서 성(性)을 바꾼) 관세음보살의 여성적 변신인 관음상의 보호 아래 있다. 불교에는 여성적 인물이 없었다. 남자를 잡아 불알을 제거한 후 유방을 덧붙이는 식으로 여자 보살이 만들어진 것이다. 여자도 도를 닦을 수 있도록 할 필요… 그러나 여기에는 자연스러운 필요가 있다. 우리 서양에서는 '신의 어머니'인 성모마리아의 숭배가 조금씩 도입되지 않았던가? 이슬람은 이런 결핍으로 고통을 겪고 있지 않은가?

실질적으로 '매혹적인' 이 섬에서, 순례자들, 특히 여자들은 높은 곳에 있는 한 사찰에 무릎을 꿇고 올라간다. 잠시 동안 나는 매우 우아하고, 매우 집중되어 있으며 매우 현대적인 젊은 처녀의 발걸음에 보조를 맞추어 따라 걷는다. 이 처녀는 서서 전진하다가 3보마다 멈추고는 두 손을 합장한 채 몸을 숙인 뒤 다시 출발한다. 나는 그녀의 그림자 위에 머문다. 그녀는 아무 것도 느끼지 못한다. 나는 싫증이 난다. 정상으로 올라가거나 너그러운 태양이 비치는 바다 쪽으로 내려가는 샛길들로 접어 들어 노란 꽃들이 드넓게 펼쳐져 있는 곳으로 가니, 나비들이 춤추는 모습이 고집스럽게 푸른 하늘과 깎아지른 암석들 때문 에 그리스적이 된 봄의 표의문자를 그려내고 있다.

　이틀 동안 나는 해변의 물보라, 사찰의 향내, 태양의 열기를 양식으로 삼는다. 여기다가 그 어떠한 권고도 삶의 순례자로 하여금 맛보는 것을 막을 수 없는 조개들과 생선들이 있다. 녹 나무들로 둘러싸인 고립된 한 법당에 가니 나의 기억 속에 이 장소가 자리 잡고 있는 것 같다. 전생에 이곳에 와 보았다면 몇 세기 전이었을까?

　섬의 남쪽 끝에 가니 크림과자 머랭그 같은 받침대 위에 (높이 33미터의) 웅장한 금박 관음상이 솟아 있는데 우리의 오늘날 취 향으로 보면 너무 요란하다. 손바닥을 벌려 위로 쳐들린 오른손 은 보호를 나타낸다. 가슴 아래 왼손에는 사르나트에서 석가가 움직이기 시작한 법륜을 들고 있다. 나는 관음상에게 이렇게 말 한다. "나도 그 법륜에서 왔도다!" 그게 어떤 중요성이 있지? 관 음상의 시선이 그렇게 대답한다. 그 순간에 노란 모자를 쓴 떠 들썩한 군중들이 여성성의 구리 관음상을 사진 찍으러 도착한 다. 나는 놀랍게 돌출한 갑(岬) 쪽으로 달아난다. 관음의 비약은 '방황하는 정령들'을 위해 마련되어 있다. 당신은 이 정령들을 망각했다고 생각한다. 그들은 당신이 바다들을 통과하게 해줄 수 있다. 판인동굴(법음동, 法音洞)로 가는 가파른 오솔길 위에서 나는 몇몇 풀포기가 자라나기 시작하는 바위를 보고 멈춘다. 나는 오랫동안 관조하여 머물렀다. 나는 바위더라 나한테 이야기해 보라고 주문했다. 바위는 말했다…. 그 말이 우리 사이에 머물기를.

판인에 도착해 나는 바다 위에 판 동굴의 수직적 틈새를 타고 내려간다. 돌 하나가 틈새의 높고 좁은 부분에 끼여 있다. 이 번쩍이는 프랄린 과자 같은 돌의 존재가 지구 운동의 변덕에서 기인한 것인지 아니면 어떤 심술 사나운 손들이 그것을 도와준 것인지 알 수 있게 해주는 아무런 단서도 없다. 게시판이 있어 읽어보니 그것을 '입에 진주를 물고 있는 대합류' 같은 모습으로 간주할 수 있다 한다. 우리는 조소를 띨 권리가 있다. 한 법당에서부터 가파른 계단을 올라가 도착한 테라스에서 사람들은 이 틈새를 관조한다. 편도 모양의 틈새 왼쪽에는 향불이 깨달은 자의 모습 앞에 타고 있다. 이 각자(覺者)의 고요함은 샤머니즘적 힘을 지닌 이 장소가 그의 평정을 방해하지 못한다는 것을 입증하고 있다. 예전에 그가 가야의 무화과나무 아래서 대각에 이르렀을 때 마왕이 보낸 관능적인 여인들이 그의 평정을 깨뜨릴 수 없었듯이 말이다. 중국인이 멀어질 수 없는 자연 현상과 불교와의 결합을 부각시키기 위해 언급되고 있는 점을 보면, 동굴 아래서 상당히 크게 울려오는 파도 소리는 붓다 자신이 한 말을 상기시킨다는 것이다.

외국인인 나는 향을 한 움큼 손에 들고 동굴 앞에서 몸을 구부린다. 나는 기도 속에다 어린아이들을 끼워 넣는다.

돌아가는 길에 나는 티베트 승려 한 분과 엇갈린다. 우리는 서로 인사를 한 뒤 어떤 합의된 미소를 머금고 서로를 마주한 채 움직이지 않고 있다. 나는 달라이 라마를 만난 적이 있다고 그에게 알려 준다. 승려의 얼굴은 평정에서 불안으로 바뀐다. 다행히 우리는 바다를 굽어보는 이 길에서 단 둘이 있다. 그는 나의 손을 잡더니 꽉 쥔다. 그의 두 눈에 눈물이 보이는가? 멀리서 중국인 한 쌍이 다가오는 것이 보이므로, 나는 어떻게 해야 할지도 모른 채, 우리는 티베트의 수난을 알고 있으며 유럽에 법(dharma)을 전수하는 티베트의 많은 라마승을 받아들이고 있다고 서투른 말로 매우 빠르게 말한다. 나는 빠져나온다. 우리는 서로 멀어진다. 어떤 힘이 있기에 일부 스승들은 티베트의 문화와 국민에게 쏟아낸 그 격분 앞에서 느낀 자연적인 증오를 연민으로 바꾸었단 말인가? 카르마(업)의 법칙에 따르면, 중국은 그 대가를 지불해야 할 것이다. 나는 중국이 세 개의 협곡을 막아 건설하는 싼샤(三峽)댐에 대해 중국이란 몸에 생긴 암처럼 생각한다. 홍수를 통한 재생은 …보편적 신화이다.

절벽에 내린 밤에 산책. 나는 파도 소리 속에서 붓다의 말을 들어보려고 시도해 보지만, 고독이 괴롭게 만드는 어떤 부름이 들릴 뿐이다. 이 부름은 죽음의 속삭임이 되어 달빛이 비치는 은빛 암벽의 가장자리와 뒤섞인다. 죽음은 아름다움의 공모자인가? 그것이 나에게 특히 팔을 벌리고 있는 가운데, 이 밤은 하나의 신기루가 되고 있다. 나는 피를 부르는 암석 위의 진주 같은 물방울들로부터 멀어진다. 심연에서 나오는 배음(倍音)을 위선적으로 대하는 게 아니다. 밤에 대한 취향에서 무(無)에 대한 취향으로 어떻게 그토록 빨리 넘어가는가? 발원지는 어떤 굽이에 있는가? 지혜는 나에게 무릎을 꿇으라고 충고한다. 평정. 아마 오솔길에서 만난 승려는 자신의 유배지에서 울고 있으리라.

다음 날 닝보를 거쳐 상하이로 돌아간다. 도심이 가까워지자 유리로 된 고층 빌딩과 솟아오른 철골구조물들이 눈에 들어온다. 먼 훗날 언젠가(?) 나의 육체가 바람과 먼지에 불과하게 될 때면, 우리가 사라진 제국들의 번화가인 와이탄을 바라보듯이, 동일한 향수를 느끼면서 사람들은 이 빌딩들을 바라보리라. 변화의 원리인 *Yi*(역, 易)을 되씹으면서 중국인들은 존재에 매달린 우리 서양인의 눈에는 돌이킬 수 없는 상실로 보이는 것을 미소를 머금고 바라본다. 행복이 인생의 목적이라면, 모든 것은 변화한다는 것을 안다는 것은 의지할 수 있는 좋은 방편이다. 보다 급진적인 마야(환상) 역시 평화로운 정신적 양식에 좋은 것이다.

나는 호텔에서 나의 커다란 배낭을 되찾는다. 배낭은 나에게 이렇게 묻고 있다. 그 섬에 대한 어떤 이미지가 남게 될까? 나는 발걸음이라고 말한다. 이어서 나는 상하이 박물관을 어슬렁거린다. 승려들과 도자기들은 세월의 느림을 상기시킨다. 역사가 경련을 일으키면서 요동칠 때는 많은 고정적 관점들이 필요하다. 그림들이 전시된 진열실에서 나는 청나라 화가 나빙(羅

聘)의 〈난죽도(蘭竹圖)〉들에 사로잡힌다. 나는 확실히 경탄할 만한 작품들 앞으로 신속하게 이동한다. 그 가운데 하나에 탄복하는 것만으로 충분하다.

나의 호텔 옆에 위치한 국립도서관에서 나는 양저우 출신인 나빙이 개성의 표현을 장려하면서 '화조,' 대나무 혹은 바위의 그림을 새롭게 그려내는 방식을 창안해 낸 '양주팔괴(揚州八怪)'에서 막내였다는 사실을 알게 된다. 이 화가들 그룹이 목표로 내걸었던 것은 유파들이 확립한 규칙을 따르기를 거부하고 자신들의 내적인 인격을 발전시키는 것이었다. 나빙이 붓으로 시도하는 것을 '세계로부터 정신적 초월'인데 이것은 불교에 고유한 것이다. 또한 그는 귀신들을 그리는 데도 뛰어났는데, 어떤 사람들은 그것들을 썩어빠진 고급관리들을 조롱하는 방식으로 해석했다. 이런 해석은 이들 관리들에겐 너무도 명예로운 게 아니었을까? 귀신과의 만남이 풍요로운 경험이 아닌 경우는 드물다. 말을 타락시키는 것은 망각의 지옥에 떨어져 마땅할 뿐이다.

나는 박물관에서 나오기 전에 내가 몰랐던 한 예술가의 〈꽃·새·풀·곤충 화첩〉 앞에서 멈춘다. 중국화를 감상한다는 것은 그것을 이해하는 것이 아니다. 그것은 대나무, 자갈 혹은 배추의 형태를 띤 붓 한 획의 떨림을 받아들이는 것이다. 자신의 정신을 괴롭히는 것을 망각하면서 한 점의 족자에 담긴 영혼을 포착한다는 것은 얼마나 단순한가! 그것은 맑은 윗물을 따라 올라가는 것과 같은 것으로, 이런 거슬러 올라감이 나에게 가르쳐 준 것은 20년…

나는 유행을 쫓는 젊은이들을 위한 술집에 가서 하루 일과를 마감한다. 그곳에서는 체제의 보호를 받는 자들이 신세계의 음악을 듣고 있다. 음료 한 잔의 값은 서부의 가난한 지역들에서 온 노예 같은 노동자들에게는 한 달 월급이다. 미국식으로 볼품없는 짧은 미니스커트 입고 분장을 한 여종업원들은 대단한 신선함을 간직해 온 것이다. 그녀들은 아직도 밀짚 냄새를 풍기고 있다. 그녀들은 서양 남자들이 인사를 나누기 위해 서로 포옹하는 것을 지켜보면서 어안이 벙벙해 있다. 이 모든 것은 다시 호의적인 분위기로 바뀐다. 그녀들 가운데 하나는 내가 떠나는 순간에 포옹을 하려는 척하자 웃음을 터뜨리고는 나에게 사과 세 개를 주는데 그 맛을 보니 나의 화가 사라진다. 호텔 방에서 나는 홀리라는 작가의 《봄》에 수록된 극작품들을 읽는다.

조셉 르윈은 내 친구의 친구이다. 그를 위해서 저녁 시간 동안 나는 아는 사람을 접촉하지 않고 여행하겠다는 나의 맹세를 깨뜨린다. 어머니 쪽으로 칸두리가(家)의 피를 이어받은 그는 상하이의 유대인 사회를 대표하는 흔치않은 인물 가운데 하나이다. 1870년부터 인도와 이라크의 수천 가족들이 국제적이 되었던 이 항구를 찾아왔다. 그들은 아편·부동산·목화 교역을 통해 부자가 되었다. 유대인 사회는 제2차 세계대전 이전에 유럽에서 건너온 망명자들이 도착함에 따라 커졌다. 공산혁명에 이은 일본의 점령은 그들로 하여금 다시 유배의 길을 떠나지 않을 수 없게 만들었고, 이번의 목적지는 이스라엘이 되었다. 조셉 르윈의 부모는 떠나는 것을 거부했다. 그들은 주인들이 바뀌는 혼란 속에서도 살아남는 데 성공했다. 아들 역시 부모가 죽은 후에도 이곳에 남는 것을 선택했다. 그는 중국 문관처럼

수염을 기르고 있고 부드러운 목소리로 말하고 있지만 목소리
는 그가 이스라엘의 운명 앞에서 느끼는 비극적 감정을 제대로
감추지 못한다. 그는 말한다.

"유대인의 특성은 자신 안에 자신의 땅을 간직하는 것입니
다. 우리의 땅은 토라(모세5경)입니다. 2천 년 동안의 유배생활
을 한 후에 다시 시작하기엔 너무 늦었지요. 우리는 쇼아(대학
살)에도 불구하고 다양한 문화들 가운데 효모로 남아 있어야 했
습니다…. 그렇습니다. 내가 당신에게 충격을 준다 해도 날 잘
이해해 주십시오. '방황하는 유대인'이라는 우리의 운명은 메
시아의 기다림 속에 결정적으로 고정되었습니다. 땅의 소유는
우리를 이와 같은 기다림에서 일탈시킵니다. 이스라엘은 영원
한 전쟁을 하도록 운명지어졌습니다. 왜냐하면 아랍인들은 빈
말에 불과한 몇몇 감언이설에도 불구하고 이스라엘의 존재를
결코 용납하지 않을 것이기 때문이죠. 우리의 소명은 정신적입
니다. 주님이 우리한테 기대하는 바는 우리가 캐묻기 좋아하는
자로 남아 있는 것이고, 우리가 하나의 대답에 하나의 질문을
언제나 덧붙이는 것입니다. 하나의 국가는 어떤 확신들을 필요
로 합니다. 나는 이스라엘의 용기를 찬양합니다. 그러나 10년
후에, 30년 후에 그 용기는 원자의 홍수를 막기엔 더 이상 충
분하지 않을 것입니다. 나는 이스라엘을 위한 두려움이 있습니
다…. 마르크스·프로이트·아인슈타인·카프카·채플린, 당
신 나라의 시몬 베이유… 등과 같이 옛 질서를 뒤흔들어 버린
우리의 천재들이 태어난 것은 다른 문화들과의 접촉을 통해서
였습니다."

"그 대가는 참으로 컸습니다!"

"알고 있습니다. 알고 있지요… 우리는 비극을 벗어나지 못합니다. 우리의 운명이죠."

"어째서요?"

"아! 하나의 인생을 다 살았어도 나한테 대답이 주어지지 않는군요. 아니면 내가 당신에게 말했듯이 이런 것이죠. 즉 결코 끝나지 않는 질문들을 듣는 것보다 더 불쾌한 것은 없다는 겁니다. 유감스럽게도 인간은 확신을 필요로 합니다. 우리 유대인은 방해자들입니다."

"신에 의해 선택된 절대적 방해자들이란 말인가요?"

"농담하지 마세요?"

"내 뜻은 아닙니다. 당신을 이해합니다. 나 역시 질문 속에 머물고 싶습니다. 결국… 거의 모두에게는 선택된 민족이 있는지 아직 모르는 일입니다."

나의 질문은 그를 거북하게 한다. 마치 그는 어떤 함정을 느끼는 것 같다. 그는 결국 미소, 애정 있는 미소를 지으며 말한다.

"악마가 매우 비뚤어지게 우리를 쳐다보고 있는 것 같아요. 선택? 선택되었다고요? 모르겠습니다. 하지만 우리 유대인에게 어떤 역할이 주어져 있다는 것은 가정이 아닙니다. 그것은 역사적인 현실입니다. 나는 왜 이 역할이 우리한테 떨어졌는지, 왜 이 끝없고 끝없는 라마들이 …인지 알기 위해 죽음을 기다리고 있습니다. 나는 이 지상에 더 이상 존재하지 않을 것입니다만, 그건 다시 시작될 것입니다. 나는 혼자입니다. 내 손을 잡아 주세요."

나에겐 흔치 않은 불안한 강렬함이 밴 긴 침묵이 흐른 후, 그는 미소를 되찾는다. 우리는 서로의 손을 놓는다.

"그러니까 당신은 당신의 아이들과 예루살렘에 간 적이 있군요. 이야기 좀 해봐요!"

나는 대운하가 관통하는 쑤저우(소주)를 향해 서쪽으로 출발한다. 이 훌륭한 도시는 정원들과 운하들로 유명하다. 이곳이 무한히 더 훌륭한 '…의 베네치아'라는 것은 어리석은 표현이다. 설령 마르코 폴로가 이 도시에 대해 이야기하고 있고 낙타 등 모양의 수많은 다리들이 있다 할지라도 말이다. 나는 조셉 르윈의 말에 대한 반응처럼 느껴지는 세찬 비를 맞으며 이곳에 도착한다. 나는 그의 손이 전해 주는 부드러움을 내 손에 간직하고 있다.

나는 꽃들이 그것들을 미치게 만드는 회오리 물기둥 아래서 개화하기 시작하는 정원 가운데 위치한 호텔의 유령 같은 별관에 유숙한다. 나는 역사적인 도시의 과객일 때는 몇몇 장소들을 방문해야 한다는 명령에 따른다(만족스럽지는 않지만 말이다). 그러나 쑤저우를 유명하게 만드는 정원들에 앞서 나는 기념품 가게들로 둘러싸인 도교 사원인 현묘관의 문을 밀고 들어간다. 내부에는 아우라(영묘한 기운)도 신비도 없다. 조각상들 역시 유교 사당들에서와 마찬가지로 경직되어 있으며 충격요법의 스승들인 장자·노자·이자 등의 자유를 전혀 표현하지 못하고 있다. 생명의 말씀을 얼어붙게 만드는 인간의 한심스러운 경향이 아닐 수 없다. 이 불안한 동물이 좋아하는 것이라곤 난간·말뚝·페이지 매기기, 질서 있는 관념, 자신의 이미지에 따른 어린아이뿐이다. 물론 세이렌(반인반어의 요정)의 노래가 너무도 매혹적일 때는 돛대를 붙잡는 게 현명하다 할 것이다.

그러나 예기치 않은 것의 거부에는 아무런 지혜도 없다.

도(道)의 스승들을 (이따금씩) 읽는 데 반평생을 보낸 바 있는 나는 볼테르의 깃발 뒤에서[10] 주머니에 손을 넣은 채 이 사원을 어슬렁거린다. 안개비로 인해 흐릿해진 유명한 정원 망사원을 방문하는 동안에도 별다른 열의가 생기지 않는다. 보타산에서 체험한 일체감을 여기서 되찾으려 한다는 것은 헛된 일이었다. 하나의 예정된 상태는 빈사 상태이다. 그러나 도시 속의 이런 종류의 섬은 자연의 요소들을 조화시키는 중국인의 특성을 요약하고 있다. 정자·암석·숲, 작은 언덕 혹은 연못은 계절을 동반하는 복합적인 교향곡을 만들어 내고 있다. 봄의 노란색들과 초록색들은 회색빛 하늘에 의해 더욱 두드러지고 있다. 나는 눈을 감는다. 그러자 여름이 떠오른다. 피곤한 흰색들, 따뜻한 붉은색들, 땅바닥에 떨어진 꽃잎들, 연꽃들의 순수함, 불교적 계시의 상징들이 펼쳐진다. 연꽃의 뿌리는 진흙을 자양으로 삼는다. 순결주의는 존재하지 않는다.

심복(沈復)[11]은 《부생육기(浮生六記)》에서 연꽃을 다르게 사용하는 방식을 기술하고 있다. "여름에 연꽃이 피기 시작할 때 꽃부리는 저녁 때 닫혀 새벽에 열린다. 운[12]은 약간의 차를 천 주머니에 넣어 봉한 뒤 해질 무렵에 꽃 속에 넣어두는 습관이 있었다. 그녀는 다음 날 아침 그것을 꺼내곤 했는데, 그렇게 하여 이런 용도에 쓸 빗물을 받아 준비한 차는 그윽하게 미묘한 향

____

10) 계몽주의 철학자 볼테르가 자신이 꿈꾼 중국의 선전자였음을 암시한다. (역주)
11) 심복(1762-1808): 청나라 화가이자 수필가이다. (역주)
12) 심복의 아내 진운(陣雲)을 말한다. (역주)

내를 내곤 했다.”

이제 가을이 눈앞에 떠오른다. 화덕으로 이동한 색깔들, 덧없는 것, 죽음의 경련을 일으키기 전에 마지막 불타는 사랑 같은 것. 심복은 또한 이렇게 쓰고 있다. “현관 아래 앉아서 우리는 떨어지는 낙엽이 스치는 소리와, 살아 있는 영혼도 깨지 못하는 침묵만을 듣고 있었다.”

나는 지붕 위에 떨어지는 빗방울소리의 완만한 리듬을 아무 방문객도 방해하러 오지 않는 음악실에서 지체한다. 창문을 통해 보이는 연못의 표면은 퍼져나가다 사라진 뒤 되돌아오는 동심원들로 가득하다. 머릿속에 시와 문장이 가득했던 문관들은 이 정자에 언제 와서 앉아 있곤 했으며, 그들은 저 연못이 드러내는 서도(書道)를 볼 수 있었을까? 이 서도는 이렇게 말한다 (이것은 비밀이 거의 아니다). “남자는 검을 휘둘러 여자를 복종시킨다.” 여자의 배 속에서 생명의 탄생을 알아보지 못하는 것은 홧김에 그런 것인가? 사람을 죽이고 싶은 생각에서 벗어나 있는 나는 손님을 맞이하는 홀을 향해 간다. 나는 M. 형이란 사람에게 앉으라고 말한 뒤 중국은 언제나 다시 하늘과 합일하게 될지 말해 달라고 한다. 지금도 중국은 그렇다고 당신은 말하는 겁니까? 날 놀라게 하는군요. 내가 확인하는 것은 명령을 따르는 발걸음뿐입니다. 하늘은 질서를 명명하는 하나의 방식이었다고 나에게 확인해 주려 하지 마시오. 그럼!

한줄기 햇빛. 모란꽃에 위의 빗방울들은 생살이 드러내는 즐거움의 눈물이다.

정원사는 인간들 가운데 가장 현명하다. 그는 대지 속에서 작용하는 힘, 하늘의 빛줄기, 줄타기 곡예사의 줄을 알고 있다. 그는 생명을 주고, 그것을 복종시키는 것을 두려워하지 않으며 편안하게 죽음을 준다. 그는 일시적인 것의 고정점과 영속적인 것의 나선형을 인식하고 있다. 그는 무릎을 꿇고 지배하며 눈으로 구성한다. 그는 태양의 인내, 바람의 긴급성을 알고 있다. 그는 변덕을 제어한다. 꽃들은 그가 누구인지 알고 있다.

중국 문명이 이 세계에서 영원성을 추구했고 그것도 가장 자연스러운 방식으로 추구했다는 점을 확인하는 일은 재미있다.

이집트의 영원성이나 기독교의 영원성은 비슷한데, 다른 세계로 옮겨져 있다. 그 토대는 호쾌하게 넓지만 얼마나 불확실한가.

어두운 밤과 시(詩)와 종자의 거처인 대지는 우리에게 이렇게 말한다. 나는 너를 길렀으니 너를 거두니라. 그러면 우리는 감사하다!라고 말할 뿐이다.

어떤 저녁에는 나는 침묵한다.

나는 공자가 태어난 도시인 곡부로 가는 기차표를 구하는 데 실패했는가? 나는 철도 노선이 이 스승의 혼을 방해하지 않기 위해 곡부를 피하고 있다는 것을 알고 있었다. 따라서 곡부와 가장 가까운 기차역으로 가는 표를 얻으면 될 것이다. 이와 같이 명백한 일이 창구 앞에서 통하지 않는다. 나는 어디인지 위치를 확인할 수 없는 발음이 안 되는 도시로 가는 표를 한 장

손에 쥐고 있다. 공자(공부자)의 탄생지에 가기 전에 하나의 수수께끼와 다시 마주한다는 것은 불쾌하지 않다. 사람들은 분별이 없는 대한 적절한 이유를 즉시 찾아내는 것이다.

쑤저우를 떠나면서 돌이켜 생각해 보니 비가 왔음에도 불구하고 나는 운하들을 따라 자전거 페달을 밟았고, 모란이 피는 것을 보았으며, 대나무 숲의 환영을 받았고, 물속에서 구역질 나는 진흙 속까지 빛줄기를 따라가 보면서 행복했다.

아침 기차는 넘칠 만큼 만원이고, 의자는 편하지 않으며, 풍경은 밋밋하다. 어디서 내릴 것인가? 몇 시에? 나는 나의 목적지에 대한 정보를 수집하려고 애쓰지 않는다. 불확실은 나를 즐겁게 하면서도 나를 불안케 한다. 어린아이들은 이런 연관을 알고 있다.

우시, 창저우, 난징(13시 42분)을 지나자 기차는 비어가고, 창장강(양쯔 강)은 도자기와 비단을 공급했던 중국 땅에 시멘트를 쏟아 붓게 될 수송선들, 노란 모래를 가득 실은 수송선들로 넘쳐난다. 우리는 쟈산을 지나고, 뱅후에서부터는 서북쪽을 벗어나 북쪽으로 달려 19시 20분에 서주(西周)에 도착한다. 밤은 별빛을 받은 몇몇 틈새들에도 불구하고 깜깜하다. 기차는 거의 비어 있고 두 시간이 흘러간다. 나는 나의 부재 속에서 세상사가 이루어지는 것을 계속해서 바라본다. 마침내 역무원이 다음 역에서 내리라는 신호를 보낸다. “곡부로 가려는데?” 그는 나에게 문을 가리키고는 가버린다. 나는 혼자 양쯔우에서 내린다. 기차역은 내가 나가자 닫힌다. 광장에 고양이 한 마리 없다. 나는 간신히 조명이 된 길거리에서 자동차나 사람 혹은 호텔를 찾아 걷는다. 교외 근처에 도착할 때 나는 역에 기대어 잠을 자겠다는 생각으로 되돌아간다. 자동차 한 대가 멈추고 운전사가 (뭔가 이상하지만) 호텔이라는 곳으로 나를 데려다 준다. 그는 한 여자를 깨우자 여자는 나를 더러운 방에 틀어박히게 만든다.

다음 날 버스를 타고 곡부에 도착하자 나는 중국식 도시를 닮은 도시, 태양신 수리아를 닮은 해, 소크라테스 아내의 미소를 닮지 않고 (부분적으로) 공자의 미소를 닮은 곡부 사람들의 미소에 매료된다. 사람들이 생각하는 것과는 반대로 공자는 걸음걸이가 자유로웠고, 말에는 아이러니가 있었으며, 대화 상대방을 불안정하게 하여 생각을 진전시키게 만들곤 했다. 그의 사상에 토대한 딱딱한 '종교'는 그를 닮지 않았다. 소크라테스를 중심으로 숭배가 성립되었다면 이 역시 소크라테스를 닮지 않았을 것처럼 말이다. 우리는 또 다른 사례들을 가지고 있다. "나는 할 수 있는 것이나 할 수 없는 것을 결코 무조건적으로 말하지 않는다"(《논어》 XVIII, 8). 조셉 르윈의 얼굴이 다시 떠오른다.

곡부는 바라나시나 예루살렘과 공통점이 전혀 없다. 복을 구하러 와 기도하는 군중도 없고, 매복해 있는 목마른 죽음도 없다. 곡부는 성벽, 조용한 거리들이 있는 전통적인 성곽도시이며, 도시 가운데 도시인 공자의 묘가 공자 후손들의 거처와 함께 있다. 이 후손들은 세월을 거치는 동안 끊임없이 자신들의 몫을 주장해 왔다. 중국에서 흔히 그렇듯이, 건물들은 명나라 때 재건축된 게 많다. 시간의 두께는 자신의 머릿속에서 관계를 돈독히 해야 하는 것이다.

북쪽으로 나 있는 한 정원에서 노인 한 분이 나와 엇갈려 지나가는데, 고요한 얼굴과 위엄 있는 거동으로 나의 호기심을 끈다. 나는 그에게 접근한다. 장 잉이라는 분은 유교를 가르치는 교육자인데 그의 미소는 마오쩌둥주의의 학대에도 망가지지 않았다. 잠시 후 나는 그가 유교의 가르침에 대해 영어로 말하는 내용에 더 이상 귀를 기울이지 않는다. 가르침은 그의 몸짓, 그의 목소리가 지닌 어조에서 온다. 정신적인 것은 몸짓을 수반하거나, 말하자면 육체와 하나를 이룬다. 우리 서양인이 정신과 문(文) 사이에 확립한 분리——이 분리는 문이 죽었을 때 본질적이다——는 여기서나 일본에서도 통용되지 않는다. 공자에게 살아 있는 것과의 관계는 수식어의 가치를 지니는 예(禮)를 통해 표현된다. 내가 만난 노인은 이 주제에 대한 나의 질문에 대답하지 않는다. 그는 그것을 나타내며 그렇게 하여 그는 그것을 새긴다.

우리는 정원에서 천천히 걷는다. 나는 그에게 예의 의미가 중국 군중들 사이에서 보이지 않지만, 서예를 통해 되돌아오기를 기대한다고 말한다. 그는 내 말을 이해하지 못한다. 우리는 다리 위에서 멈춘다. 그는 내가 죽은 자들의 축제에 참석하기 위해 곡부에 와주어 기쁘다고 말한다. 이것 참. 나는 이 축제의 날짜도 모르고 있었는데 말이다. 장 씨는 세계에서 가장 큰 묘지, '공림(孔林; 공자의 숲)' 입구에서 내일 다시 만나자고 제안한다. 이곳에서 스승과 그 후손들의 무덤들을 볼 수 있는 것이다.

우리는 수많은 나무가 풍부한 이 숲 속의 공동묘지에 만고장춘(萬古長春)이라 씌어진 주랑 현관을 통해 들어가 신도(神道; 영령들의 길)를 따라서 공자의 묘까지 간다. 묘는 두 개의 비석으로 둘러싸여 잡초가 무성한 채 둥그렇게 돌출된 수수한 모양이다. 여기서 노인 장 잉은 현대적인 춤 같은 세심한 예를 올린 뒤 다른 무덤들 앞에서 약간 변화를 주어 그것을 다시 보여준다. 우리는 말을 하지 않는다. 언어는 우리의 육체 안에 있고, 그의 육체는 고양이 같은 유연함을 드러내는데 나의 육체는 멋있는 살롱에 있는 것처럼 '부자연스럽다.' 어떤 예법을 따른다는 것은 겸손함을 나타내는 행위이다. 어떤 근대적 정신은 그 속에서 자유에 대한 침해를 보는데 이는 틀린 것이다. 기독교 수도사들은 복종이 얼마나 정신을 해방시킬 수 있는지 알고 있다. 프랑스인의 특성을 나타내는 것 가운데 하나인 에티켓은 다른 사람들에 대해 마땅히 지켜야 할 동일한 존중의 성격을 띠고 있다.

우리는 가족들이 와 신속하게 기도를 올린 후 홀가분하게 식사를 하는 무덤들 사이를 조용히 걷는다. 장은 멈추어 나에게 말한다. "저한테 하실 질문이라도 있으신지요?" 나는 아무 말 없이 고개를 숙여 인사를 한다. 그도 나에게 인사를 하고 사제 같은 영양의 걸음걸이로 멀어진다. 나는 입구로 되돌아가 자전거 한 대를 빌려 200헥타르나 되는 묘지의 구불구불한 오솔길들을 열심히 달린다. 나는 자전거의 브레이크가 작동하지 않는 것을 확인한다. 나의 발뒤꿈치가 그것을 대신한다. 우리 서양의 묘지들과는 반대로, 죽은 자들의 자리는 둥그렇게 솟은 원구(圓丘)의 형태를 띤 땅과 혼동된다. 비석은 죽은 자를 개인화시키는 유일한 표시이다. 우리 서양인 같으면 동일한 죽은 자가 도처에 누워 있는 것이 아닌지 의아해할 수 있을 것이다.

새들의 지저귀는 소리로 가득한 작은 초목 속으로 올라가자 가족들은 점점 더 드물어져 결국 나 혼자 남는다. 나는 생각은 비워냈지만 나무뿌리들과 여기저기 파인 구멍들 때문에 노력은 계속한다. 내리막길로 접어들자 나는 발을 힘 있게 뻗어 난관을 벗어나려고 시도해 본다. 시도한다는 것은 제동을 건다는 것이다. 뿌리 하나가 나를 기다리고 있었다….

일단 머리가 부식토에 처박히자, 사지가 아직도 움직일 수 있는지 확인한 후 나는 그 뿌리를 기다린 건 나라고 생각한다. 그리하여 나는 땅바닥에서 친근한 팔들이 나를 붙들고 있다고 느낀다. 비록 나이가 들어감에 따라 삶의 통일성에 대한 의식이 우리 정신 상태의 범주들을 압도하지만, 나는 뒤죽박죽을 경계한다. 죽음, 사랑 그리고 신비주의 사이에는 어떤 연관이 존재한다. 사람들은 이것을 자주 되풀이 말했지만 그 해석들은 상이하다. 이 명확한 순간에 나는 아무것도 해석하지 않으며, 다만 내가 보는 것은 어떤 삼위일체의 머리를 지닌 충동뿐이다. 내가 대지의 품안에 나를 내맡긴다 해도 사랑하는 여인과 있는 것처럼, 또 너무도 희귀하지만 기도 속에 있는 것처럼 아무런 불안이 없을 것이다. 수수께끼는 호흡인 이 **자아**이다. 사람들은 이 호흡을 어떤 전체로 삼았었는데, 그것은 하나의 운동이다. 기원——죽음은 우리의 종말인 만큼이나 우리의 기원이다——을 되찾는다는 것은 무(無)에 대한 취향을 갖는다는 게 아니다. 에로스는 죽음을 연상시키지 않는다. 그것은 맑은 원천을 따라 거슬러 올라간다. 기도해야 할 일이 남아 있는 것 같다….

나는 입을 닦는다. 약간의 피가 묻어나온다. 언어도 자전거 타이어처럼 바람이 빠지면 기본 요소인 흙한테 덥석 물려갔었지.

　나 자신의 가장 깊은 곳에서 고요한 기쁨이 피어난다. 대지는 더 이상 중국의 대지가 아니고, 하늘도 나무도 마찬가지이다. 그것들은 어떤 모자이크의 조각들이고 나 역시 이 모자이크의 작은 조각이다. 이 숲은 삶이 다시 시작되는 인적 없는 섬이된다.

　이제 그만해! 세계의 중심에서 이 순간에 수행해야 할 일은 공림 못지않게 복잡한 또 다른 연금술이다. 즉 이 결딴난 자전거를 타고 만고장춘 주랑 현관으로 돌아가야 하는 것이다.

산

　곡부에서 멀지 않은 곳으로 가면 타이산(태산, 泰山) 기슭까지 펼쳐져 있는 타이안(태안, 泰安)이라는 도시에 쉽게 도달한다. 이 산은 중국의 주요 5대 성산들 가운데 하나이지만 이 성산들이 그만큼 숭상할 만한 것은 아니다. 기원전 110년에 정치권력과 우주의 결합, 다시 말해 합법성의 원천인 '천명(天命, *tian ming*)'을 받드는 의식은 태산에서 최초로 치러졌다. 나는 커다란 자동차를 소유하고 오만에 사로잡힌 천박한 존재들로 이루어진 부상하는 계급을 위한 호텔에 방을 잡는다. 자신들의 자본인 몸매를 이용하여 여행자들한테 접근하는 여인네들이 호텔의 여러 건물들 사이로 지나간다. 바로 옆에서는 천궁(天宮)이라는 커다란 성전(聖殿)이 다양한 기능을 지닌 이름으로 다른 선행들을 제안하고 있다.

여러 황제들이 태산에 와서 제사를 지내고 산을 잠시 오르곤
했다. 나는 이 황제들의 족적을 따라가 보기 전에 태양이 다시
뜨기를 기다린다. 나는 도시를 산책하고 시장에서 다양한 야채
를 세어 보며(아홉 가지인 것 같다), 어머니들이 그들의 '작은 황
제'(외아들)를 애지중지하러 오는 가운데 학교가 파하는 것을
목도하고, 자주 불가능하기는 했지만 인터넷으로 소식을 프랑
스에 보낸다. 이곳에는 인터넷망이 확립되어 있고 나는 그것을
통해 나의 최근 메시지가 백지 형태로 도착했음을 안다.

나는 상징이 지닌 이점을 인정하면서도 짜증이 난다.

나는 《서유기》의 한 에피소드에 대해 생각한다. 인도에서 얻
은 불교 경전의 값진 두루마리들을 가지고 중국으로 막 돌아가
려 하는데 트리피타카와 그의 일행은 시련을 겪게 된다. 승려
들은 그들에게 아무것도 씌어 있지 않은 백지들을 경전으로 주
었던 것이다. 과거의 붓다(디팜카라; 연등불)는 이 상황을 즐기
고 "웃으면서 이렇게 생각한다. 동쪽 땅〔중국〕의 불행한 승려
들은 매우 둔하기 때문에 글씨가 없는 이 경전들이 무엇인지
알지 못하는구나. 저 성자 승려의 모든 편력이 괜한 것이 되지
않을까?" (이 성자 승려는 책에서 트리피타카로 나오는 중국의 순
례자 현장법사이다.) 두루마리가 '백지'에 불과하다는 것을 깨
닫자 인도에 여행 온 세 친구는 붓다한테 가 불평을 늘어놓자
붓다는 웃으면서 이렇게 말한다. "당신들이 흰 백지 더미를 받
은 것은 당신들이 빈손으로 그것들을 얻었기 때문입니다. 그러
나 그것들은 진짜 경전들입니다. 글자 하나 없는 경전들 역시
다른 경전들만큼 훌륭합니다." 이로부터 우리는 신성한 말씀
이 백지를 통해 전수되었다면 인류 역사에서 일어날 수 있었을

근본적 변화를 상상할 수 있다. 백지 해석의 설교단…! 붓다가 그들에게 문자가 담긴 5,048개의 두루마리를 전해 주도록 한 것은 선의에 의한 것인가 현실성 때문인가? 인간들을 알기에 그는 그들에게 이렇게 말한다. "반드시 정화적인 금욕과 목욕 재계를 한 뒤 두루마리를 열어보아야 합니다."

　나라는 여행자는 한 중국 약국의 컴퓨터 앞에서 짜증이 나 있다. 글은 중국에서 프랑스로 가는 것만 일방적으로 지워지는 반면, 프랑스에서 오는 메시지는 정상적으로 도착하고 있다. 나는 이메일을 다른 서버들로 보내 보기도 하고, 메일에 대한 온갖 조작을 해보기도 하며, 감지기들의 감시를 방해하기도 하면서 컴퓨터에 예기치 않은 충격을 주어 본다. 그러자 다음과 같은 하나의 메시지가 뜬다. "당신은 올리비에 제르맹 토마가 아닙니다." 이 단언은 단호해 보았자 소용없다. 그것은 나를 동요시키는 힘이 있다. 나는 찻집에 가 이 단언의 가정에 대해 숙고해 본다.

　"나는 누구인가?"라는 말은 나를 동요시킨 적이 한 번도 없었다. "내가 여기 있지 않다면 나는 어디에 있는가?"라는 말이 나에게는 더 적절한 것 같다. 지리가 문제일 뿐 아니라 세상에 우리가 있다는 수수께끼가 문제이다. 우리는 우리가 살고 있는 세계에 대한 현실 감각을 매우 쉽게 잃어버리거나 격분한다…. 내가 다른 누구일 수 있는지에 대해선 나는 답을 하지 못한다. 보다 정확히 말하면, 나는 내가 우연에 던져진 한 움큼의 색종이 조각에 불과하지 않을 수 있게 해주는 가치들에 대해 숙고한다. 나는 가족과 우정을 비밀 상자에 넣어두고 있다. 프랑스와 나의 인연은 결코 끊어질 수 없을 것이다. 그것은 저항 정신, 그리고 위대함의 감각과 함께 요람에서 주어졌다. 가면을 쓴 우스꽝스러운 존재들이 프랑스를 깎아내리는 것은 나를 격분시키지만, 프랑스에 대한 나의 믿음을 전혀 손상시키지 못한다. 프랑스의 보배는 프랑스어이다. 나는 내가 프랑스어의 좋은 연인인지는 모른다. 프랑스어를 사랑하고 있는 것은 분명하다. 프랑스어의 엄격성과 탄력성, 시제들과 리듬들의 미묘함은 효율성을 생각해 버리는 게 좋겠다고 생각하는 자들이 있다. 해골반지를 낀 지지자들은 프랑스어를 거리로 내보내, 지나가는 빛바랜 말이나 취한 것처럼 꼬부라진 구문을 통해 창녀처럼 되게 하고 싶을 것이다. 이들과 맞선 군대는 견고하지만, 한편으로 교육기관은 방임주의를 조장하는 민중선동이 얼마나 난폭한 언행만을 낳는지 경악스럽게 확인하고 있다. 그러나 변화하는 조류를 넘어서 결정은 문학의 몫이다. 신화의 힘을 지닌 기본적 책이 프랑스어로 나오게 되면 잠든 미녀(프랑스어)는 침대에서 벌떡 일어날 텐데. **당신이 나의 왕자님이신가요? 얼마나 기다렸는지 몰라요….**

나는 타이안에서 한 다음과 같은 우스꽝스러운 맹세를 책임질 것이다. "나는 최후로 중얼거릴 때까지 버틸 것이다."

하늘은 맑아서 태산을 오르는 데 안성맞춤인 날이다. 나는 욕실에서 목욕재계를 하고 새벽이 되자 호텔을 나선다. 한편 진사(辰砂)의 연금술(도교의 방중술에 대한 암시)과는 아주 딴판인 시늉만 내고는 진정되었는지 모욕을 받았는지 '여인네들'은 갓난아기를 꿈꾸며 구겨진 시트 속에서 자고 있다.

산기슭에서 하늘에 도달하기 위해 일천문을 건너는 자는 1560년에 새겨진 비문이 상기시키고 있듯이, 공자의 발자국을 따라간다. 사람들은 곧바로 발자국을 망각하고, 과거를 잊어버리며, 등정 노력으로 긴장되고, 정상이 자꾸 뒤로 물러나는 것을 보며, 불평하고, 거친 숨을 몰아쉬며, 헐떡거리고, 그래도 계속하겠다고 다짐하며, 산에다 대고 '오, 화려하구나'라고 망설이지 않고 말하고, 미소 지으며 다시 출발한다. 정상에 도착하자, 사람들은 북쪽에서 불어오는 바람 때문에 몸을 구부리고, 쭈그리며, 고맙다고 말하고는 비상을 거부한다.

*

북경으로 가는 열차는 너무도 혼잡해 내 배낭 위에 앉을 수조차 없다. 정어리처럼 절여진 상태로 복도 끝에 끼여 있어 나는 풍경도, 황허 강도, 산둥성이나 허베이성의 평야지대도 전혀 볼 수가 없다. 중간의 역들에서 기차가 멈출 때 자리들이 비면 곧바로 농부들이 차지한다. 이들은 각자 자기 일에만 전념한다는 만능 통화(通貨)를 프로 정신을 가지고 사용한다. 산을 오른 데 따른 근육통이 있는데, 내 견갑골을 팔꿈치들이 누른다. 부르고뉴의 집에서 상큼한 샤블리산 백포도주와 빨리 읽으라고 채찍질하는 책 한 권을 놓고 가족끼리 보내는 저녁을 생각하며 창주에서 경해로 가는 동안 버틴다. 그런 다음 나는 그저께 태산을 올랐던 이미지들을 다시 떠올린다.

산을 오를 때, 앞으로 나온 끈을 통해 부분적으로 지탱하고 있는 짐을 진 인부들이 종종걸음으로 나를 지나쳐 가곤 했다. 옷을 벗은 그들의 상체에서는 땀방울이 떨어지고 있었다. 나는 언어라는 기호로 나의 찬양을 나타내곤 했다. 그러나 그들에게는 나의 증언보다도 더 사활이 걸린 게 있었다. 그 어떤 것도 그들을 긴장된 노력으로부터 벗어나게 해서는 안 되었던 것이다. 젊은 여자 하나가 왜 내가 이 등정을 하는지 나에게 영어로 물었다. 대답은 이랬다. 아마 나는 저 높은 곳에 가야 왜 내가 나라고 생각하는 자가 아닌지 알게 될 겁니다. 당신은 장자가 전하는 '나비의 꿈' 이야기를 아십니까? 그녀는 대답한다. 나는 생물학자입니다.

계단 난간에 기대어 한숨을 돌리고 있을 때, 세 명의 여자 농부가 멈추어 나를 뚫어지게 바라보았다. 한 여자가 손을 내밀었다. 나는 두 손으로 그녀의 손을 잡았다. 그녀는 곧바로 손을 뺐다. 나는 누구의 유령이었던가? 그녀는 수다를 떨면서 등정을 계속했다. 내가 그녀들을 다시 만났을 때, 나는 그녀들에게 비스킷을 주었다. 거의 한 시간 가량 나는 홀로 올라갔다. 나는 호리병박 모양의 천탑 도교 성전 앞에 멈추었다. 나는 매우 낯설게 느껴졌기 때문에 프랑스어로 하늘을 향해 **일체감을!**이라고 외치고 싶은 욕구를 느꼈다. 좀 더 올라가니 한 남자 대학생이 나와 함께 올라갈 수 있는지 물었다. 그는 나에게 질문을 퍼부었지만 나는 숨이 차 두세 음절로밖에 대답하지 못했다. 나는 멈추고는 그에게 풍경 앞에서 명상에 잠기고 싶다고 말했다. 나는 어린 소녀 하나가 아버지의 어깨에 타고 지나갈 때 〈방앗간 아저씨, 자고 있어요〉[13]라는 노래를 불렀다. 그 아이는 울기 시작했다. 어머니는 중국말로 화를 냈다. 나는 고독한 승려 한

분에게 꽃 한 송이를 주고는 *xiang*(향, 香)이라는 말을 했다. 그는 나의 봉헌물로 너무 불편해했기 때문에 나는 그것을 되돌려 받았다.

태산의 정상에 부는 세찬 바람에 공격을 받아 바위들은 사람의 모습들이 되고 있었다. 나는 허공 위로 몸을 기울였다. 오, 그러나 사랑은 휴대용 난간이구나.

텐진에 가니 이미 연기처럼 사라진 어떤 유럽의 냄새가 오르락내리락 하면서 여전히 발산되고 있다. 나는 이곳에서 세 사내 녀석을 밀치고 마침내 20센티미터의 의자를 확보해 엉덩이의 일부를 걸친다.

만리장성

자금성 북쪽에 아직도 전통을 유지하고 있는 거리에서 죽원(竹園) 호텔에 방을 잡는다. 이 호텔은 겨울에서 겨우 벗어나고 있는 정원으로 둘러싸여 있다. 따라서 기차는 봄보다 더 빠른 셈이었고, 이는 꼬불꼬불한 노선을 달리는 완행열차로 보면 쾌거이다. 기차역에서 호텔로 가는 도중에 파괴자들, 도시 고속도로, 기계적인 군중들에 내맡겨진 북경의 광경에 매우 놀랐기 때문에 나는 세갈랑[14]의 중국을 보존하고 현실의 천박함을 거부하기 위해 정원에 머물고 싶은 유혹을 느낀다. 나는 하늘에다 대

---

13) 아이들의 놀이에서 술래를 정할 때 부르는 프랑스어 노래이다. (역주)

고 도미니크 드 루[15]에게 다음과 같이 한마디 보낸다. "속임수의 지배, 청산된 모험, 산산조각 난 역사. 오메 씨[16]는 원시 부족들에 관심이 있습니다." 즉각적으로 이런 답이 온다. "말을 타고, 바람에 깃발을 날리며!"

아침부터 나는 호텔 옆에 있는 몇몇 후통[17]을 방문하러 간다. 이 소구역들의 골목길들은 너무도 좁고, 집들의 마당은 너무도 작기 때문에 이곳에서 사람들은 눈으로 훔쳐보는 모독적인 행위를 한다. 거주자들은 관광적인 구경거리들이 되지 않을 수 없다. 최소한 그들은 교외의 토끼장 같은 좁고 획일적인 집단주택에 살지는 않는다. 헐려진 후통은 상업적 광기에 의해 깃털이 뽑힌 종달새를 위한 거울 같은 유리, 철골 건물에 조금씩 자리를 내줄 것이다. 몇몇 후통은 번호가 매겨진 기념-엽서의 재료로서 간직되어 추억의 복합적인 결합물들을 대체할 것이다. 나는 나를 모리배로 취급하고는 후통에서 나와서 지하철을 발견한다. 나는 천안문을 통과하면서 보호적인 몸짓을 지닌 마오쩌둥 주석의 영묘에 살무사 같은 눈길을 던진다.

'자금성'은 각 부분이 사물들의 질서를 유지하기 위해 저마

---

14) **Victor Segalen**(1878-1919): 프랑스의 의사로서 시인이자 인류학자이다. 1908년부터 중국에 머물면서 중국학을 연구하면서 작품을 썼다. 작품에 《비석》 등이 있다. 〔역주〕

15) **Dominique de Roux**(1935-1977): 프랑스의 작가이자 출판인으로 전방위적인 활동을 하면서 역사와 모험과 관심이 높았다. 《제5제국》 등의 작품을 남겼다. 〔역주〕

16) 오메는 플로베르의 《마담 보바리》에 나오는 약사로서 기회주의자로서 상승하면서 소설의 에필로그를 장식하는 인물이다. 귀와 눈을 열어놓고 잡다한 싸구려 지식에 관심을 나타내는 유물론자로서, 인간의 어리석음을 구현하는 '부르주아의 전형'을 나타낸다. 〔역주〕

17) 후통(Hutong): 북경의 전통적인 좁은 골목길을 말한다. 〔역주〕

다의 기능을 지닌 하나의 유기적인 집합체를 이룬다. 어떤 머리가 이 질서를 지니고 있는가? 황제와 그 신하들의 권력을 정당화시켜 주는 합법성은 이들이 대변하는 '자연적 질서'에 있다는 것이 이해될 것이다. 천자(天子)인 황제는 천지의 조화를 보장하는 자이다. 물론 권력은 투표함에서 나오는 게 아니라 이 건물들의 구성과 마찬가지로 기호의 연금술이다. 나는 표지판들보다는 직관을 더 좋아하면서 도락가로서 자금성을 산책한다. 태화전·중화전·보화전·곤녕궁·익곤궁·저수궁·장춘궁(비가 오고 있다), 양심전·흠안전·건청궁…

내가 한 앞뜰에서 찬란한 저부조 작품이 경사진 계단을 따라 올라가면서 물의 작용 속에서 파닥이는 여러 마리 용을 나타내고 모습을 감상하고 있는데, 어떤 신하가 나한테 접근하는 게 상상된다.

"황제 폐하께서 당신의 알현을 받아들이겠답니다."

"하지만 나는…"

"따라오십시오!"

중국의 황제든 남극대륙의 황제든 나는 황제의 접견을 받아 본 적이 없기 때문에, 나는 나를 안내하는 사람에게 준수해야 할 예절에 대해 묻는다. (말에 지나지 않지만) 예법이 준수되지 않았을 경우 내 머리가 황제의 발아래 굴러 떨어진다는 생각을 하니 나의 호기심은 발동하지 않는다. 신하는 나를 안심시킨다. 황제는 외국인들이 예법에 대해 아무것도 인정하지 않는다는 것이다. 그는 외국인들이 천명에 일치하지 않는 매너를 보여도 용인한다는 것이다. 나는 중국의 백성이 아닌 미개인에 불과하기 때문에 나의 잘못은 죽음에 해당될 수는 없는 것이다. 천자는 어린아이의 미숙함을 즐기듯이 내 잘못을 즐길 것이란다.

옥좌가 있는 방은 어디서 오는지 모르는 황금빛 조명이 되어 있다. 별들이 수놓아진 긴 황포를 입은 황제가 높은 곳에 앉아 있다. 그는 서 있는 나이든 신하들에 둘러싸여 있다. 나는 당당한 걸음으로 나아가 몸을 숙인 뒤(너무 많이 숙이지는 않는다) 머리를·쳐들어 그의 눈을 응시한다. 물론 그는 이런 태도에 익숙하지 않다.

황제는 내가 통과해 온 나라들에 대한 나의 인상을 알고 싶어 하는 모습을 보인다. 나는 바라나시, 인도의 열차들, 대양, 태국의 여자들, 라오스의 숲들, 베트남의 산업(이 말을 듣자 황제는 매우 가벼운 경직된 미소를 짓는다), 난닝으로 내려옴, 쑤저우 정원에서 인조석 위에 핀 모란의 그림자, 태산에서 황제의 전임자들의 족적을 따라 올라간 등정, '중화(中華)'를 보호했던 만리장성으로 긴 장정을 하러 가고 싶은 나의 욕망을 환기한다. 황제는 나에게 '법국'(프랑스)의 주민들에 대해 이야기해 보라고 요구한다. 나는 그에게 말한다.

"간단히 몇 가지만 말씀드리는 것으로 하겠습니다(사실 나는 자금성의 방문을 계속하고 싶다). 우리나라 사람들은 오만하다고들 하지요. 우리는 끊임없이 서로를 비방합니다. 우리나라 사람들은 이성과 대칭의 신봉자라고 하지요. 우리는 무질서하고 감상적이며 변덕쟁이입니다. 우리는 혁명과 결부되곤 하지요. 우리는 왕·왕비·공주를 꿈꾸고 있습니다. 우리는 새로운 것이면 무엇이든지 쫓아가지만 오래된 돌 하나도 움직이는 것을 거부합니다. 우리는 위대한 이념을 조작하고 조그만 계산에 열중합니다. 우리는 보편적인 것을 부르짖고 낯선 것 앞에서 불평합니다. 우리는 우리나라 여자들이 총명하고 해방되고 '구름과 비의 놀이'에서 능숙하지만(황제의 미소), 어린아이들과 (양파를 넣은) 쇠고기 스튜에 주의를 기울여 주었으면 바라고 있죠. 여자들은 우리 남자들에게 권위를 잡지 않는 보호자, 변절이 없는 유혹자, 낮에는 여권주의자이고 밤에는 남성우위론자가 되라고 요구합니다. 우리는 국가가 강할 때는 강하다고 비난하고, 약할 때는 약하다고 비난합니다. 요컨대, 폐하, 우리는 활기 있는 국민이라 생각합니다."

"그 모든 게 놀라울 뿐이로다!" 황제는 수염을 쓰다듬으면서 말한다.

"우리가 세상을 놀라게 했다는 게 생각납니다."

"그럼 그대 나라의 문인들은 어떤가? 그들의 평판이 대단하던데."

"그들은 막연한 혁명·데모·탄원·주술을 좋아합니다. 그들은 반항의 아름다운 마스크를 쓰고 매우 유행하는 옷을 입습니다."

"그대들이 그들의 머리를 잘라 버리면 될 걸 무얼 기다리고 있소?"

"두 세기 전에 그들의 충동 때문에 많은 머리들이 잘렸습니다. 그 결과 하나의 황제가 탄생했지요."

"머리들을 잘라 버리는 것은 항상 옳은 일이로다! 그렇게 해서 짐의 조상들은 4천 년 전부터 중국을 지켜왔도다. 왜 바꾼단 말인가? 그대는 제국이 잘 유지되고 있는 걸 보았도다."

나는 그에게 마침 기회가 되어 남쪽에서 북쪽으로 봄이 올라오는 속도로 전진했고 계절의 질서가 준수되고 있음을 확인할 수 있었다고 대답한다. 그는 이 은유를 높이 평가하는 것 같다. 나는 숨을 돌리고는 이제 봄이 눈의 나라(티베트)에 도착하기를 기대한다고 조용한 목소리로 말한다. 황제는 몸짓으로 리 용 장군에게 자신이 칼을 뽑지 않아야 함을 이해시키라고 한다. 6천 년 역사의 대표인 그는 한 마리 새를 노리고 있는 수컷 고양이의 모습을 한다. 그는 이렇게 말한다. "나는 코가 긴 저 이방인이 우리한테 오면서 자신의 집을 옮겨왔음에 주목하노라. 맹인은 새벽의 찬란함을 모르는 법이다." 두 명의 검객이 나를 출구 쪽으로 다시 데려다 준다. 우리는 이번에는 북쪽에서 남쪽으로 동일한 방들을 건넌다. 그러고는 그들은 나에게 바싹 다가서면서 여러 뜰을 건너게 한다. 다섯 개의 다리가 활 모양을 한 채, 권력의 안정에 불길한 자들을 향해 있는 금수하(金水河) 앞에서 나는 왼쪽으로 가도록 조치된다(왼쪽은 동쪽으로 군대의 에너지인 양(陽)과 연결된다). 한 늙은이가 어떤 정자 중앙에서 나를 기다고 있다. 그가 나에게 이렇게 묻는 게 들린다. "당신은 길을 발견했습니까…? 아니라고? 그렇다면 당신의 머리를 잘라야겠소."

비가 억수같이 쏟아진다. 나는 두건 달린 외투 같은 장미색 플라스틱으로 된 투명한 비옷을 하나 산다. 270헥타르의 면적에 세워진 천당(天堂)[18]의 기능은 가을의 풍성한 수확을 유지하는 것이었다. 황제는 천당에서 제사를 지내는 집행자였다. 천당은 하늘의 형태를 띤 세 개의 주요 건축물을 포함하고 있다. 비

---

18) 북경의 천당공원에 있는 천당을 말한다. 〔역주〕

는 방문객들을 몰아냈다. 남쪽으로 향한 채, 나는 홀로 제단의 중앙에 있다. 물줄기들이 나의 우스꽝스러운 딸기빛 복장에 쏟아지고 있는데 황제가 제사를 지냈던 하나의 원 중심에, 다시 말해 하늘과 땅을 이어 주는 초점에 있다는 것은 우선 재미있다. 내 과거의 몇몇 이미지들이 떠오른다. 코레즈에 있는 어린 시절의 집 아래쪽에 흐르는 냇물, 돌풍처럼 사랑했던 여자, 고통받는 한 어린아이의 애원 따위… 목에 물이 흘러내리는 가운데 모호한 연극적 자세를 취한 채 이런 장소에서 있으면, 마땅히 감동받을 수 있는 무언가가 있음에도 불구하고, 나는 추위·우스꽝스러움·고독을 없애 버리는 어떤 충만함의 상태를 경험한다. 하늘 속에 감추어진 어떤 현존을 믿게 되는 일이 일어나기도 한다….

해가 다시 떠 내가 버스로 북경의 일부를 가로질러 하궁(夏宮)으로 갈 때, 나이——아니면 신중을 기해 경험이라고 해두자——를 통해 알아차리는 것은 세상사가 보다 복잡하면서도 동시에 보다 단순하다는 점이다. 이 말은 근거를 제시해야 할 문제이다.

우선 보다 복잡하다. 왜냐하면 우리가 어떤 나라를 해독해 내려는 의도가 있다면, 역사·강들·사상, 언어의 기호와 소리·허수아비·향신료·우상, 우연의 이면 등 서로 끼워 맞추기 힘든 요소들을 고려할 필요가 있기 때문이다.

다음으로 보다 단순하다. 우리가 낱말들의 비늘을 벗겨내 보고, 또 두려움과 희망 속에서 세상을 헤쳐 나가고자 하는 가련한 순한 인간을 발견한다면 말이다. 그래서 신·이성·대자연·진보·하늘 따위가 언급될 수 있고, 그럴 때마다 매번 그것은 어두운 밤에 들리는 어린아이의 외침, 나를 홀로 남겨놓지 마세요!라고 부르짖는 그 외침이 될 것이다. 요컨대 내가 단순히 말하고자 하는 것은 인간은 헐벗은 채 태어난다는 사실이고, 우스꽝스러운 옷들을 걸치고 있음에도 불구하고 하늘 아래 어디에나 이 사실의 무언가가 이 인간에게 남아 있다는 점이다. 버찌의 맛을 보든, 사랑의 놀이 속에 있든, 천박한 권력 속에 있든 혹은 쫓겨날 신세가 되어 있든, 공자가 노나라에서 걸어가면서 지식인들을 깨우치고 있었다면, 사람들은 주나라에 있어도 자신들이 낯설다고 거의 느끼지 않았을 것이다. 이번에 중심에서부터 북서쪽으로 통과한 북경은 신속하게 훼손되고 있는 다른 수많은 도시를 닮아 있다. 다시 말하면 북경은 아무것도 닮아 있지 않다. 다행히 어제 빗속에서 천당 제단의 중앙에 서 있었던 그 순간을 추억하는 것은 놀라움의 계기가 된다. 그때 나는 21세기 초의 프랑스 여행자가 더 이상 아니었다. 나는 하늘과 땅의 접점에서 이해하기 불가능한 몹시 놀라운 모험 한가운데 던져진 존재였다. 이 모험은 라스코동굴의 들소나 반포 유적지[19]의 도기들 이래로 동일한 모험으로 하나의 역사가… 버스가 선다!

원명원(圓明園)에서 폐허가 된 궁전은 청나라 말기에 속물근성의 사례이다. 청나라는 이 집합적 건축물을 서양에서 영감을 받은 모델에 따라 건축했다. 이 폐허는 또한 1860년 프랑스-영

---

19) 중국 산시성 시안 동쪽에 있는 고대 신석기 시대 유적지를 말한다. 〔역주〕

국 군대가 하궁을 약탈할 때의 폭력을 상기시키는데, 양심의 가책을 느끼는 저급한 감정도 이 약탈을 지울 수 없을 것이다. 어린 소녀 하나가 무너진 난간 위에서 미끄럼을 타면서 즐거워한다. 아이의 길게 찢어진 눈에는 행복감이 깃들어 있다. 부모는 무심하다. 연꽃이 뒤덮인 연못 하나는 지금은 불타 버린 나무 정자들로 둘러싸여 있었다. 나는 코레즈에서 온 한 병사의 붉은 얼굴을 상상한다. 예술가들의 손으로 인내 있게 이루어 낸 작품을 더럽히고, 찢어발기며, 태워 버리는 이런 충동은 어린아이의 순진무구함을 짓밟도록 부추기는 충동과 유사하지 않겠는가? 아름다움의 파괴는 그것에 빠지는 존재가 자신의 삶과 더 나쁘게는 자신의 영혼을 걸 정도로 극도의 쾌락을 준다.

다음에 이어지는 에피소드는 단순화시켜 우연의 결과라고 말하자. 나는 돌무더기 위에 있는 존 로빈을 알아본다. 그는 내가 10년 전에 미얀마에서 알게 된 미국인 사진작가인데 지난 세기 말에 파리와 방콕에서 연이어 다시 만났던 적이 있다. 그는 잠자코 있지 않고 마약과의 싸움, 여자들의 조건 개선, 민주주의, 코끼리 보호, 티크 숲 보호 따위와 같은 명분들을 계속 지지한다. 그는 휘몰아치듯 사진을 찍고, 기사들을 게재하며, 행진을 조직하고, 사라졌다가 스무 개의 프로젝트를 가지고 다시 나타나는데, 주름은 더 늘었지만 관대하고 우애 있는 서구 사나이의 한결같은 미소를 띠고 있다(그가 순진하다고 말한다면 군말이 될 것이다). 그는 지상에 악이 계속되고 있는 것에 대해 놀라지 않듯이 나를 여기서 만나는 것에 대해서도 놀라지 않는다. 성능이 좋은 휴대용 라디오의 단파를 통해 세상일에 대해 정보가 빠삭한 그는 나에게 비정형적인 폐렴이 중국 당국의 침묵에도 불구하고 이 나라에 퍼져가고 있다고 단언한다. 그는 중국을 떠날 채비를 하고 있다며 나한테도 가능한 빨리 그렇게 하라고 부추긴다. 나는 그에게 말한다. "두고 보지요. 나는 비정형적인 방식으로 여행을 하고 있거든요. 중국에서는 그 어떤 것도 보완성이 없이는 기능하지 않아요. 두 개의 비정형적 태도가 서로 만날 수는 없을 겁니다." 그는 이처럼 어리석게 생각하는 방식 앞에서 하늘을 쳐다본 뒤 저녁에 만나 식사를 같이하면서 Z.라는 여류작가를 술집에서 만나 보자고 한다. 이 작가의 노골적인 에로티시즘 책들은 성스러운 중화인민공화국의 젊은이들한테 크게 인기를 얻고 있다 한다. 존은 샌프란시스코의 한 삼류신문을 위해 그녀에 대한 기사를 준비하고 있으며, 아무도 신경 쓰지 않는 조잡한 잡동사니 사상들과는 다른 것을 듣는 게 나한테 좋을 것이라고 생각한다. 나는 이렇게 논지를 제시한다. "그 어떤 사회도 자신의 토대를 망각하지는 않았습니다. 당신들의 경우, **고 웨스트**(*go west*)란 말은 여전히…" 존은 사진을 찍고 싶어 달아났다. 부서진 기둥 앞에 젊은 중국 처녀의 번쩍이는 다리가 눈에 들어온 것이다.

나는 마스크를 하나 산 뒤 북경 '내성'에 있는 라마사원을 방문하러 간다. 이 사원은 티베트 불교 형태에 우호적이었던 청나라 때 1744년 티베트 불교도들에게 주어진 옛 옹화궁의 이름이 바뀐 것이다. 티베트인들이 수많은 신들, 색깔들 그리고 상징들을 가지고 그들이 직접 하나의 불교를 공들여 탄생시킨 것은 옳았다.

뿌리 뽑힌 인간을 위한 새로운 종교 형태들을 만들 때는 의

식의 가장 심층적인 층위들에서 상징들의 힘을 소홀히 해서는 안 된다. 이 상징들이 전적으로 순진무구하게 작용하도록 하기 위해, 그것들이 머리에 떠오르게 하는 설명들이 제거되어야 한다. 해골들, 서로 껴안고 있는 커플들, 바퀴들, 건너야 할 강(江)들, 산들과 구름들이 있는 만다라 앞에서 얼마나 많은 이음새를 찾아야 하는가!

Z.라는 작가는 천박하다. 그녀는 자신의 작품이 유행 타기를 원하고, 두꺼비 같은 목소리로 말하며, 섹스와 자유에 대해, 혹은 그녀가 안다고 하는 헨리 밀러나 윌리엄 버로스 같은 미국 작가들에 대해 상투적 표현을 늘어놓는다. 존은 호의를 드러내면서 그녀의 말에 귀를 기울인다. 그녀에게 나는 시시한 우상인 그녀가 익숙하지 않은 아이러니를 나타낸다. 우리는 프로이트 · 도교 · 여권주의에 대해 서로 논쟁을 벌인다. 그녀는 화가 나 우리를 떠난다. 존은 나에 대해 불만이다. 나는 그에게 그녀의 분노가 그의 기사에 의미를 주리라고 말한다. 그는 그렇게 그것을 이해하지 않는다. 그는 속내 이야기를 듣고 싶었던 것이다.

우리가 화해를 하고 북경의 어두운 길을 걷고 있을 때, 우리는 어떤 술집에서 취해 나오는 두 명의 커다란 중국인의 공격을 받는다. 그들은 우리가 이라크에서 짐승처럼 행동하며, 더러운 제국주의자라고 비난한다. 그들은 공격을 비난하는 존의 말에 귀를 기울이지 않는다. 그래서 어떤 임상치료법에 나오는 꼭두각시처럼 우리는 바빌론을 공격하는 군대 때문에 반격을 가하지 않을 수 없다. 현재 이 군대의 효율과는 반비례하는 결과를 초래하는 논리에 따라서 말이다. Z.가 "나는 자유로워요!"
라고 주장했을 때 나는 비웃었다고 말한다. 대체 어떤 힘이 내
가 내 안에 있는지도 몰랐던 폭력을 드러내면서 나로 하여금
싸우지 않을 수 없게 만드는가? 나는 칼날이 번쩍이는 것을 보
자마자, 전쟁이라는 고함을 지르고 한 녀석의 배에 내 머리를
박자 그는 땅바닥에 구른다. 존을 물리친 다른 녀석이 두 팔로
내 허리를 꽉 붙든다. 우리가 서로에게 주먹을 휘두르는 동안
존이 정신을 차리고 다른 녀석을 상대한다. 고함과 주먹질 소
리가 어둠 속에서 터진다. 지나가는 행인들이 우리를 둘러싼 뒤
말린다. 마침내 경찰이 도착한다. 바보 같은 놈들은 달아난다.
존이 말한다.

"아니, 난 자네가 이렇게 격노할 수 있으리라고는 결코 생각
하지 못했네. 자네의 간디, 자네의 개화된 도(道)는 어떻게 됐
나? 그런 힘을 어디로 찾으러 갔나?"

"모르겠네…."

"방콕으로 가는 첫 비행기를 같이 타세나. 이건 어떤 징후야."

"이상하지만, 이제 나는 폐렴은 신경 쓰지 않네. 그것 역시
꾸며낸 것임에 틀림없어."

"역시 뭐라고? 내가 보기에 자네는 너무 복잡하군. 여하튼
고맙네!"

"내일 자네에게 전화하겠네. 잘 가게. 아니야, 잠깐… 난…
그래, 바로 그거야. 우리 아이들이 자네를 못 잊을 거야. 버릇
없는 제국주의자들이지… 자, 이제 가게나!"

나는 어두운 밤에 달려서 떠나간다. 한 시간 후에 호텔 정원
의 대나무 숲 앞에 돌아오자 나는 어떤 짐을 내려놓은 것 같은

느낌이 든다. 나는 방에 올라가 별로 깊지 않은 상처들을 소독한다. 나는 시바 신의 이미지 앞에서 향을 피운다. 나는 시바 신에 혀를 내밀어 장난을 친다. 코미디는 끝났습니다! 바라나시는 하나의 환상이었습니다라고 나는 그에게 말한다. 열려진 창문 앞에서 나는 비약할 각오를 한다. 나는 존이 홀로 떠나도록 할 것이다.

나는 해가 쨍쨍 비치는 가운데 중국의 만리장성을 성큼성큼 걷는다. 중국 이쪽의 과수원에 핀 복숭아꽃이 봄을 알리고 있다. 저쪽도 여전히 중국이지만 다른 양상, 몽고까지 대초원이 펼쳐지는 양상을 보인다. 세찬 바람이 불어오는 그쪽으로 풍경은 헐벗은 언덕들이 물결치고 있다. 지평선까지 아득히 뻗어 있는 만리장성은 변덕스럽게 요철을 이어가고 있다. 침략을 막아내지 못한 채, 그것은 잃을 게 아무것도 없는 유목민들, 언제나 승리하게 되는 유목민들을 요새화된 전선을 통해 막을 수 있다고 믿었던 황제들에게 보다 조용한 밤들을 제공했던 것이다.

세 개의 교통수단과 네 개의 불확실한 것이 나로 하여금 북경의 북서쪽에 있는 사마대 장성에 이르게 해주었다. 이곳은 아직 관광객들이 자주 찾지 않는 만리장성의 한 부분이다. 수 킬로미터를 간 후(하지만 걷는 시간으로 계산해야 한다), 금산령 장성에 도착해서 북경으로 돌아갈 수 있다. 신화적인 국경에서 고독하게 걷는 것은 흥분되면서도 위험하다. 만리장성은 올라갔다 내려갔다 하면서 비좁은 능선에서 꺾어진다. 그것이 무너져 있거나 바람이 몰아칠 때면 용[20]의 등짝에 꽉 달라붙어 네 발로 기어서 전진해야 하고 동물의 본능을 되찾아야 한다. 우리 자신이 하늘의 총애를 받는 자라고 믿기 전에 우리는 동물이었다는 말이 있다.

소용돌이치는 바람 속에서 한참을 기어간 후, 제국을 보호하는 임무를 띠었던 옛 중국 병사들을 만나니 유쾌하다. 그들은 얇은 조각으로 된 갑옷을 입고 만주족 기병들을 두 조각낼 수 있는 긴 검을 차고 있다. 자신들의 불순한 피가 돌을 적시는 것을 보는 것은 그들이 드러내고 싶어 안달하는 즐거움이다. 사실 망루 꼭대기에서 대초원을 바라보는 것은 기병들의 도착을 알리는 먼지의 출현을 목격하겠다는 희망이 없다면 피곤한 일일 것이다. 밑에 있는 방에서 전사들은 자신들에게 물을 갖다 주러 온 여자를 함께 차지한다. 자신에게 주어진 운명 이외의 다른 운명을 알지 못하기 때문에 그녀는 이것을 한탄할 수도 없을 것이다. 그녀가 다만 제국의 초병들에게 요구하는 것은 자신을 거칠게 다루지 말라는 것뿐이다. 왜냐하면 자신의 배 속에는 사내일 경우 키우게 될 아이가 들어 있기 때문이다. 욕망을 채운 두 남자는 주사위 놀이를 하고 다른 두 남자는 차례를 기다리며 술을 마신다. 여기에는 전투에 앞서 신성한 법칙에 따라 조직화된 가장 기본적인 욕망들로 이루어진 생명력이 있다. 밤에는 올빼미들의 울음소리가 보초들의 동반자이다.

명나라 관리들의 횡포에 맞서 일어난 민중봉기의 수장 이자성은 1644년 북경에 진입한다. 황제는 목을 매달아 죽고, 자금성은 더럽혀진다. 오삼계 장군은 만리장성이 북경 동쪽으로 바

---

20) 만리장성의 모양새를 용으로 비유한 말이다. 〔역주〕

다까지 뻗어가는 곳인 산하이관(산해관) 항구에서 이 소식을 듣는다. 명나라는 그에게 중국 제국을 꿈꾸고 있는 만주족의 발흥을 제압하라는 임무를 부여하고 있었다. 그는 자신이 절대적으로 사랑했던 젊은 여가수 진원원이 반란군에 포로로 잡혔다는 소식을 듣는다. 자기가 애지중지하는 육체, 복숭아 같은 피부, 불같은 키스와 새 소리 같은 노래를 자기 이외의 다른 사람이 맛본다는 것은 그를 돌변하지 않을 수 없게 만든다. 그는 만주족에 가세하여 북경까지 전속력으로 달려가 반란군을 몰아내고 서쪽 땅까지 잔당을 추격한다. 도취케 하는 이 봄에 만주족은 북경에 자리를 잡는다. 그들은 이곳에 청나라를 세워 267년 동안 지속하게 된다. 진원원에 대한 아무런 소식도 갖고 있지 못하기 때문에 나는 그녀가 운명의 주체였는지 대상이었는지 알 수가 없다. 한편 오삼계는 명나라를 섬겼듯이 열정적으로 청나라를 섬겼다.

나는 바람이 몽고족이나 만주족처럼 경쾌하게 뚫고 지나가는 이 분할선 위를 다시 걸어간다. 나는 독수리들의 외침을 좋게 평가하지 않는다. 붕괴와 돌풍의 위험에다 용의 위협이 겹친다. 지는 해의 먼지 같은 빛 속에 용의 긴 몸뚱이가 흔들리는 것이 보인다. 용이 깨어난다면, 용이 사방으로 달리게 된다면, 나는 나의 몽상에 매달릴 수 있을 능력이 있을까?

나는 채광창이 뚫린 구멍으로 바람이 씽씽 불어오는 다섯 개의 망루를 지나간다. 나는 몽상을 계속한다. 여섯번째 망루에서 나는 오삼계 장군의 병사들을 만난다. 그들은 일어서서 나를 검으로 위협하고 나의 칼을 빼앗으려 한다. 나는 그들에게 나의 푸른 눈과 거의 엑토르 사비니엥 시라노 드 베르주라크의 것[21] 만한 코를 보여주고, 그들에게 난 만주족의 스파이가 아니라고 여러 언어로 되풀이해 말한다. 나는 한 계집의 부드러운 살결(부드러운 살결로 충분할까?)로 인해 이윽고 그들은 자신들이 검을 휘둘러 없애기를 꿈꾸는 야만인들을 받들게 될 것이라는 말은 하지 않는다. 역사를 언급할까? 숨겨진 기녀(妓女)를. 나는 황제 폐하께서 북경에 있는 자신의 황궁에서 친히 나를 접견해 주셨다는 것을 이해시키고자 한다. 그들은 조용해진다. 우리는 좁은 방에 앉아서 뿌리로 담근 토할 것 같은 술을 병의 좁은 주둥이로 나누어 마신다.

그들은 프랑스를 모른다. 나는 그들에게 우리나라에서는 (명나라와 청나라 사이의 시기에 우리는 프롱드의 난을 겪고 있다) 공작들이 여왕과 여왕의 고문에 반란을 일으킨 상태라고 설명한다. 나는 이 고문이 중국 문관 같다고 생각한다. 병사들 가운데 하나가 빈대 한 마리를 짓이긴다. 겨우 열다섯 살 될까 말까 한 가장 어린 병사는 프랑스의 여자들은 어떤지 알고 싶어 한다. 나는 변화(yi, 易)의 상태에 있다고 말하지만 전반적으로 이해되지 않는 표정이다. 눈에서 턱까지 칼자국이 난 또 다른 병사는 내가 활을 쏠 줄 아는지 묻는다. 나는 결투를 환기시킨다. 나는 위기를 해결하게 해주는 것은 예(禮, li)라고 말하지만 그들은 받아들이지 않는다. 우리는 검 · 갑옷 · 말(馬)에 대해 이야기하다

---

21) Hector Savinien Cyrano de Bergerac(1619-1655): 프랑스의 시인 · 소설가 · 극작가인데 코가 유난히 크고 좀 못생겼다고 한다. 역자가 만나 본 이 저서의 저자 올리비에 제르맹 토마 역시 코가 매우 크다. 〔역주〕

가 자연스럽게 여자로 되돌아간다. 우리 프랑스에서 왕과 영주들(그리고 다른 어떤 사람들)은 첩이 있지만 우리의 법(이 법은 중국의 법처럼 엄하기는 하지만 다르다)이 이런 관례를 단죄하고 있기 때문에 그들은 첩을 은밀히 만난다고 나는 그들에게 말해 준다. 병사들은 웃음을 터뜨린다. 다시 술 한 잔씩이 돌아간다. 내가 금산령 장성까지 어떻게 버틸 수 있을지?

우리는 봉급 문제에 접근한다. 프랑스에서 병사의 월급은 얼마인가? 음…? 내가 거의 없다고 말하자 이것이 그들의 운명을 위로해 준다. 그들은 우리가 먹는 동물들이 무엇인지 알고 싶어 한다. 나는 개를 제외하곤 당신들과 똑같이 먹는다고 대답한다. 개는 왜? 나는 개들이 집을 지키기 때문이라고 말한다. 그들은 내가 어디로 가는지 묻는다. 나는 양쯔 강의 하구에서 배를 타고 떠오르는 태양의 제국으로 간다고 말한다. 그들은 이 나라의 존재를 모르고 있을 뿐 아니라 떠오르는 태양의 제국이라는 명칭도 높이 평가하지 않는다. 왜냐하면 오래 전부터 중국에서 태양은 떴다가 지기 때문이다. 암, 몽고족의 나라와 만주족의 나라를 벗어나 저 너머에는 (병사 하나가 땅바닥에 침을 뱉는다) 아무것도 없다는 것이다. 아무것도 없다고? 나는 놀라서 그렇게 말한다. 하지만 나는 분명 어느 곳의 출신이다. 그들의 질문을 검토해 보면 그들이 나를 유령으로 간주하지 않았음이 입증된다. 그들 가운데 하나가 설명을 시도한다. 그렇다, 황국의 성곽 뒤로 태양이 지는 쪽에는 이상한 머리를 지닌 존재들이 실제로 살고 있지만(술 한 잔씩이 돌아가고 웃음이 터진다), 태양이 뜨는 바다 쪽엔 아무도 살 수가 없다는 것이다. 병사 하나가 굵고 둥근 손가락들을 부딪쳐 소리를 내면서 이 주장에 찬성한다. 또 다른 병사가 내가 황국에 온 이유를 묻는다.

나는 열변을 토한다. 그 이유는 분명하면서도 모호하다고. 분명한 것을 말하면, 나는 여행을 좋아하고, 낯선 미지의 영토에서 걷는 운동, 시선의 만남, 이미지의 수집을 좋아하며, 더 이상 허구가 아닌 어떤 빛(진리)의 관조를 좋아한다. 모호한 것은 욕망의 흉내에서 비롯된다. 아마 나는 그 존재를 모르는 무언가를 찾고 있는 것 같다. 그건 어떤 얼굴, 어떤 모험, 어떤 동굴일까? 만리장성의 초병들은 참을성이 없다. 그들은 수수께끼를 싫어한다. 그들의 손이 그들의 검으로 다가간다.

대포 소리가 터지고 이어서 돌들이 무너진다. "만주족이다!" 병사들이 소리를 지르며 타격을 받은 장소로 달려간다. 나는 다른 쪽으로 도망친다. 땀을 흘리며 새로운 망루에 도착하니 이 사람 저 사람의 돌림방 대상이 되었던 여자가 거기 있다. 그녀는 누워서 오열하고 있다. 그녀는 낡은 천에 싼 어떤 형태를 팔에 보듬고 있다. 내가 손을 얹으면 그녀는 무너져 버릴 것임을 나는 알아차린다. 그녀를 위로할 말도 없다. 나는 팔을 건들거리며 얼이 빠져 있다. 만주족의 새로운 대포 소리가 나를 도망가도록 재촉만 하지 않았던들 하늘을 저주하고 싶은 마음이다.

금산령 장성으로 가다가 나는 새로운 문을 통과한 뒤 밤을 맞이하고 (보다 어려운 일이긴 하지만) 북경으로 가는 마차를 찾아낸다.

지하철에서 북경 사람들은 마스크를 쓰기 시작하고 있다. 상하이로 돌아가기 전에 나는 리우 팡이 중국 현금인 비파 독주회를 여는 음악홀에 간다. 리우 팡은 윈난성에서 1974년에 태어났다. 그녀가 아름답다고 말하는 것만으론 충분치 않다. 그녀는 공기 같다. 그녀는 검은 그림들로 장식된 붉은색 전통의 상을 입고 있다. 그녀의 머리는 뒤로 잡아당겨 쪽을 지게 했다. 그녀는 브릴리언트(58면으로 가공한 다이아몬드) 귀고리를 차고 있다. 그녀는 그녀를 맞이하는 환호에 무심한 모습이다. 곧바로 조용해진다. 그녀는 현을 튕기기 전에 비파를 갓난아이처럼 몸쪽으로 끌어당긴다. 그녀의 손가락은 날아다니면서 올라갔다가 내려갔다 하는데 그녀의 얼굴은 여전히 조각상의 얼굴 같다. 그녀는 눈을 감고 비파를 가슴에 잡아당긴다. 부드러운 동작으로 그녀는 음악에 젖을 먹인다. 그녀가 머리를 숙이는 가운데 입은 벌어지며, 손의 그림자는 비파 위로 미끄러진다. 선율은 진주를 꿰어놓는 것같이 된다. 잠시 정지. 이어서 심금을 울리는 선율이 간결하고 성스럽게 올라간다. 갓난아이는 팽팽해지고, 손가락들은 고음으로 나아간다. 마침내 긴 한숨과 종결. 그녀는 눈을 내리깐 채 박수를 받는다.

그녀는 다시 연주한다. 그녀는 부드러움과 격렬함이 결합하는 〈달과 강(江)〉에 이어 〈흰 달빛에 봄볕〉을 연주한다. 이제 그녀는 구쟁(古箏; 가야금과 비슷함)을 앞에 놓고 앉아 있다. 스물한 개의 현으로 된 이 악기 위에서 사랑에 빠진 그녀의 손이 분주하게 움직인다. 그녀는 우수(憂愁)이고, 열광이며, 시간의 흐름이다. 그녀는 여성을 신성화한다. 그녀는 나의 최초 중국 여신이다.

상하이로 가는 기차 시간 전에 나는 한 가톨릭 교회에 간다. 그렇게 아름답지는 않지만 고요해서 좋다. 유대교에서 비롯된 이 형상들은 기독교의 보편적 특성인데, 이집트의 영원성, 그리스의 사상과 로마의 질서를 거쳐, 과감한 예수회 수도사들 및 오만한 선박들과 함께 이곳에 도착했다. 나는 나의 가문과 어린 시절의 교회인 이 교회 출신이고, 교회가 자만을 버리긴 했지만 나는 교회를 떠날 생각이 없다. 비어 있는 중앙 홀의 십자가들 앞에서 나는 놀란다. 주님이 보낸 사자 그리스도는 기존 질서에 의해 순교를 당했는데, 여기서는 세상사의 흐름과 합치하고 있다. 하지만 그와 같은 거부의 상징을 찬양의 대상으로 삼는 것은 영광된 신들을 더 좋아한다 할 인간들의 습관에 맞지 않았다. 여기에는 교회로 하여금 세속 권력과 타협하는 것을 막지 못한 훌륭한 전도(顚倒)가 있다. 한편으로 성인들은 집요한 인내를 드러내면서 자비와 가난으로 되돌아갔는데 말이다. 병을 고치는 스승 그리스도는 당나귀를 타고 예루살렘에 들어갔었다.

기독교의 보편성은 사랑과 초탈에 대한 몇몇 구현된 말씀으로부터 비롯된다. 여기다가 사람들은 지나친 장식들을 덧붙였는데, 이것들 각각의 언술은 그것이 고심하여 제작되는 동일한 방법들, 즉 지성의 방법들에 의해 불리해지고 있다. 문제는 각각의 존재 안에 내려진 영적 멋을 어떻게 펼쳐내느냐이다. 예술은 왕도(王道)였다. 모든 영역에서 혁신의 비할 데 없는 에너지를 드러내면서 무수한 걸작들이 나왔다. 그런데 종교 예술은 19세기에 스스로의 무게 때문에 주저앉았다. 그것은 도심과 유리된 공항 터미널의 형태 같은 게 아닌 새로운 형태로 다시 태어날 수 있을까? 기독교는 시간의 전진을 뒤쫓아 가고픈 욕망과 영속성의 메시지… 곧 *et nunc et semper in secula seculorum*(처음과 같이 이제와 항상 영원히) 사이에 사로잡혀 있다.

늙은 중국 여자 하나가 착색 석판화로 된 성모마리아 앞에서 기도를 하고 있다. 세계가 자신의 역사를 우리에게 이야기하기 시작한 이후로 세계의 상태를 고려하면, 하늘에 무언가를 요구한다는 것은 온순한 순진함이 낳은 결과로 생각될 수 있다. 그것은 요구라는 것이 우리를 무언가를 수동적으로 받는 경향으로 만들어 낸다는 사실을 망각하는 것이다.

나는 시장 한곳을 통과한다. 머리가 잘려진 채, 깃털이 빠진 암탉 한 마리의 목에서 핏방울이 떨어지고 있다. 나는 방수포의 구멍을 통해 태양을 바라본다. 나는 몽상한다. 어떤 여자가 긴 절벽으로 뛰어내리는 것을 본다. 한 남자가 비탈 중간까지 달려가서 팔을 내밀다가 거두고는 여자가 계속 추락하는 것을 관찰한다. 안쪽 깊은 곳에서 한줄기 햇빛이 여자의 피로 얼룩진 성모마리아의 푸른 망토를 비춘다.

나는 시장을 떠난다. 나는 호텔에 다시 들러 배낭을 챙긴다.

동굴

밤의 특급열차를 타고 북경에서 상하이로 단숨에 왔다. 계절은 휙휙 지나갔다. 나는 수줍게 다가오는 봄과는 작별했다. 그것은 옛 프랑스 조계지의 플라타너스 잎들과 더불어 활짝 피었다. 나는 1920년대 뉴욕의 모습을 하고 있는 '모던 아트'라는 호텔로 내려간다. 그것은 차가 없는 상업지구로 중국인들이 많이 몰려오는 난징 가 쪽에 위치한다. 그들은 나를 절망케 하는 열광적 모습으로 소비의 광기를 드러낸다.

이 사실은 명백한 것 같다. 그것은 명백하다. 왜 그것을 감춘단 말인가? 상하이 박물관의 회화 전시실들을 다시 둘러보면서 나는 석도의 〈떠나야 할 순간〉 앞에서 멈춘다. 이 그림은 내가 15일 전 북경으로 올라가기 전에 왔을 때 보지 못한 것이다. 화폭의 아래에서 중앙까지 계단 하나가 가시덤불을 헤치고 놓여 있다. 이 계단 위를 한 남자가 등을 보인 채 올라가고 있다. 그는 전통의상을 입고 쪽진 머리를 하고 있는데 소나무 숲으로 들어가려 하고 있고, 소나무 숲 위로는 암벽 면 아래 지은 은둔처의 지붕이 보인다. 이 암벽 면은 연극 작품의 공연이 끝나면 다시 내려질 수 있는 접혀진 장막처럼 작품의 왼쪽 부분을 차지하고 있다. 우리의 삶은 즐거움의 헐떡거림과 비어 있는 동굴에서 나는 듯한 보다 긴 하직의 헐떡거림 사이에 있는 미지의 연극작품이다. 다행히 계단들이 있고, 지팡이를 지닌 현자들이 있으며, 건너야 할 숲들이 있고, 불그스름한 구름이 지나가는 것을 볼 수 있는 산꼭대기의 집들이 있다.

나는 석도의 〈고독한 바위〉 앞으로 되돌아간다. 내가 없는 동안 바위 위의 검은 점들은 더 커졌다. 왜 시간은 흰색보다는 검은색이라 하는가? 그것은 숲 위의 은둔처에 도착하기 위한 조건이다. 그림 속의 남자는 바위를 헐벗게 만드는 세찬 바람 속에서 머리를 돌리고 있다. 공간에 매달리려는 건가? 바탕이 견고한 붓놀림을 더 좋아해 보자. 우리가 알다시피, 그것은 팔대산인(주탑)이 괴물들이 자신 안에 침투하고 있음을 느끼고 자기 삶의 그림자인 지지부진하게 이어지는 활력을 던져 버렸을 때 택한 선택이었다. 팔대산인이 보냈다는 편지에 대한 답으로, 그보다 열다섯 살 아래인 석도는 〈천 개의 작은 즉흥적인 점〉이라 제목이 붙은 그림을 그에게 보냈는데, 여기에는 다음과 같은 내용으로 추측될 수 있는 텍스트가 붙어 있었다 한다. "선생님의 말씀을 읽었을 때 즐거운 마음으로 종이에 붓을 놀려 그린 자취입니다. 사실, 난초나 대나무 혹은 왜가리를 그려야 마땅했을 테지만 그렇게 되면 선생님과 경쟁을 하려 한다는 뜻을 담아냈을 것입니다. 그러나 이 수수한 작은 먹물 방울들은 모든 것의 시초인, 붓의 즐거움을 표현하고 있습니다. 언젠가 뵐 수 있을까요?"

붓을 놀리자마자 나뭇잎이 되고, 바위가 되며, 구름이 되고, 나뭇가지가 되거나 공간이 되고 욕망이 되는 점들에 생명력을 부여하는 비법이 있다. 그것은 미쳐 있다는 것이다. 다시 말해 붓의 차원에 들어가기 위해 군중을 떠났다는 것이다. 팔대산인과 석도는 둘 다 떠오르는 태양의 나라 일본의 기본 센가이(仙厓)[22]처럼 불교 승려이다. 센가이는 한 획의 붓으로 해골 같은 존재의 두 눈에 내적 비전을 부여했다.

항저우에서 꽃·호수·연인들·정자·나비·뱃놀이, 행복에 겨운 가족들이 사진 찍는 포즈들, 이 모든 것은 만리장성의 전투적인 바람을 쐬고 나니 너무도 달콤하다. 호수 위로 솟아 있는 숲 언덕에서 밤을 기다릴 것이다. 르네 데카르트는 《성찰》의 한가운데서 인간의 능력들을 현학적이고 명료하게 열거하고 있는데, 다음과 같은 본질적인 적성 하나를 망각하고 있다.

---

22) 센가이 선사(선애(仙厓) 1750-1837): 임제종의 고승으로서 선화(禪畵)와 선시(禪詩)로 유명하다. 〔역주〕

"나는 생각하는 사물, 다시 말해 의심하고, 긍정하며, 부정하고, 아는 것은 별로 없으며, 많은 것을 모르고 있고, 사랑하며, 증오하고, 원하며, 원하지 않고, 상상하며 느끼는 사물이다(*Ego sum res cogitans, id est dubitans, affirmans, negans*…)." 데카르트는 인간이 머리를 공백상태로 비울 수 있는 능력이 있음을 자각하지 못하고 있다. 지적인 기계장치를 다시 가동시키기 전에 자신의 지식을 면밀히 검토하기 위해서가 아니라, 그 반대로 이 지적인 기계장치를 물리쳐 삶의 움직임 자체와 일체가 되고 **통로**가 되기 위해서 말이다.

호수에 밤이 내려앉았다. 사유는 먼지가 되었다. 나는 걷다 보니 멀어진 호텔을 되찾기 전에 길을 잃게 되리라는 것을 짐작한다. 나를 **잃는다**(Me *perdre*)고?[23] 이 말은 거품처럼 흩어진다. 악마들이 빈 상태를 이용할 줄 안다고 믿어서도 안 될 것이다.

모레 나는 일본으로 가기 위해 바다에 있을 것이다.

항저우 호수 서쪽으로 영음(영혼의 은거)사라는 절이 세워진 방대한 울타리 안에 들어섰지만 중국인 방문객들이 떠들어대는 소리 때문에, 절 뒤로 장엄한 산이 있음에도 감동이 일어나지 않는다. 뚱뚱한 아빠 한 사람이 벽감(壁龕)에 앉아 있는 부처님 조각상 앞에서 딸과 사진을 찍고 있다. 그는 부처님과 같은 포즈를 취한다. 그는 미키마우스와도 그런 포즈를 취했을 것이

---

23) 길을 잃다(se perdre)는 직역하면 '나를 잃다, 나 자신을 갈피를 못잡다' 는 의미가 있다. 〔역주〕

다. 나는 모든 피조물에 대한 부처님의 자비에 경탄하고 그런 자비가 부럽다. 여기서 나는 나 자신을 채찍질해 군중으로부터 멀어져, 가시덤불에 긁힐 것 같은 오르막의 좁은 오솔길로 접어든다. 인간들 대신에 새들이 나타났다. 그래, 부처님은 나의 기독교적 부분인 나의 위안에 화를 내지 않는다. 거의 산 정상에 오르자, 나는 위압적인 바위와 마주한다. 나는 부식토 위에 몸을 눕힌다. 중국에서 이 마지막 시간들은 뭔가 부족한 맛 같은 게 있다. 내가 지금까지 인도의 땅보다 낯설고, 심지어 원시 유적지의 라오스의 땅보다 더 낯선 땅에서 아무런 도움 없이 전진해 올 수 있었지만, 여기서는 나한테 어떤 끈이 결여되어 있다. 나는 그게 어떤 종류의 것인지 모른다. 나는 울림이 없는 사찰들에 지쳐 버린 것이다. 도망가며 숨기는 아리아드네[24]는 바람·돌 혹은 구름을 만나서야 자신의 발랄한 얼굴을 쳐들었다. 아리아드네와 그녀의 목욕하는 모습을 불시에 포착하러 되돌아가야 할 것이다.

나는 나무딸기로 둘러쳐진 바위 덩어리 주위를 돌아본다. 나는 알 수 없는 무언가를 기대하면서 나의 막대기로 반들반들한 면을 쳐본다. 마치 돌 뒤에 빈 공간이 있는 것처럼 텅 빈 소리가 난다. 계속해서 돌자 늘어진 뿌리들에 의해 숨겨진 구멍을 발견한다. 나는 그 속으로 들어간다. 습기 냄새가 나고 물이 누수되어 조금씩 흘러내린다. 나는 이런, 아니, 하고 소리를 지른다. 소리는 한 바퀴 돌아서 헐떡거림으로 되돌아온다. 나는 앉는다.

---

24) 그리스 신화에서 테세우스를 도와 괴물 미노타우로스를 죽이고 그와 몰래 도망가는 아리아드네를 상기시킨다. (역주)

동굴 깊숙한 곳에서 소리가 들린다. 나는 더듬어서 그곳으로 나아간다.

　어린아이의 이야기는 이렇다. 그 아이는 92년 전부터 동굴 속에 갇혀 있다. 그는 법복을 입고 있고, 뿌리를 먹고 지내며, 말하기를 거부한다. 시간은 그에게 영향을 미치지 못한다. 그의 얼굴은 그가 각 단계를 알고 있는 달처럼 창백하다. 그는 만월 때마다 자리를 바꾼다. 봄의 태양과 새들이 도착할 때면 그는 무릎을 꿇는다. 밖에 비가 올 때면 벽면에 가늘게 흘러내리는 물을 엿본다. 폭풍이 노호할 때면 그는 자신을 보호해 주는 땅에 감사를 드린다. 어떤 설치동물이 동굴을 가로지른다 해도 그는 전혀 두려움을 느끼지 않는다. 때때로 그는 붓을 들어 먹물에 적신다. 이 먹물은 불에 태운 소나무 가지에서 얻은 그을음에다, 사슴뿔을 팬에 넣고 적당한 불로 달구어 걸쭉한 액체로 변모시킨 풀을 섞은 만든 것이다. 그는 반쯤 팔을 뻗어 붓을 쳐들고 있다. 그는 그렇게 오랫동안, 때로는 한나절 동안이나 주의력을 기울이고 인내하면서 머문다. 결정을 하는 것은 붓이다. 붓은 단번에 동굴의 땅바닥으로 내려와서 부서지고, 다시 일어나며, 보다 가벼운 하나의 점을 위해 다시 내려온다. 그러고 나서 그것은 먹물이 없어질 때까지 세 개의 다른 점을 위해 또 내려온다. 검은 땅바닥 위에 검은 점들은 보이지 않는다. 그것들을 뚫어지게 응시하는 어린아이한테만은 예외이다.
　바깥에서는 날개가 붉은 나비들이 갈채를 보낸다. 그것들은 자신들이 다음 계절에는 먼지가 되리라는 것을 모른다.

태양의 제국

보이지 않지만, 베일을 벗은 살아 있는 꽃, 흥!

제아미[1]

상하이-고베

'중국의 밤, 아양을 떠는 듯 다정한 밤…' 머나먼 이 나라의 절세 미녀들이 자신들은 향신료 내음이 나는 육체를 지녔다고 믿게 했던 때인 늙은 유럽의 영광스러운 시절에 사람들은 그렇게 노래했다. 배는 중국해를 가르고 나아가고 있다. 중국인들은 이 바다를 동해라 부른다. 오른쪽 뱃전으로는 남해가 왼쪽 뱃전으로는 황해가 있듯이 말이다. 여기에 함축된 의미는 당연히 이 바다들이 부동의 중앙을 중심으로 있는 중국 바다들이라는 것이다. 동쪽에 멀리 섬들이 보인다고 환기시키는 말이 들린다. 그 섬들은 **니벤**(*Niben*, '태양이 떠오르는 곳')이라 불리게 되는데, 일본어로는 **니폰** 혹은 **니혼**으로 표기된다. 이 명칭은 일본 열도를 균형 있게 나타내 주지 않지만, 동시에 124명에 이

---

1) 世阿弥(1363/64-1443): 일본의 전통 가무악극인 노의 극작가이자 배우이자 이론가였다. 23부집에 이르는 예론서를 남겼다.〔역주〕

르는 천황의 조상이라는 태양의 여신 아마테라스를 정당화한
다. 1945년에 미국인들은 천황 히로히토에게 자신이 다만 인간
에 불과함을 선언하라고 강요했다. 그러나 여신은 외국인들이
강제한 법령에 따를 줄 모른다 할 것이다. 머리에 왕관을 쓴 모
습으로 자신을 구현하는 것은 이 여신의 본성이다.

　신장진 호의 앞에서 보니 바다는 뱃머리가 광채를 내면서 가
르는 검은 비단 조각 같다. 멀리 비단 조각은 미래를 닮고 있
다. 어떤 사람들은 그 미래가 씌어 있다고 생각한다. 구름 속에
서 이미 형성되어 오는 어떤 이미지들이 현재가 되어 가고 있
을지도 모르는데, 우리는 우리 자신이 꿈쩍하지 않고 있다고 상
상할 수도 있을 것이다. 그런 상상은 너무나 쉬운 것이다! 과
거 역시 씌어 있지 않다. 거울들과 시선들은 과거의 선들을 변
화시키고 있는 것이다.

　폐렴 때문이지만, 이 거대한 중국 배에 승객이 별로 많지 않
다. 몇몇 일본 관광객, 한 무리의 중국 여대생들, 발랄한 성격
의 뉴질랜드인 한 사람, 그리고 중국과 일본을 넘나들며 사업
을 하는 가공할 미모의 중국 여자 한 사람이 있다. 이 여자는
그 어떤 것에도 상처를 입을 것 같지 않다. 나는 포커게임에서
처럼 짐짓 어떤 반응이 있을까 보기 위해 그녀가 미소 짓도록
해보았으나 소용이 없다. 그녀는 자신의 게임을 감추고 있다.
이것은 진부한 것이다. 이미 인도의 티루칼리쿤드람이나 베나
레-레-롬²⁾에서 보았던 것이다. 그러나 '이미 보았다'는 말은
여행자가 피해야 할 마취제 같은 것이다. 추억을 통해 새로움

---

2) 프랑스의 부르고뉴 지방에 있는 소도시이다. (역주)

을 조명해 보려는 유혹은 눈멀게 만든다.

밤 동안 나는 만월이 아니어서 한 조각이 부족한 달빛 아래서 인적 없는 배의 갑판 위를 어슬렁거린다. 배가 나아가는 방향과 반대로 거슬러 걸어가자니 시간의 신 크로노스를 비웃고 있다는 느낌이 든다. 시커먼 어둠 뒤에는 수억의 농부들이 오지 않는 새벽을 가난 속에서 기다리고 있는 중국이 있다. 피는 하나의 가정(假定)이 아니다. 그것은 세계의 상태에 새겨져 있다. 중국이 국제 무대에 나타난 것은 아침에 사람들이 드물게 나타나는 카페에서 주목의 대상이다. 중국의 힘은 미국의 힘을 넘어설 채비를 하고 있다. 물론이다…. 그러나 이런 면만 가지고는 아무것도 말해진 게 없다. 문제는 양떼의 우두머리에서 다른 한 나라를 대체하는 하나의 국가가 아니다. 그것은 감히 거창한 말을 쓴다면, 세상을 바라보는 두 개의 **에피스테메**(épistémé; 인식체계)이다. 미국인들은 원래 자신들의 땅에서 쫓겨나 믿을 수 없는 풍요로움을 지닌 하나의 대륙을 식민지화했다. 그들의 모험, 그러니까 그들의 천진하고, 호전적이며, 때로는 관용적이고 콤플렉스에서 벗어난 그 에너지, 언제나 단순주의적 도식에 갇혀 있고 역사가 아직 윤색할 시간이 없었던 신화들에 사로잡혀 있는 그 에너지는 중국이라는 나라, 계층구조가 제2의 천성이고, 문(文)이 권력의 조건이며, 세계의 지식인들을 자석처럼 끌어당기려고 아직 시도한 적이 없는 그런 나라의 아주 오래된 모험과는 아무런 관계가 없다. 마지막 황제들의 퇴폐 때문에, 그리고 '코쟁이들'이 자신의 땅에 쳐들어왔기 때문에 모욕을 당한 것은 중국의 본질이었다. 이 코쟁이들은 자신들이 우월하다고 생각했지만 사실 그들은 "처형당한 한 신을 숭배하는 교양 없는 미개인들"에 불과했던 것이다. 중국인 개개인의 정신 속에는 상처가 있으며, 이 상처는 다른 사람들에게 똑같이 가해질 때에만 아물게 되는 것이다. 이 상투적인 말은 유감스럽게도 알려져 있다. 누가 그것을 노래하지 않았으며 누가 그것을 노래하지 않는가?

다행히 중국의 미래는 또 다른 면모를 나타내고 있다. 우리 지구의 쫓기는 영혼들은 문화 대신에 하찮은 것들에 더 이상 만족할 수 없다. 중국은 사찰의 문을 다시 열 방도를 갖고 있다. 오랫동안 중국은 인간과 우주의 기(氣)들과 일치하는 도(道)의 길을 걸어왔다. 문자 가운데 가장 표현적인 문자가 창안된 마당에 낱말들이 그것들의 실체가 비워지도록 방치될 수 있겠는가?

이틀만 있으면 일본이다. 일본에 가면 하기와라 이쿠코가 마지막 시퀀스 촬영[3]을 위해 나를 기다리고 있다. 나는 일본을 열 번 정도 여행하고 네 달 정도 체류하다 보니 내 나름대로 이 나라를 좋아한다. 우선 교토에 있었고, 다음으로 비와 호수 위에 있는 숲 속의 어떤 집에 머물렀고 끝으로 후지 산 아래에 체류한 적이 있다. 나는 일본인의 매너를 이해해 보려고 노력했다. 이 매너는 우리의 것과는 너무도 동떨어진 노선을 따르고 있다. 나는 이 나라의 고립이 지닌 독특함, 갑작스러운 돌변, 원폭 이후의 돌변을 이해하고자 했다. 이 호전적 민족의 세련됨은 호기심을 자극하지 않을 수 없다. 그들의 음식을 발견해야 하는데

---

3) 이 책의 저자 올리비에 제르맹 토마는 라디오 방송 '프랑스 퀼튀르'의 프로듀서로 기획 제작도 하고 있다. [역주]

그 창조성은 알려지지 않고 있다. 또 일본 여자들의 속삭이는 듯한 말투, 성직자들과 농부들이 지닌 신성함의 감각, 예술가들의 겸허함에도 귀를 기울여야 한다. 내가 일본을 만나게 된 데에는 소르본대학교에서 장 그르니에[4]의 세미나 때 알게 된 타다오 다케모토[5]의 신세를 많이 졌다. 그는 나를 신도(神道)에, 어둠과 감추어진 것 그리고 말해지지 않은 것의 역할에 입문시켜 주었다. 서양문화에 식민화된 일본과 나란히 베일에 가린 전통적 일본이 존속하고 있다. 이 장막은 일본인의 도움이 있을 때에만——겨우——걷어진다. 모든 직선을 부수는 방법을 배우는 것으로 시작해야 한다.

오른쪽 뱃전에는 오키나와와 그곳의 음산한 군사기지, 열대적 자연, 비정상적인 효율성을 지닌 점쟁이들, 샤머니즘적 춤들을 동반하고 류큐제도가 펼쳐져 있다. 예전에 나는 비를 내리게 할 줄 안다거나 나쁜 연인을 두꺼비로 변하게 할 줄 안다(이것은 가정에 불과하다)는 이 나라의 어떤 처녀와 춤을 추어본 적이 있었다. 이 열도는 1879년에야 일본에 완전히 결합되었다. 그 이전에는 그것은 왕들에 의해 통치되었는데, 그들의 정치는 우선 중국에 대해, 다음으로 일본 남부의 제후들에 대해 독립을 유지하고자 노력하는 것이었다. 여행자들은 이곳 주

---

4) 청년 알베르 카뮈에게 강력한 영향을 미친 장 그르니에(Jean Grenier, 1898-1971)는 프랑스의 철학자이자 작가로서 소르본대학교에서 미학 교수를 역임하였다. 노장 사상에도 심취했던 것으로 알려져 있다. 그는 "세계는 해결해야 할 문제가 아니라 바라보아야 할 광경이다"라고 생각했다 한다. 〔역주〕
5) 일본의 앙드레 말로 전문가이다. 〔역주〕

민들의 친절함과 아름다운 경치를 부각시키곤 했다. 이들을 종속시키겠다는 의지에서 일본인들은 무기를 금지했다. 세계 전체가 아직도 이 결정의 혜택을 누리고 있다. 왜냐하면 바로 이 시기부터 가라테(이 말은 '빈 손'을 의미한다)가 발전되었기 때문이다. 가라테의 테크닉은 인도의 무술 칼라리파야트가 중국을 거쳐 들어온 것이다. 이 싸움 방식은 치명적인 타격을 줄 수도 있는데, 보편적으로 전파되기 전에 20세기 초엽에 결정적으로 체계화되었다.

《오키나와. 섬 주민의 이야기》에서 조지 H. 커는 흥미 있는 일화를 이야기하고 있다. 선장 홀이 지휘하는 리라 호가 긴 아시아 순항을 마치고 영국으로 돌아가는 도중 세인트헬레나 섬에 멈추었다. 홀은 휘하 장교들을 대동하고 나폴레옹이 유배되어 있는 곳을 방문했다. 나폴레옹은 그들에게 여행에 대해서 물어보고는 오키나와에 대해 특별한 관심을 나타냈다. 방문자들이 그곳에는 한 왕국이 있는데 무기라고는 하나도 없으며 온갖 사회 계급의 사람들이 예의 바르고 친절하다고 설명하자, 유럽을 공포에 몰아넣었던 이 인물은 그들을 믿지 않았다. 그는 이렇게 소리를 질렀다. "무기가 하나도 없다니! 대체 어떻게 무기 없이 싸운단 말인가?" 홀은 그에게 대답하길, 자신이 아는 바로는 이 섬의 주민들은 지속적인 평화를 경험하고 있다고 했다. 나폴레옹은 "전쟁이 없다니!"라고 외쳤다. 추락한 황제는 계속해서 그곳 주민들의 습관에 대해 물어보았다. 그는 주민들이 그들의 대단한 환대 감각에도 불구하고 금발 외국인들에게 자신들의 아내들을 감추었다는 사실에 즐거워했다. 그들이 옳

앉던 것이다. 여자들은 저항하기 위해선 자신들의 관능이 지닌 힘에 집착해야 한다. 모권제(母權制) 사회는 여자들이 외관상 정숙함과 결합시킬 줄 알았던 자유를 그녀들에게 준다.

눈부신 빛 속에서 펼쳐진 춤이 끝났을 때 내가 춤을 춘 처녀들에게 축하를 건네자, 오키나와에 나를 동반해 주었던 타다오 다케모토는 그녀들 가운데 하나를 가리키면서 이렇게 말했다.

"저 여자는 당신이 키스를 해주길 원하고 있소."

"아, 난…"

"뭐가 문제요?"

"장소가… 아니오. 내가 말하고자 하는 것은 나의 정조(貞操)가 내키지…"

나의 친구는 내가 사람들 앞에서 보인 이런 온탕-냉탕적 태도의 이유를 설명해 주었다. 그 전날 밤 나는 프랑스인으로서의 나의 의무를 의식하고서 몇몇 부인들에게 입맞춤을 했었다. 이 천진한(?) 무희는 이런 관습이 자극적이라 생각했던지 내가 그녀에게도 입맞춤을 해주었으면 했다. 그리하여 나는 그녀에게 입맞춤을 하고서는 엄숙한 동작으로 과장을 했다.

나는 바다 한가운데서 부활절의 일요일을 만난다. 단편적인 살베 레지나(성모 찬송 기도)가 엔진의 진동 소리 및 찰싹거리는 파도 소리와 뒤섞인다.

"이 즐거움은 나만을 위한 것이다.
나는 당신에게 그것을 바칠 수 없을 것입니다."

도홍경(陶弘景, 425-536)[6]

사람들은 우리의 시대를 바라보는 동일한 눈으로 옛 문명들을 바라보면서 과거는 **선택된 단편들**로 제시된다는 점을 망각한다. 특히 지식의 축이 변했다는 것을 잊는다. 연못에 비친 태양의 모습을 살펴보곤 했던 중국 시인 주희(朱熹, 1130-1200)처럼 하늘을 본다는 것은 불가능하다. 그러나 유령 같은 배의 앞머리 위로 펼쳐진 푸른 하늘을 바라보면서 백지 상태(*tabula rasa*)를 꿈꾸는 일이 나에게 일어난다.

두 점 구름이 하늘에서 이어지고 있다. 그것들의 집요함은 하나의 기호(signe)이다. 그런데 무엇을 나타내는 기호인가?

인간은 자신을 하나의 예술 작품으로 만들었다. 이제 '예술 작품들'은 그의 반감을 표현하고 있다.

"왜냐하면 사실, 관습이라는 것은 폭력적이고 배신적인 학파적 지배자이기 때문이다. 그것은 우리 내부에다 은밀하게 조금씩 자기 권위의 발판을 세운다"(《수상록》 I, 23).

본질은 이미 고대인들에 의해 이해되었다. 내가 그 증거를 얻기 위해선 세계를 돌아다니고 많은 사상을 편력해야 했다.

팔에 어린아이를 안아보고 형성중인 시체를 안고 있다는 것을 알아야 하는데… 사람들은 훗날에나!라고 애원한다. 누구한

---

6) 유교 · 불교 · 도교에 통달했던 중국 양나라의 학자이다. 〔역주〕

테? 바다는 말이 없다.

사람들은 세상을 신화와 리듬을 가지고 해독하려고 시도했을 때 언어를 진지하게 받아들였다. 이제는 거품.

나는 타다오 다케모토에게 이렇게 말한 적이 있다. "공(空)에 대한 당신들의 이해는 우리한테는 솜과 같아요." 그는 나에게 이렇게 대답했다. "우리, 우리가 당신들한테 이해하지 못하는 것은 **영원한 것입니다.**"

공의 존재가 되지 않고, 과거와 미래에 문을 닫아 버린 채 현재 상태를 살 수 있는 능력은 어린 시절의 정신을 되찾을 때에만 가능하다. 이 정신은 그리스도가 끊임없이 주문한 것인데 교회의 지배자들은 그것을 숨기려는 데에만 급급해 왔다.

하느님에 대해 추론한다는 것은 어떤 성과학(érotologie) 개론을 따라가면서 사랑을 나누는 게 아닐까?

우리가 인간의 마음을 열어보면 타락(아니면 이게 좋다면, 제 조상의 결함)이 있는 게 분명하다.

초연함은 불교의 중심적인 말이다. 재물에서 초연해야 할 뿐 아니라 다가오는 것을 결코 두려워하지 않을 만큼 가벼워야 하는 것이다. 하루살이처럼 덧없는 삶을 윤회하면서 우리는 조용하게 여행을 끝낼 수 있다는 것이다. 몽테뉴의 작품에서 불교의 가르침과 접근되는 다음과 같은 주장을 만나는 것은 즐겁다. "지금 우리는 결코 우리 자신의 집에 있는 게 아니다. 우리는 언제나 저 너머에 있는 것이다. 두려움·욕망·희망은 우리를 미래를 향해 내던진다. 그것들은 미래에 우리가 더 이상 존재하지 않게 될 때 존재하게 되는 것을 즐기도록(열심히 하도록) 하기 위해, 현재 존재하는 것에 대한 감정과 존중을 우리한테서 훔쳐 가버린다(I, 3). 다른 책에서도 발견될 수 있는 어떤 지혜가 여기에 있다면, 이 분명한 사례는 스토아철학의 흔적으로부터 비롯된 것이다. 해결 불가능한 문제가 다시 나타난다. 즉 두 개의 사상 혹은 두 개의 형태가 대양의 양쪽 끝에 있다면 역사의 어떤 역할, 보편 개념의 어떤 역할이 있는가?

"내가 춤을 출 때, 나는 춤을 춘다. 내가 잠을 잘 때, 나는 잠을 잔다. 게다가 내가 아름다운 과수원에서 홀로 산책할 때, 그때까지 나의 사유들이 얼마 안 되는 시간 동안, 낯선 상황들에 대해 서로 대화를 나누어 왔다면, 나는 나와 함께 그것들을 산책에, 과수원에, 그 감미로운 고독에 데리고 간다"(III, 13).

사람이라곤 거의 없는 식당에서 저녁식사를 하는 동안 중국 여자가 나의 의도에 거드름을 피우면서 말한다. "서양인들은 중국에 대해 아무것도 이해하지 못해요. 당신들은 공자·노자·불교 등에 대해 잡동사니 생각을 가지고 오지요. 늙은 여자들을 제외하면 모두가 그런 것들을 우습게 여깁니다. 옛 중국은 영원히 죽었습니다. 당신들은 로빈 후드 이후로 변했습니다. 그렇지 않아요?" 이어서 그녀는 일본인들을 공격한다. 그녀는 일본인들이 전쟁 동안 끼친 해악을 인정하기를 거부한다면 중국의 벼락을 맞을 것이라고 위협한다. 우리의 식탁에 같이 앉아 있는 매우 상냥하고 매우 예의 바른 일본인 남자는 다행히도 영어를 알아듣지 못한다. 반면에 뉴질랜드인은 내가 가르쳐 주었는데도 젓가락질을 제대로 하지 못한다.

마지막 밤에 다시 배의 갑판 위로 나온다. 부활절 일요일에 매우 가깝게 보이는 별들이 빛나는 밤하늘에서 나를 두렵게 하는 것은 '무한한 공간'도 아니고 인간의 하찮음도 아니다.[7] 그것은 행복에 대한 인간의 부적응이다. 어떤 불만족이 우리를 갉아먹고 있는가? 그토록 절대적으로 채워야 할 게 뭐가 있단 말인가? 그러나 사랑은 증오만큼이나 채워 준다. 증오만큼이나? 넌 농담하고 있구나! 증오에 있어선 죽어 버린 시간이란 결코 존재하지 않는다.

"당신의 뇌에 정화를 명령하도록 하라. 그 속에서 정화는 당신의 위에서보다 잘 사용될 것이다"(II, 37).

규슈 · 시코쿠 · 내해 · 혼슈, 그리고 붓끝에서 떨어진 점들처럼 작은 섬들을 지나, 하리마나다, 오사카 만, 고베 항구로 온다. 마치 폐렴은 일본 열도에 들어올 비자가 없는 것처럼 세관은 친절하다. 선착장의 인적 없는 홀에서 만면에 미소를 띤 이쿠코가 기다리고 있다. 이른바 다소 거리감 있는 불가결한 격식 있는 인사를 나눈 후, 나는 그녀에게 폐렴의 있을지도 모를 잠복기인 3일 동안 마스크를 쓰라고 제안해 본다. 그녀는 웃음

---

7) 파스칼의 《팡세》에 나오는 말이다. 〔역주〕

을 터뜨리며 대답한다. "질병을 가져오는 것은 질병에 대한 두려움이에요. 내가 당신을 마중하러 오는 것을 원치 않았던 내 남편에게 나는 당신이 아무것도 걸리지 않았다는 것을 알고 있다고 말했지요." 그녀는 그것을 어떻게 알고 있었을까? 일본 여자들은 우리 말로 번역해 낼 수 없다.

이제부터 나는 하기와라 이쿠코가 안내하는 대로 따라갈 것이다. 그녀는 훌륭한 일본 여인으로서 모든 것을 마련해 놓았다. 너그러운 마음들이 지닌 직관이 밴 그녀의 즐거움은 주는 데 있다. 그녀는 나의 취향을 알고 있고 아무것도 증명할 필요가 없다. 따라서 나는 그녀의 선택을 전적으로 신뢰할 수 있다. 그녀는 (지금은 폐지되었지만) 일본 귀족 출신인 열렬한 불교 신자이다. 나는 여러 해 전 타다오 다케모토를 통해서 그녀를 만났다. 지금 타다오 다케모토는 프랑스에 있기 때문에, 이제 곧 나는 그가 없는 가운데 일본을 재발견하게 되겠지만 가장 중요한 여정은 그를 통해 이루어질 것이다. 그는 다카치호 신사(神社)의 대신관(大神官)인 고토에게 우리가 야마부시[8]들의 걷기에 동참할 수 있도록 해달라고 부탁했다. 나와 동일한 삶의 주기에 이른 이쿠코 역시 산에서 이 통과 의례를 마치고자 했다.

인도에서부터 기분은 나의 안내자였다. 다음 단계들은 흰 종이처럼 비어 있었다. 여기에는 표지들이 있다. 그것들은 일본의 정신에 속한다. 그 반대로 아름다움·사랑 혹은 신성한 것

---

8) 야마부시는 산 속에서 고행하면서 불도를 닦는 수행자를 말한다. [역주]

앞에서는 비밀이 필요하듯이 말이다. 일본은 정밀함의 정령과 베일의 정령을 빚어낸다. 여기에는 모순이 있다면 모순을 모순으로 상정할 때뿐이다. 삶의 유동성 앞에서 접근하는 방식들은, 서로 만나면서도 서로를 파괴하지 않는 미묘한 생명적 숨결들을 따른다. 우리 서양의 경우, 두 세기 반 동안의 기억상실로 인해 우리는 사물들의 신비한 부분, 여전히 본질인 그 부분을 뿌리 뽑아 버렸다.

곡식의 신

> 저 단절된 결혼에 대해 다시 생각해야 할 때이다.
>
> 쥘리앙 그라크, 《선호하는 것들》.

우리는 오사카와 교토를 남겨두고(우리는 다시 올 것이다) 기차로 기이반도의 서쪽 해안을 따라간다. 기이반도는 신도(神道)의 가미(신이나 정령)들이 보낸 빛나는 유령들과 꿈들인 숲·산·폭포·성소의 왕국이다. 가미들은 보이지 않게 남아 있기 때문에 더욱 현존한다. 기차에는 시(詩)가 없다. 달리 말하면 놀라운 일이 전혀 없다. 기술적인 위업은 정신의 쾌거인 예기치 않은 것을 증오한다. 바다 위로 솟은 숲들에는 최소한 여섯 종류의 녹색이 있다. 레몬 빛이 감도는 녹색 대나무 숲은 일본 삼나무들이 경멸하는 모든 빛을 붙들고 있다.

우리는 남쪽 끄트머리에 있는 가미톤다의 역에 다다른다. 바다를 오려내는 회색빛 바위들을 향해 태양이 기울어지고 있는 가운데, 우리는 신도(神道)의 한 사당에 접근하고 있다. 구마노산요 신사(神社)는 해안가 가까이에 있는 수호 신사이다. 이 시간에 그곳은 문이 닫혀 있다. 상관없다. 신도의 사당에는 볼 게 아무것도 없다. 그것은 (아주 드문 경우가 아니면) 표상될 수 없다고 생각되는 힘들을 받아들이는 곳이다. (예외적인 경우를 제외하곤) 거울이 달혀 있는 빛나는 중앙은 천황에게조차도 금지되어 있다. 어떤 간청을 올리든, 우선 가미들의 주의를 끌기 위해 손으로 두드려야 한다. 그들이 우리의 조건에 무심하기 때문이 아니라, 우리와 마찬가지로 정념과 피로가 있어 다른 데에 신경을 쓰고 있다고 생각되기 때문이다. 이어서 노래·춤·기도·제물 따위가 대화를 북돋우게 해준다. 사람들은 알고 있다.

가미들을 위한 전통적인 카구라 춤의 관능적인 아름다움이 고양되는 것을 보면, 가미들의 취향이 우리 서양인의 취향을 닮았다고 생각될 수 있다. 나아가 되돌아보면, 이 신들은 우리의 정신현상의 투사로 간주될 수 있다. 이는 로마인들이 추종한 그리스인들이 생각해 낸 진지한 가정(假定)이다. "두려움이 신들을 만들었다"라고 스타티우스[9]는 《테바이스》에서 쓰고 있다. 이런 관념은 프로이트 박사가 그것에 과학의 옷을 입혀——당연한 것이지만——우리를 그로부터 '해방시키기' 위해 독점했을 때 잠자고 있었던 게 아니다. 할 수 없지, 인간은 언제나 신들을 필요로 하고 있다! 오류는 분석에 있는 게 아니라 치료 행위에 있다. 신적인 것을 몰아내는 것은 환멸의 세계만을 제공했을 뿐이다. 우리 영혼의 투사를 경배하는 것은 어리석게 물

---

9) Statius(45?– 96): 고대 로마의 시인이다. [역주]

리쳐서는 안 되는 지혜이다.

어둠이 깃드는 이 신성한 공간의 문들 앞에 있자, 내 안에서는 30년 전 신사들에서 자연의 정령과 합일 속에서 보낸 시간이 올라온다. 이 정령의 원천이 우리 안에 있는지 자연 안에 있는지 알 필요는 없다. 연금술은 결과를 추구한다. 타다오 다케모토가 앙드레 말로와 함께 '우주의 비밀'이라 명명한 숨결을 받아들이는 것은 충분한 경이이다.

이제 우리는 아름다운 작은 섬에서 밤을 보낼 참이다. 이쿠코는 온천이 갖추어진 여관을 선택했다. 벽이 하얀 방 안에 들어서니 볏짚 냄새가 나고, 녹차가 감미롭게 피어오르며, 붓꽃이 그려진 족자가 눈에 들어온다. 우리는 곧바로 소음에서 벗어난다.

"사시미는 생선이 아니라, 조화입니다"라고 타다오 다케모토는 나에게 말한 바 있다. 그러니 살의 회화이자 미각의 애무인 조화, 흰색·장미색·붉은색의 조화가 방 안에서 서비스된다. 지속적인 각운처럼 사케가 곁들여진다. 다다미 위에서 보내는 밤은 청년 같은 에너지에 휩쓸린 중국에서도, 언어가 지배하지 못하는 기호들의 단순한 결합에 만족할 수 없을 정도로 너무 형이상학적인 인도에서도 만나지 못한 평화를 제공한다.

창호지를 바른 창문 뒤로는 일본적이 된 별들이 인간과 그 맥락 사이의 훌륭한 균형을 돌보고 있다. 나뭇잎 뒤에서 바다 소리가 들린다.

“버드나무는 붓이 없이 그려낸다.”

사류.

놀라운 풍요로움을 지닌 소설가이자 시인이고 서한가인 이하라 사이카쿠는 1642년 오사카에서 태어났다. 그 시대에 일본은 200년 이상 동안의 내전을 치른 후 도쿠가와 막부의 쇼군들이 철권통치하고 있었고, 이들은 그 후 200년이 흐른 후 메이지 시대에 갑작스럽게 개화될 때까지 외세의 영향에 일본 열도를 봉쇄했다. 수많은 시·콩트·소설을 쓴 후 마흔두 살에 이하라는 한 여인의 입장에 서서 교양 있는 기생의 내면 일기인 《고쇼쿠이치다이오토코(好色一代女)》(1682)를 출간한다. 이 텍스트는 그 시대 일본인의 정신구조를 이해하는 데 보고(寶庫)와 같다. 엄격한 법에 따라 계층화된 사회 안에는 노래와 시가 결합된 가벼운 에로티시즘이 죄의식의 악취도 나지 않은 채 유포되어 있다. 여주인공은 비탄에 잠겨 있다. 자신의 매력(달리 명명될 수도 있다)을 팔았기 때문이 아니라, 기생의 위계질서에서 강등되어 타유의 등급에서 텐진의 등급으로, 이어서 가코이의 등급[10]으로 내려갔기 때문이다. 자신의 주인이 낮은 신분만 아니라면 ‘비취 다리(tige de jade)’[11]를 숭배하는 데 아무런 어려움이 없다.

어느 날 정원의 벚꽃을 완상하겠다는 핑계를 대고 그녀는 한 불교 사찰의 문턱을 넘는다. 그녀는 자신이 친절하게 자신의

---

10) 타유는 1급, 텐진은 2급, 가코이는 3급 기생이다. 〔역주〕
11) 비취(경옥)로 된 막대 혹은 다리는 남자의 성기를 지칭한다. 〔역주〕

종교라 부르는 사랑의 행각을 승려들과 실천하고, 자신의 구역을 바꾼 뒤, 타종 소리 및 독경 소리와 어우러진 향내 속에서 자신이 지닌 밤의 기예를 계속한다. 일본에서 어떤 승려(많은 승려들이 결혼했다)의 역할은 특히 장례식에서 훌륭한 전문가가 되는 것이다. 나머지에 대해선 별로 도덕이 개입되지 않는다.

이 '호색녀'는 역마살이 들어 있다. 남자들의 성급함과 관련된 그녀의 수많은 경험이나 지적에 대해선 넘어가자. 주목되는 것은 다른 곳에서와 마찬가지로 우리의 경우 습관적으로 현실이라 불리는 이 **표류하는** 세계의 다양성에 대해 그녀가 매우 호기심을 갖게 된다는 것이다. "나는 밤낮 구분 없이 사랑놀이를 하느라 매우 바빴다. 그러나 관능적인 그 여자에게 어쨌거나 남자 접대는 흥미를 불러일으킨다. 때로는 그녀는 상점의 사환이나 노동자를 상대하고 때로는 승려나 배우를 상대한다. 그리하여 그녀는 상이한 질을 지닌 손님들을 상대로 즐긴다. 마음에 드는 남자이든 별로 내키지 않는 남자이든, 그녀는 각각의 만남이 주는 짧은 내밀한 관계에 대해 생각할 때, 반대편 강안에 도착할 때까지 배를 타고 건너는 여행자의 느낌을 체험한다"(V, 1).

우리는 산길을 통해 반도의 중심에 있는 홍구에 도착한다. 읍내는 그림 같다. 평범한 집들과 가게들, 몇몇 현대식 건물들이 있지만 숲이 이 읍을 조밀하게 둘러싸고 있어 새집 같은 모습이다. 사당으로 올라가는 계단은 나무가 양쪽에 심어져 있는데, 그 계단 아래에 늘어선 목재 건물은 누추한 곳에서 잠을 자고자 하는 순례자들을 맞이하고 있다. 아무것도 없는 몇몇 침실들이 있는데, 난방도 되어 있지 않고, 문들은 밀고 닫는 데 조심해야 한다. 삐거덕거리는 복도 끝에는 강가의 자갈을 갖다 덮은 칸막이들이 있는 방이 있어 수반에서 뜨거운 목욕을 할 수 있는데, 수반 자체가 물에 의해 보석 같은 세공품으로 변모되는 돌로 되어 있다. 서양인들이 남녀의 나체들이 뒤섞여 있는 모습에 대해 무례하고 음탕한 시선을 던진 이후로, 여자들을 위한 시간과 남자들을 위한 시간이 정해져 있다. 타자를 이해한다는 것은 무엇인가? 우선 자신의 습관을 하나의 픽션으로 바라보는 것이다.

여러 해 전에 이쿠코, 클레르 옵스퀴르[12] 그리고 두 살 된 우리의 딸과 함께 우리는 이 '숙박 시설'에서 머문 적이 있다. 밤에 나는 내 생애에서 가장 중요한 꿈 하나를 받았다. 나의 잠 속에서 어떤 **목소리**가 올라와 나에게 산스크리트어로 된 다섯 낱말을 강압적인 방식으로 던졌다. 그것들은 *Ved*(베다, 지식), *Vach*(시원의 말), *Yog*(요가, 인연)였고, 그리고… 나는 마치 다른 두 낱말을 받을 준비가 되어 있지 않은 것처럼 묻혀 있는 그것들을 기억해 낼 수가 없었다. 아마 이 세 마디 명령은 그 당시에 나에게 충분했던 것일까? 나는 그 속에서 문자의 가르침 같은 것을 보았다. 육체와 정신으로 된 우리 존재의 여러 가능성이 작동하는 필연적 움직임 같은 것 말이다.

이번에는 아무런 꿈도 나타나지 않는다.

---

12) 앞에서 나온 클레르 옵스퀴르는 저자의 부인이다. 〔역주〕

쿠마노에 안개와 비가 내린다. 일본에서 유령들은 언제나 편안하다. 상상력을 적극적으로 끌어들이면서 나무들 아래로 스치듯 지나가면, 강렬한 빛 속에 침입하는 것보다 훨씬 더 인상적인 흔적이 남는다. 유령들과 함께 살면 비전이 확대된다. 신들에 대해서 그렇듯이 말이다. 왜냐하면 사람들은 신들이 존재하는지 알고자 하지 않고 신들이 현현하고 있음을 확인하기 때문이다.

넓게 드리워진 안개가 숲 속의 길을 막고 있다가 빙빙 도는 맹금들과 함께 숲에서 빠져나간다.

우리는 좁은 오솔길을 통해 숲의 어떤 부분에 도달한다. 그곳에는 어떤 사람들이 시코쿠 섬에서 여러 주 동안에 걸쳐 완수하는 순례의 대상인 스물여덟 개의 불당이 재현되어 있다. 여기서 각각의 단계는 몇 미터 떨어져 분리되어 있기 때문에, 축소된 순례는 두 번의 사업 상담 시간이면 이루어질 수 있다. 분재, 이케바나(꽃꽂이), 젠정원(zen garden)은 가장 작은 것을 통해 가장 큰 것을 표현하는 일본인의 저 동일한 재능을 나타낸다. 일본에 유용한 공간의 협소함에 기인한 어떤 필요성만을 이런 것들에서 본다면, 이것은 이번엔 본질을 말하지 못하는 환원일 뿐이다.

"네가 마침내 이 땅의
모든 성소들을 방문하게 될 때,
너는 네 집으로 되돌아가
물방울 속에서 생명을 바라보게 될 것이다.
바나나 잎 위에

가을비가 가져다 놓은 생명을."

도마쓰 오에.

각각의 불당에는 나무들·고사리들·진달래 숲 사이로 올라 갔다 내려가는 길을 따라 일본 불교의 수많은 신들 가운데 하나의 조각상이 초석 위에 놓여 있는 게 보인다. 관세음보살(중국에서 관음)의 여성적 변신인 천수관음 같은 어떤 신들은 빛나는 녹색 이끼로 덮여 있어, 자연 속에 다시 편입되고 있다. 우리의 신들은 우리 욕망의 도움을 받아 이 자연으로부터 나왔던 것이다. 관음은 끝이 구부러진 돌에 기대어 서 있다. 그 여신은 양쪽에 여섯 개의 팔이 있고, 가슴 위로 기도하는 자세를 한 여러 손들이 있으며, 주발을 들 수 있을 것 같은 두 개의 다른 손이 있다. 식물이 이 여신의 몸을 뒤덮고 있다. 시간은 이 여신을 녹색 해초를 입은 바다 밑의 여신으로 만들어 놓았다.

신곤(진리)파에 결부되어 그쪽으로 가고 있는 이쿠코는 어떤 곳에서는 기도를 하기도 하고, 또 다른 곳에서는 비쭈기나무[13] 가지 하나를 놓는다. 그녀는 신사 참배 때도 그렇게 할 것이다. 회의적-신비적-문학적-아이러니적… 여행적 학파에 결부되어 있는 OGT[14]가 마력을 지닌 숲 가운데서 관찰하고 기도하고 있는 동안 태양의 빛줄기들이 나타난다. 새들의 노래, 발걸음의 마찰 소리, 신들 위에 떨어지는 물방울 소리가 들린다, 때로는 침묵이 부유하는 사물들을 두드러지게 만든다.

---

13) 일본에서 이 나무는 성스러운 신목(神木)이다. 〔역주〕
14) 이 책의 저자 Olivier Germain-Thomas를 말한다. 〔역주〕

화산이 폭발한 곳에 위치한 전통 여관에서 밤을 보낸다. 지하의 은밀한 곳에서 솟아나는 뜨거운 온천물이 한쪽을 자연 쪽으로 터놓은 홀에 받아져 있다. 육체는 호흡이 그렇게 하듯이, 모성적인 수증기로부터 줄무늬 진 얼음장같이 차가운 산바람으로, 내부로부터 외부로 이동한다. 신들이 우리 내부에서 호흡을 하는 것인가?

태양빛이 눈부신 한나절 동안 우리는 친절한 안내자와 함께 자동차를 타고 총림을 돌아다닌다. 산의 옆구리로부터 많은 폭포들이 내려오는데, 멀리서 보니 은빛 피가 묻은 바위의 상처처럼 나타난다. 어떤 폭포들은 여성이고 또 어떤 폭포들은 남성이라고 이쿠코는 말한다. 나는 과감하게 말해 본다.

"우아하고 세련되었으며 매우 귀부인 같은 저 폭포는 여성이 아닌가요?"

"아니에요! 남자처럼 뻣뻣하군요."

나는 학구적 입장에 선다. 여성적인 폭포들은 아래에서 나팔 모양으로 벌어지고, 그래서 어떤 가벼움의 인상이 발산된다. 남성적 폭포들은 통용되는 이데올로기에 따라 난폭하다고 규정되거나 보호적이라고 규정될 수 있는 운동으로 우뚝 솟아 있다. 어떤 폭포들은 자연의 성(性)에다 복잡함을 덧붙이기에는 애매하다.

안내자를 따라서 우리는 오솔길을 통해 분명 여성적인 어떤 폭포 아래로 내려간다. 그것은 아래에서 바위 하나로 가운데가 분리된 삼각형을 형성하고 있다. 혹자는 그것을 머리가 아래로 떨어지는 것처럼 찬양할 수 있으며, 기억 속에 기분 좋게 남아 있는 친근하다고 생각되는 형태를 다시 만날 수도 있다.

우리의 기질에 따라, 폭포는 덧없음을 우리에게 단호하게 말하기도 하고 영속성을 부드럽게 말하기도 한다. 동양은 아무런 불안도 야기하지 않는 끊임없는 상실인 덧없음을 선택했다. 돌 하나를 응시하거나, 수반에서 폭포의 물이 보여주는 늘 변화하는 동그라미들을 관조하면 동일한 평정이 얻어진다는 것이다. 이치가 **그렇다는 것이다.** 영원한 세월이나 순간들은 태초 이래로 성운들이나 어린아이들의 웃음을 앗아가는 동일한 운동을 따르고 있다. 이게 우리가 찌푸린 얼굴을 하고 염탐하는 신적인 소용돌이인 것이다. 원인들의 강박관념에서 해방되는 것은 미소의 승리를 가져다주는 지혜이다. 우리는 이를 아시아인들에게 나타나는 수수께끼 같은 것이라고 말한다. 그런데 그것은 수용한다는 서명을 의미한다.

돌들을 건너 뛰어가 나는 폭포의 아래에 두 손을 담근다. 혹자는 이 폭포의 격렬함을 잠정적 상태로, 그러니까 휴식들 사이에서 인간이나 바람이 노래나 씨앗을 위해 드러내는 격렬한 위세로 상상할 수 있다. **잠정적으로**라는 말은 우리를 씁쓸하게 만드는 환상들로부터 벗어난 좋은 제목이다.

6년 전 후지 산 기슭에서 도시아키 마루야마가 너그러운 손길로 운영하는 윤리 연구소에 머무를 때, 우리는 자신들의 능력 이상으로 증여를 하는 사람들에 속하는 한 예외적인 '견자(見者)'인 겐지 야마구치와 인연을 맺었다. 그는 여섯 명의 딸과 외아들, 그리고 눈부신 아내를 두고 있었다. 이들 전체는 하나의 합창대 같았다. 매우 종교적인 그는 타다오 다케모토와 함께 우리를 일본의 신화와 관련이 있는 관광지들에 안내하면서 노리토[15]를 노래해 주곤 했다.

우리의 체류가 끝나갈 때쯤 되자, 그는 한 폭포 아래서 미조기(*misogi*)가 가능함을 상기시켰다. 미조기는 신도(神道)에서 물을 통한 정화 의식을 말한다. 그 원리는 보편적이지만, 우리에게 제안된 독특한 적용의 원천은 《고지키(古事記)》[16]에 의해 수집된 신화들 속에 있다. 열정적인 이자나미는 자신의 쌍둥이 동생 이자나기와 함께 결합해, 일본의 기원에 자리 잡은 신들과 지상의 모든 신들의 시원적인 커플을 형성한다. 이 신들 가운데 하나인 불의 신 가구쓰치는 태어나면서 이자나미의 수련(이미지)을 태워 버림으로써 이 신을 죽였다. 에우리디케를 찾아나선 오르페우스처럼, 다시 이자나기는 자신의 사랑하는 누이를 찾기 위해 사자(死者)들의 왕국으로 갔다. 얼마나 끔찍했던가! 이자나미는 죽음에 의해 얼굴이 흉측하게 변해 버렸던 것이다. 이 동생-연인은 소름끼치는 80명의 여자에 쫓기지만 도망쳐 벗어났다. 그는 지옥의 입구를 막아 버리고는 곧바로 목욕을 해 죽음의 자국을 씻어냈다. 이것이 첫번째 미조기를 구성한다. 각각의 신사 입구에는 이 미조기의 단순화된 버전이 구비되어 있다. 그러니까 신들의 관심을 자극하기 전에 손과 입을 씻는 수반이 놓여 있는 것이다.

사람들이 도전을 좋아하는 이 일본 문화에서 힘든 버전을 보면, 그것은 하나의 폭포, 가능하다면 매우 높고 호전적인 폭포

---

15) 일본 신도(神道)에서 신자들이 신에게 올리는 축사를 말한다. 〔역주〕
16) 오노 야스마로가 712년에 저술한 책으로 고대 일본 신화·전설·사적을 모아놓았다. 〔역주〕

의 무게를 머리로 받는 데 있다. 여담으로 이야기하자면, 이 창설 신화는 신도(神道)가 얼마나 죽음과 고요한 관계를 유지하지 못하고 있는지, 또 왜 그것은 장례 의식을 불교에 넘겨 주었는지 보여주고 있다. 신도는 생명의 숨결들을 믿는 종교이다. 그렇다면 죽음은? 하나의 문이다. 어디로 가는 문인가? 두고 볼 일이다.

그런데 겐지 야마구치는 우리가 준비되어 있음이 느껴진다고 말했다. 그는 클레르 옵스퀴르가 이미 이 의식을 치른 적이 있고, 여러 해 전부터 내가 그것을 원했다는 것을 알고 있었다. 후지 산 가까이 있는 숲 속에서 선택된 폭포는 위협적이었다. 야마구치는 나에게 흰 옷을 입히고 발가락에 잔인한 끈으로 만든 신을 신겼다. 한편 그의 아내는 클레르 옵스퀴르를 챙겼다. 폭포의 맹렬함은 그것들 균형 잡게 해줄 수 있는 힘이 그 자체에서 올라오지 않는다면 목덜미를 부러뜨릴 수 있다. 절대적인 신뢰가 있어야 한다. '단념한다'는 말은 더 이상 사교적인 관례적 표현이 되지 못한다. 야마구치는 노리토를 낭송하고 이렇게 말한다. "이제, 당신의 가미들에게 기도하십시오." 나의 **가미들**이라고? 나는 성모마리아에게 기도했고, 사케를 한 모금 마셨다. 야마구치가 부추기는 가운데 나는 물속으로 나아갔다. 나는 격렬한 폭포를 머리로 받아냈다. 나는 몸을 떨었던가? 야마구치는 나를 홀로 놓아두었다. 나는 물로 인해 눈이 보이질 않았다. 나는 이런 압력을 견딜 수 있으리라 상상해 본 적이 없다. 이처럼 버티는 힘은 어디서 왔는가? 클레르 옵스퀴르는 귀가 멍멍한 물소리 속에서 내 곁에 있는 게 예정되었던 것일까? 나를 버티게 해준 힘은 내 **앞**에서 왔던 것일까? 나는 통과의 장소, 생명의 흐름이 되고 있었다. 아무런 두려움도 없었다. 시간이 망각되었다. 아무런 고통도 없었다. 그게 나였을까?

야마구치는 나를 찾으러 왔다. 내가 물에서 나오자마자, 나는 추위에 떨었다. 그는 나에게 말했다. "당신은 20분 동안 머물렀습니다." "아니에요!" "맞아요!"
저녁에는 회식이 있었다. 사케가 곁들어진 가운데 신도(神道)와 결합이 열정적으로 완성되었다.

*

앙드레 말로는 1974년에 일본에 마지막으로 체류할 때, 일본학 전문가 베르나르 프랑크의 권유에 따라 나치 폭포를 방문했다. 현재 베르나르 프랑크의 유해는 교토에 있는 토오지사(동사, 東寺)에 안치되어 있다. 당시에 말로는 그의 반려자인 소피드 빌모랭, 그리고 친구이자 통역자인 타다오 다케모토를 대동하고 있었다. 일본에서 가장 높고 가장 경배되는 폭포 아래로 가는 긴 내리막길 동안 그는 우거진 나무들 아래서 그곳의 정령에 사로잡혔다. 그는 타다오 다케모토에게 이렇게 말한 바 있었다. "내가 자연에 감동되는 경우는 드물었습니다." 그는 폭포의 빛줄기 앞에서 오랫동안 침묵한 채 머물면서, 그것을 재현하고 있는 네주 미술관에 소장된 가마쿠라 시대의 작품을 생각했고, 즉흥적인 언어가 나오는 대로 자신을 내맡겼다. 이 언어의 증인 역할을 했던 일본인들은 그 속에서 어떤 '신적인' 영감을 느꼈다. 그러나 말과 이미지는 매우 무질서하게 나왔기 때문에 다만 나무들만이 그 의미를 포착할 수 있었다. 인도보다는 덜 하지만, 누가 뭐라 해도 중국이나 인도차이나보다는 더 많이 일본은 앙드레 말로의 **시선**에 흔적을 남기게 되었다. 내가 시선이라 말하는 이유는 말로에게 시각과 비전과 경험은 추론을 앞서기 때문이다. 살아 있는 것 바깥에서 개념들을 가지고 유희를 하는 이른바 철학자들에게 그가 야기한 짜증이 이해된다.

말로는 일본은 모방자에 불과하다는 안일한(안일함은 중대한 죄이다) 상투어귀를 반복한 적이 없다. 그는 일본이 얼마나 중국과 구분되는지 이해했다. 앵무새들(이것들은 필립 바르텔레가 교살시키려는 노력에도 불구하고 우글거린다[17])은 프랑스가 모든 것을 로마에 빚지고 있다고 되풀이하지 않는다. 상투어귀는 예수회 수도사들 덕분에 유럽이 중국에 관심을 갖게 되었던 반면에, 도쿠가와 막부의 일본은 우리가 이해하려고 노력하지 않은 독특하고 풍요로운 문명을 중심으로 두 세기 동안 폐쇄되어 있었다는 사실 때문에 생겨난 것이다. 과도한 방식으로(일본인들은 이들의 예술이 지닌 뉘앙스에도 불구하고 과도함에 익숙해 있다) 일본이 '개방' 된 이후에 서양이 일본 문화를 발견했을 때, 이 문화는 몇몇 측면들로 인해 찬양되었지만 주요 부분들 전체가 망각 속에 있었다. 예컨대 《고지키》, 사행법사,[18] 도원선사,[19] 명혜,[20] 제아미, 설촌주종,[21] 궁본무장[22]… 혹은 《겐지모노가타

---

17) **Philippe Barthelet**(1957-): 프랑스의 작가로서 《앵무새들의 교살자》의 저자이다. 〔역주〕

18) 西行法師(사이교, 1118-1190): 일본 후기 헤이안 시대와 초기 가마쿠라 시대의 시인이다. 〔역주〕

19) 道元禪師(1200-1253): 일본 젠불교의 주요 종파인 조동종의 개조이다. 〔역주〕

리》[23]를 들 수 있다. 후자의 작품은 11세기에 한 여인이 히라가나[24]로 쓴 훌륭한 소설이다. 오늘날 신도(神道)나 젠불교의 신곤(진리)파는 소홀히 되고 있는 반면에 젠은 별별 일에 다 적용되고 있다.

일본인들은 예의상, 특히 자신들의 가치들 가운데 어떤 것들이 변질되는 것을 보고 싶지 않아서, 우리가 선택하는 데 거의 도움을 주지 않은 것이다. 그들은 이렇게 말한다. 당신은 우타가와 히로시게[25]를 좋아합니까, 좋아요, 우리는 목계[26]를 간직하지요.

일본에서는 중요한 것은 어떤 것도 단번에 주어지지 않는다. 어떤 예술 작품, 처녀의 마음, 개인 정원 혹은 가장 세련된 식당을 발견하는 데는 얼마나 많은 준비와 안내와 기다림이 있는가! 일본은 미국의 반대이다. 일본 열도의 섬 하나에 첫 발을 내디딜 때부터, 제아미(1363-1443)의 다음과 같은 구 시구를 머리에 넣고 있어야 한다. 그는 일본 전통극 노의 창시자인데,

---

20) 明惠(1173 1232): 가마쿠라 시대에 활동한 승려이다. 〔역주〕

21) 雪村周種(셋손 슈케이, 1504-1589): 승려이자 화가로서 일본 수묵화의 최고봉으로 손꼽힌다. 〔역주〕

22) 宮本武藏(미야모토 무사시, 1584-1645): 일본 에도 시대 초기 무사이자 화가이며 일본의 상징적 인물 가운데 하나이다. 〔역주〕

23) 《겐지모노가타리(源氏物語)》는 무라사키 시키부가 쓴 것으로 전해지는 11세기 소설로서 일본 고전 소설을 대표하는 작품이다. 〔역주〕

24) 한자의 초서체를 토대로 하여 창조된 표음문자로 일본 문자의 하나이다. 〔역주〕

25) 廣重歌川(1797-1858): 일본의 화가이자 조각가이다. 반 고흐에게까지 영향을 미친 것으로 알려져 있다. 〔역주〕

26) 牧谿(1225-1265): 송나라 말 원나라 초의 승려이자 화가로서 선화(禪畵)의 독특한 경지를 개척했다. 〔역주〕

쇼군에게 자기 예술의 '비밀'을 털어놓지 않았다고 해서 죽기 전에 추방되었다.

Hisureba hana nari
Hisezuba hana naru bekarazu.
"숨어서, 꽃은 존재하고,
발견되면, 더 이상 꽃은 없다."

다(茶)의식이나 젠정원을 설명하는 것은 몰상식한 일이다. 일본인들은 그들에게 자신들이 누구인지 가르치는 우리를 미소 지으며 바라본다. 소데스카! 그렇군요! 사람들이 그들의 시·춤·정신구조·에로티시즘, 그리고 모든 화려함을 철저히 해부할 때, 그들은 그렇게 탄성을 발한다. 그 다음에 그들은 비어 있다. 나는 냉소를 지었던 자들을 경험한 바 있다.

궤변과 장광설이 우리의 창조적 충동을 질식시키게 될 때, 비밀의 기법을 재발견하는 것에 대해 생각해야 한다.

비록 앙드레 말로는 때때로 단호한 비교에 대한 언어적 재능으로 곤경에 처했지만, 그는 일본에서 베일의 미덕을 이해했다. 또한 그는 정화 행위인 자살과 일본과의 관계에 의해 매료되게 된다. 이 행위에서 사람들은 일본의 또 다른 측면을 드러낸다. 즉 주어진 혹은 받아들여진 죽음을 최고의 가치로 확립하는 사무라이의 윤리 말이다. 한편으론 중세 기사의 후손인 말로는 얼마나 죽음이 신성함과 연결된 기술(art)이 될 수 있는지 알고 있었다.

*

　홍구에서 우리는 신사(神社)에서 순례자를 위해 지은 숙박시설로 다시 돌아간다. 새벽의 신도(神道) 의식이 있다. 사람들이 노래를 부르고, 제물을 바치며, 자연의 물결과 관계를 맺는 신체 의식을 치른다. 외국인도 참여하여 가미 앞에 비쭈기나무 가지를 놓으라고 권유받는다. 왜냐하면 이와 같은 일체감은 모두에게 열려져 있기 때문이다. 대신관(大神官)은 지극히 엄숙한 예복을 입고 우리를 맞이한다. 섬세한 예절 형식이 각자로 하여금 자신의 위치를 정하고 자신을 느끼며 어떤 기본적 관계를 확립하도록 해주자, 나는 내 몫의 질문들을 꺼낸다.

　우리는 먼저 이곳의 역사적인 측면, 축제와 순례의 중요성에 대해서 이야기한다. 사당의 소유는 대부분의 불교 사찰들이 그렇듯이, 세습되기 때문에 대신관의 아버지가 그를 육성했다. 그는 그에게 무엇보다 '느껴야 하고' 지성을 경계해야 한다는 점을 가르쳤다. 대신관은 이자나미를 환기시킨다. 이 신사에서 이자나미는 호의적이다. 대신관의 말에 따르면, 다른 곳에서 이 여신은 자신의 법칙 때문에 화를 내는 경우가 있다. 비록 대신관은 외국인을 거의 만나지 않고 있지만, 신도가 일본 바깥에서는 잘못 이해되고 있음을 의식하고 있다. 외국인들은 그것을 종교로 분류하고 있는데, 사실 그것은 하나의 기예(art), 생명(inochi)을 존중하는 기예라고 그는 되풀이 말한다. 신도는 체계가 아니다. 그것은 단순히 자연과의 일체감으로 제안한다. 직접적인 접근 말이다. 그렇다. 노래와 춤은 가미들을 즐겁게 하지만, 그 주요 목적은 우리가 그들과 맺는 관계에서 우리를 도와주는 것이다. 함께… 그는 다시 말을 잇는다. 쌀·나무·어린아이는 자연이 준 증여물이다. 자연과 결합되어 있다. 근대 세계는 이 연결을 끊어 버렸다. 그것을 되찾아야 하고, 자연 앞에서 겸손해야 하며, 자연에 감사해야 한다…. 나는 그에게 이렇게 묻는다. 그럼 죽은 다음에는? 나는 이 질문이 신도 신자들을 얼마나 거북하게 하는지 알고 있다. 그는 누군가가 남긴 정신적 씨앗이 계속 존속한다고 말한다. 이처럼 왔다 가는 통과에 신경 쓰지 말자. 보다 잘살고, 사랑하는 법을 배우자.

산에서 혼자 걸어본다. 근육의 작용이 정신을 맑게 한다. 두 시간 동안 나무와 이끼 사이에서 산보를 하고 나니, 아침 의식(儀式)이 지푸라기인 말을 압도한다.

숲은 나이도 없고 꾸밈도 없다. 내가 독일인이라면 나는 이렇게 말할 것이다. 숲, 그것은 존재한다! 내가 젠 수도승이라면, 나는 가볍고도 결정적인 표현으로 숲을 표현할 테지만 이를 조소하는 것을 잊지 않을 것이다. 내가 루소주의자라면, 나는 감정을 집어넣을 것이다(신도는 가미들을 집어넣지만, 이는 다르다). 내가 확인하는 것은 이런 것이다. 즉 일본의 정신은 일본이 지닌 숲들에서 온다는 것이다. 인구가 과밀한 평야에 틀어박혀 있는 자는 이처럼 광대한 숲지대가 얼마나 일본인 각자의 상상 영역에 존재하고 있는지 모른다. 혹자는 집단적 무의식이라는 표현을 기분 좋게 내뱉을 수 있다. 인도에는 희고 붉은 산들, 메마른 고원들, 신성한 강들, 밀림들(이것들은 사라지고 있다)이 너무도 많기 때문에 열대 계절풍을 뺀 하나의 물리적 특징으로 인도가 규정될 수 없다. 열대 계절풍은 초탈로 격렬하게 밀어붙이는 비영속성의 교훈을 준다.

　가파른 길 위에서 보다 높은 곳에 보이는 사찰 주랑이 신사가 곧바로 숲을 일본화하고 있음을 예고한다. 초(超)시간적인 것(L'intemporel)은 시간적으로 지속하지 않은 것이다.

　홍구 평야 쪽으로 내려옴. 예전에 강을 따라 거대한 신사 하나가 건축되었는데 강물이 그것을 휩쓸어 갔다 한다. 시멘트로 된 투박한 주랑 하나가 그것이 존재했음을 불필요하게 상기시키고 있다. 그것이 오직 추억 속에만 존속하는 게 더 나았을 것이다. 추억이란 새로운 질서가 도래할 때까지 창조를 위한 별세 개의 식탁[27]과 같은 것이다.

　태양의 여신 아마테라스에 바쳐진 나라인 일본은 유령들의 밤도 열심히 가꾼다.

---

27) 별 세 개의 식탁은 요리만을 맛보기 위해 여행해 볼 가치가 있는 맛있는 음식점을 말한다. 〔역주〕

야마부시

모든 혐오,
그대 마음의 모든 욕망을
버드나무에다 내려놓아라.

바쇼.[28]

야마부시(yamabushi)[29]는 산을 의미하는 야마(*yama*)와 엎드리다를 의미하는 부시(*bushi*)라는 두 표의문자로 이루어져 있다. 그 목적은 발끝에서부터 영혼의 끝까지 우주를 포착하는 것이다. 야마부시들은 샤머니즘이 섞인 불교와 연결되어 있다. 애초부터 그들은 경우에 따라 치료도 하고, 점도 치면서 숲 속을 방황했다. 금욕을 통해 (인도의 수도승들이 그렇듯이) 그들은 우리를 교란시키는 악마들이나 미생물들에 대한 '지배력'을 획득했다. 이 지배력의 사용은 좋든 나쁘든 여전히 그들에게 달려 있다. 나는 그들 가운데 친절한 야마부시들만을 만났다. 어떤 야마부시들은 지극히 엄격한 그 생활방식에 몰두한다. 그들은 새로운 추종자들을 양성하는 임무를 띤 전문적 존재들이다. 또 다른 야마부시들은 잠시 동안만 수련을 한 뒤 정화되어 가정과 기업의 품으로 돌아간다. 의식(儀式) 행사는 수련을 한 후 홀로 혹은 집단으로 이루어진다. 그것은 하루, 일주일, 나아가 한 달이나 그 이상도 지속될 수 있다. 한 번도 수련을 해본 적

---

28) 마쓰오 바쇼(松尾芭蕉, 송미파초, 1644-1694): 일본 에도 시대의 하이쿠(5 · 7 · 5의 17음 형식의 단시형(短詩型)) 작가이다. 〔역주〕
29) 절을 지키면서 도를 닦는 무사 수도승을 말한다. 〔역주〕

이 없는 외국인에게 그것은 하루가 된다. 그는 끈으로 된 끔찍한 신발과 의복이 면제되지만, 이 보기 좋은 의복은 시베리아에서 온 것 같다. 이것은 발목 있는 데서 좁혀진 흰 바지, 무릎까지 내려오는 약식 제복, 방울, 장갑, 원추형 모자, 혹은 이마를 덮는 유대인의 부적 같은 검은 작은 모자로 되어 있다.

우리 그룹은 모든 연령층의 남녀로 된 30여 명의 도보자들로 형성되어 있다. 흠잡을 데 없는 차림새를 한 불교 수도승이 우리를 안내한다. 그는 (거리가 아니라) 산을 움직이게 하는 에너지를 지니고 있고, 한 번의 눈길만으로도 이렇게 말할 수 있는 직관력을 갖고 있다. "그대, 그대는 해낼 것이다. 그대, 그대는 어려움이 있을 것이다. 그대, 그대는 중도에서 멈출 것이다." 이쿠코와 나는 유일한 초심자들이다.

새벽에 하늘은 일기예보를 거짓말하게 만든 전날의 기도 덕분에 청명하다. 태양의 최초 빛줄기가 나타날 때, 우리는 위풍당당한 주랑 옆에서 기도를 올리는 것으로 시작한다. 첫번째 시험은 허리까지 물이 차는 얼음장 같은 강을 건너는 것이다. 젊은 남자들은 노인들을 부추기는 일을 맡았다. 도보 행진을 하는 동안 내내, 그들은 헐떡거리는 자들을 도와주기 위해 우리 그룹을 따라 왔다 갔다 왕복하게 된다.

온몸이 젖고 얼어붙은 가운데 우리 모두는 모인다. 수도승의 권고에 따라 몇 시간 후에 우리는 자동차들이 기진맥진한 도보자들을 태우게 될 도로로 다시 내려가야 한다. 그 이후로는 더 이상 도움은 없다. 행군 아니면 죽음이 될 것이다(이 번역은 단순화된 것이지만 사실 일본어는 우아하게 포장하여 나타낸다). 나라는 외국인은 다시 일어선다. 그는 결코 휘청거려서는 안 된

다. 주지하다시피, 이 의무는 목표에 도달하는 가장 좋은 수단
이다. 사람들은 나를 별로 쳐다보지 않는다. 다시 말해 그들은
내 얼굴을 뚫어지게 바라보지만 일본식으로 덧문 뒤에서 바라
보듯 본다. 나는 이 점을 충분히 말했던가? 일본인의 매너는
간접적이다. 그래서 일본의 길들은 좁든 넓든 언제나 구불구불
하다.

　조용한 아침 속에 흰 소라고둥의 긴 나팔소리가 울린다. 도
보자들은 엄격하게 질서를 지키며 일렬종대로 움직이기 시작한
다. 오르기, 내려가기, 기어오르기가 되풀이된다. 때때로 하나
의 주랑 앞에서 불공을 드리기 위해 멈춘다. 다시 소라고둥의
부름 소리가 들린다. 보행자들은 한 몸인 것처럼 일사불란하게
다시 출발한다. 오르기와 내려가기가 이어진다….

　하나의 산을 올라가기만 한다면 좋으련만! 우리는 각(모서
리)을 좋아하는 예술가가 빚어낸 총림 하나를 온통 통과해야 한
다. 어떤 높이에 도달하자마자, 삼나무들·물푸레나무들·대
나무숲·동백들·고사리들, 알 수 없는 뿌리들과 초목들을 가
로질러 다시 내려가야 한다. 때때로 식물들 사이로 뚫린 구멍
을 통해 탁 트인 숲, 식물의 단계적 분포, 꼭대기에 걸린 구름,
칼날 같은 폭포, 깔때기 모양의 계곡들이 화려하게 모습을 드러
낸다. 멈춘다는 것은 불가능하다. 멈추게 되면 리듬이 끊어질
것이다. 도보자들은 찬양하기 위해 여기 있는 게 아니라 대지
의 수액을 받아들이기 위해 있는 것이다. 그리고 감사하기 위해
서. 감상주의 같은 것은 없다. 의식(儀式)화된 시험이 있다.

무리는 기력이 느슨해졌다. 때때로 소라고둥 소리는 선두가 멀리 저 높이, 혹은 저 아래에 있다고 알리는 한편, 젊은이들은 되돌아가 뒤처진 사람들을 돕는다. 사람들은 오르막길에서는 뿌리를 붙잡기도 하고, 뒤꿈치가 미끄러지기도 하며, 때로는 미끄러져 엉덩방아를 찧기도 한다. 몸이 땅바닥에 주저앉게 되면, 대지는 원기를 회복해 준다. 대지는 예리하면서도 부드럽고, 돌투성이면서도 여성적이며, 발에는 무자비하면서도 보기에는 즐겁고, 움직이면서도 부동의 상태로 있다. 돌무더기가 있는 곳에서는 뱀을 주의해야 한다. 또한 때때로 빽빽한 식물들 속으로 사라지는 오솔길들에서 홀로 있게 되지 않도록 주의해야 한다. 야마부시들이 길을 잃게 되어 하루, 이틀 혹은 사흘을 걷고 난 후에야 길이나 집을 다시 만나는 일도 일어난다. 총림의 가장 원시적인 곳에서 맞이하는 고독한 밤은 무섭다. 소라고둥 소리는 우리의 탄원에 무심한 자연의 식물적 미로에서 자주 착각하게 만드는 방향을 지시한다. 주의와 복종을 요구하는 것은 자연에 대한 투쟁이 아니라 어떤 정화이다.

층을 이룬 식물을 통과한 한 줄기 햇빛이 이끼에 놓인 돌 하나를 뜨겁게 타오르게 한다.
"무릎을 꿇어요, 의심이 많군요!"
"난… 난… 일행은 너무도 멀리 있는데…"

태양이 정점에 올 때, 식사를 하기 위해 휴식을 취하기로 예정되어 있다. 각자 자신의 간단한 식사를 조용히 조금씩 먹는 가운데 인원 점검이 반복된다. 점검 결과는 좋다. 삶과 죽음의 결합이라는 매우 실제적인 영혼을 지닌 뒤얽힌 식물군 속에서 길을 잃은 사람은 아무도 없다. 이 행군이 우리에게 확인해 주는 것은 우리가 많은 것들을 헛되이 찾고 있다는 점이다.

소라고둥의 긴 소리가 바위의 한 면을 타고 휘감아 돌아나간다. 사람들은 일어서서, 기도를 하고 다시 출발한다. 이런! 다리가 벌써 휴식에 맛을 들였구나. 우리는 근육에 잔인할 만큼 힘이 드는 하강을 시작한다. "발을 통해 하는 철학"은 칭얼거리는 소리를 낸다. 계곡, 무너진 돌더미, 시험, 오르기…가 계속된다.

명상을 할 때 사념을 '비우기'가 어렵다면, 여기서 내기를 걸어야 할 대상은 자신의 신발에 오로지 집중해 있는 것이다. 해가 지기 전에 가야 할 거리를 생각해 보니 정신이 아득하다! 각각의 발걸음은 마지막인 것처럼 체험되어야 한다.

이렇게 하여 기어오르고 미끄러지면서 시간이 간다. 해질 무렵이 되니 푸르른 기분은 음울해지고, 숨결은 도끼를 휘두르는 것 같다. 피부는 우리의 탄생을 다시 체험하게 해주는 시험인 바위 밑 통과로 인해 까끌까끌해졌다. 비탈길이니 정신분석을 하지 마라! 그런 건 기억의 다락방에서 벌어지는 소란일 뿐이다.

나와 이쿠코는 오후 내내 각자 자신의 발걸음에 따라 움직였다가 밤이 되어 다시 만난다. 우리는 신발 속에, 얼굴에, 머리털 속에 산(山)의 파편 조각들을 지니고 있다. 우리가 간직하게 될 파편 조각의 위치는 어디인가? 우리는 마지막 단계인 사찰을 향해 내려간다. 수장인 수도승은 우리에게 유머가 가득한 설교를 베푼다. 그의 몸가짐은 마치 자신의 정원을 한 바퀴 돈 것에 지나지 않은 것처럼 지금까지 계속 흠잡을 데가 없었다. 젊은이 하나가 나선다. 그는 대신관(大神官) 고토가 나에게 인사를 하기 위해 다카시호 신사(神社)에서 보낸 것이다. 그는 머리 숙여 인사를 한 후 물러난다.

"이쿠코, 말해봐요. 저 친구는 절을 한 번하고 되돌아가기 위해 규슈의 깊숙한 곳에서 여기까지 온 건 아니겠지요?"

"맞아요, 그것 때문이에요. 대신관 고토는 자신이 우리의 행군에 부여했던 중요성을 그런 식으로 표시하고자 했어요. 그는 오늘 의례를 주관해야 하므로 이동할 수 없었기 때문에 자신의 애제자를 보냈던 것입니다. 이 제자는 밤을 이용해 돌아갈 것입니다. 이상할 게 없어요."

이웃 마을에서 내려온 여신같이 기품 있는 여자들이 뜨거운 수프를 제공하는 사찰 위쪽으로 수백 미터 떨어진 테라스 위에 있는 도보자들을 버스들이 기다리고 있다.

이 이상한 나라의 모습은 우리에게 친근한 것 같다.

많은 다른 사람들에 이어서 나는 비영속성 가운데서 불변성의 그 필요성, 급류와 떨어져 있는 망각된 섬으로 피난하고픈 그 욕망을 말하고자 했다. 하는 수 없이 나는 시간적인 증식을 공간적 증식으로 대체하고, 단 하나의 초점에 우주를 응축함으로써 시간으로부터 치유가 가능한지 자문했다.

장 그르니에, 《거울》.

고대 일본에서 빛과 반사광은 동일하게 명명되었다.

*

사람들은 낱말을 번역한다고 생각하지만, 그것의 단편만을 번역하는 것이다. 이곳에서 여자·태양·죽음·정숙·시간·의식(儀式)…은 우리가 이해하지 못하는 의미들을 지니고 있다. 하나의 문화에 접근할 때 우리는 번역 불가능한 말들이 어떤 것들인지 자문해야 한다.

*

우리가 우리의 이웃들이 지닌 논거들 속으로 들어가는 데 느끼는 어려움은 우리가 우리 문화와 다른 문화를 우리의 공간 쪽으로 끌어오지 않고는 그것을 이해하기가 얼마나 어려운지를 입증해 준다.

*

모노노아와레(物の哀れ: 사물의 무상함 앞에서 느끼는 미의식)는 장관을 이루는 벚꽃 앞에서뿐 아니라 안개 속에 희미하게 떠나가는 배를 볼 때 느끼는 감정을 함축하고 있다.

*

타다오 다케모토는 이렇게 말한 바 있다. "*kagé*, 곧 그림자에 대해 느끼는 매력은 우리한테 그 무엇보다 중요하다. 그림자뿐 아니라 환영이나 반영된 모습라고도 번역될 수 있다. *kag*로 시작되는 낱말이 여럿 있다. 예컨대 *kagérô*는 대지에서 올라오는 증기를 의미하고, *kagami*는 거울을 바라보는 사람의 *kagé*를 반사하는 거울을 의미한다. 일본인들은 반사된 모습, 일렁이는 모습을 통해 세계를 포착하기를 좋아한다. 정원예술의 카수미가타(*kasumi gata*)라는 것은 예컨대 소나무 가지들 사이로 보이는 풍경에 대한 안개 효과를 표현한다. 젠정원에서 모래가 물결치는 형태는 동일한 미학의 성격을 띠고 있다."

*

"햇빛에 잠긴 저 풍경은 얼마나 아름다운가!"라고 나는 한 일본인에게 말한다. "아 그래요…?"

*

묘(*Myo*)라는 말은 경이롭다를 의미한다. 그것은 여자라는 표의문자의 열쇠이다.

*

기(氣)가 담겨 있는 곳: 에너지 · 영혼 · 의지 · 생명력 · 기질 · 정신 · 건강 등.

*

일본인들은 우리 서양에 매우 자주 오기 때문에 우리는 그들이 우리를 이해했다고 순진하게 생각한다. 자연적인 것과 인위적인 것은 우리 서양인의 경우에서만 동일한 위치를 지니고 있다.

*

우리의 대성당들에서——혹은 만다라에 따라 건축된 힌두교 사원들에서——하나의 구조화된 전체를 형성하는 것이 일본의 불교 사찰들에서는 여러 건물로 흩어져 있다. "어디가 중심인가?" "어떤 중심인가?"라는 질문이 제기된다.

*

일본인들은 대들보를 모른다. 세부적인 것들을 조직화하게 해주는 어떤 본질이 없다. 이 점은 창조물들에서뿐 아니라 관념들에서도 마찬가지이다. 어떤 집합체의 요소를 '좀스럽게' 다루는 외국인은 곧바로 부주의한 사람, 결함이 있는 사람으로 간주된다. 그래서 나는 종합이라는 대답을 일본인들에게 요구함으로써 그들을 동요시켰고, 불편하게 했으며, 피곤케 했고 모욕을 준 적이 있다.

한편 아라크토스 강,[30] 테베레 강,[31] 센 강이나 라인 강 연안에서 우리 서구인들이 즐겨했던 '순수 관념들'은 우리한테 '공(空)'이 그렇듯이 일본인에겐 이해할 수 없는 것이다.

*

자주 나는 동양을 좋아하는 어떤 대작가가 맛있는 것처럼 인용한 세이 쇼나곤의 다음과 같은 문장에 대해 생각했다. "어둠 속에서 딸기를 먹는다." 나는 이런 먹는 행위의 즐거움을 상상했고 확인했다. 풍부한 과일 속이 나오기 전에 가벼운 털을 발견하는 성급한 입술에 녹아내리는 붉은 과육, 어둠 속에서 불 같은 색깔의 그 달콤함은 일본인의 세련됨을 관능적으로 나타내는 것이 아니었던가?

10세기 말에 태어난 세이 쇼나곤은 황후(혹은 공주) 후지와라 노 사다코의 여(女)시종이었는데, 《마쿠라노소시(枕草子)》에서 헤이안 시대 궁정(교토)의 삶에 대한 유일한 증언을 제공하고 있다. 그녀는 분류에 대한 광적인 집착을 드러내고 있다. 그래서 그녀는 《마쿠라노소시》에서 다음과 같이 끊임없이 목록들을 작성했다. "어리둥절하게 하는 것들, 찬란한 것들, 너무도 끔찍

---

30) 그리스 에피루스 동부에 있는 강이다. 〔역주〕
31) 로마 시내를 관류하여 이탈리아 중부를 흐르는 강이다. 〔역주〕

한 것들, 지나갈 뿐인 것들, 비교가 불가능한 것들, 영혼을 슬픔으로 채우는 것들, 말하기 어려운 것들, 가까이 있지만 멀리 있는 것들, 멀리 있지만 가까운 것들, 화합되지 않는 것들, 빠져들 수 없는 것들" 따위. 그녀의 모음집을 열면서 나는 붉고 검은 그 딸기를 맛보는 즐거움을 은밀히 기대한다. 나는 '희귀한 것들, 세련된 멋이 있는 것들,' 그리고 어떤 만족감을 가져다주는 모든 목록에서 그런 딸기들을 찾는다. 아무것도 없다! 나는 그런 딸기들을 '별로 안심이 안 되는 것들'에서 발견한다. 설명해 보자. 어둠 속에서 일본인들은 딸기 속에 감추어진 괄태충 같은 것을 먹을 위험이 있는 것이다.

이런 일이 있고 나면, 우리의 막연한 의식까지 침투해 온 그들에 대한 여행에서, 딸기들뿐 아니라 젠정원의 모래 위에 세워진 하나의 바위, 한 송이 모란이나 구름 한 점, 혹은 하나의 미소가 뒤죽박죽으로 다시 만나고 있음을 기억해야 한다. 학자들은 이런 일에 기분이 상하지만 시인들은 창조의 형태들 가운데 하나인 오해를 긍정적으로 평가한다. 그것은 벌들이나 바람에 따른 수분(受粉) 같은 것이다. 그러니 어둠 속에서 딸기를 계속해서 먹자.

*

어느 날 신도(神道)의 어떤 신관이 신사 아래에 펼쳐지는 풍경을 타다오 다케모토에게 보여주고 이렇게 말했다. "아무것도, 아무것도, 아무것도 없습니다."

*

은밀하게 이루어지는 의식(儀式)은 이렇다. 신도의 신관들은 어떤 에너지원을 받아들이기 위해 산으로 간다는 것이다(그게 나뭇가지일까 어떤 숨결일까?). 그들은 신사로 다시 내려와 이 에너지를 논에다 전달한다.

비옥하게 만들고자 하는 이같은 정신을 가지고 일본의 천황은 오늘날에도 도쿄의 황궁 울타리 안에 있는 논을 재배하고 있다.

신도가 우리에게 말하는 바는 자연이 어쨌거나 우리의 것과 유사한 의식을 지니고 있다는 것이다.

*

"장미의 향기를 이해할 수 있는 자는 정화된 영혼뿐이다"라고 폴 클로델은 《떠오르는 태양 속의 검은 새》에서 노래하고 있다. 이 작품에서 이 확고한 가톨릭 신자는 그 어떤 누구보다 신도에 대해 훌륭하게 말하고 있다.

정화는 신도에서 핵심적인 말이다. 죽음·거짓·더러움·비겁함은 불순하다. 섹스도 알코올도, 돈도 권력도 불순하지 않다.

*

신도가 찬양하는 신성화된 자연은 마침내 서양인의 흥미를 유발하게 되고, 어쩌면 환경 재앙을 피하도록 도움을 주게 될 것이다. 현재 이 환경 재앙의 요인들은 집요하고도 방법적으로 자리 잡고 있다.

또한 신도는 어디서나 그렇듯이, 복잡하고 모순적인 신화들과 연결되어 있다. 이 신화들은 우리가 그것들을 해부하는 것을 단념한다면 풍요로운 가르침을 준다. 그러나 신도는 불길한 표류를 피하지 못했다. 일본의 어두운 시기 동안, 많은 신사들이 민족주의를 맹목적으로 지지했다. 아직도 그 흔적이 남아 있는데, 신관들의 순결한 흰 의복이 그것을 정화시키는 데는 어려움이 있다.

*

일본인들은 '역사의 의미'를 모른다. 오늘날 어떤 사람들은 그것을 식민주의적 병으로 이해했다.

*

공자와 도(道)를 물려받은 중국이 (불교를 학대했다가 다시 불교로 돌아가고, 그것을 망각했다가 되찾은 후 다시 그것을 없애고자 하는 조치를 취하기 전에) 어찌하여 불교를 받아들일 필요를 느꼈는지 이해하기가 쉽지 않지만, 상당히 분명한 것은 중국에서 한국을 거쳐 온 대승 불교가 일본에 하나의 **인본주의**를 가져다주었고, 일본이 모르고 있다가 기분 좋게 맞이한 사색의 의미를 전해 주었다는 것이다. 일본은 이것을 신도와 결합시키면서 나라에서 교토·가마쿠라·니코까지 자기 나름대로 조금씩 일본화해 나갔다. 일본의 간막이는 종이로 되어 있다. 열쇠가 있는 박물관은 일본에서 생각할 수 없다.

*

'정통의 정신'은 일본인의 정신구조에는 없다. 서양은 **어떤** 진리가 존재한다는 원리에 의해 지배되어 왔다. 이와 같은 울타리는 우리가 다른 종교들이나 생활방식들을 제대로 평가하는 것을 오랫동안 막아 왔다. '왜?'라는 질문 앞에서 안무적인 유연함을 지닌 일본은 의식(儀式)에서만 딱딱하다.

*

누군가 생선회, 숲에서 자란 나물·해초, (따끈한 혹은 차가운) 사케·녹차·신도를 좋아하지 않는다면, 또 사회적 관례는 자유에 대한 침해이고, 세련됨은 지나친 겉치레이며, 거리감 속에는 멸시가 있고, 몸을 숙이는 게 약함의 표시이며, 모든 것이 드러나야 하고, 바위는 영혼이 없다고 생각한다면, 나는 차라리 텍사스에 체류해 볼 것을 권유할 것이다.

*

일본에서 한번은 저녁식사를 하는 동안 그리스인의 기술인 대화가 없었다. 일련의 기나긴 독백들만이 있었다. 두드러진 임기응변은 소스를 상하게 하는 것과 같다.

섹스나 정치에 대해 이야기하는 것은 품위 없는 짓이다. 불쌍한 갈리아인들 같으니![32]

*

일본에서 가장 고약한 태도는 거리낌 없음이다. 세이 쇼나곤
은 '혐오스러운 것들'의 목록에 이런 사람을 집어넣고 있다.
"재능이 없는데도, 마치 모든 것을 다 알고 있는 것처럼 함부
로 말을 많이 하는 남자."

*

나는 젊은 일본 여자들에게 묻는다. "당신들이 프랑스에서
놀란 것이 무엇입니까?" 대답은 이렇다. "다양한 인종들, 수많
은 개들, 거리에서 부둥켜안고 키스하는 연인들, 옷의 색깔, 잘
알지 못하는 남자로부터 초대받은 일, 각각의 일에 대해 견해
를 가져야 하는 것 따위…"

*

홋카이도로부터 오키나와까지 나는 일본에 체류하는 동안 일
반인을 상대로 20회 이상의 강연을 했다. 그 가운데 두세 번은
청중이 천 명이 넘었다. 나는 우리 프랑스 문학, 앙드레 말로

---

32) 프랑스인들이 섹스와 정치에 대해 이야기를 많이 함을 말한다.〔역
주〕

와 드골, 우리의 중세, 우리가 일본에 대해 갖고 있는 이미지에
대해 이야기했다. 또 상투적인 것과 빠진 것으로, 나는 일본이
우리에게 가져다줄 수 있는 가치들에 대해 언급했다. 뿐만 아
니라 나는 서양의 가장 나쁜 부분에 대해 일본인들이 느끼는
매력을 그들 스스로 경계토록 하고, 자신들의 뿌리에 충실하도
록 고무시키고자 했다. 나는 군국주의적 체제의 치명적 선택과
전통문화의 대비를 확립하면서 이런 시도를 했다. 비판이 건설
적일 수 있다는 것을 이해하지 못하는 일본인들에게는 하나의
재능이 결핍되어 있다. 많은 일본인들에게 민족주의와 전통은
혼동된다. 둘 가운데 하나 없이는 다른 하나를 취할 수 없다는
것이다. *Dialectiké*(논쟁의 기술, 변증법)는 그리스어이다. 때때
로 나는 일본의 ‘진보주의적’ 진영들에 어리석은 반응을 야기
했다. “당신은 미시마를 좋아합니다. 그러니까 당신은 반동적
입니다. 당신은 천황제를 옹호하고 있는데, 천황제는 아무 쓸
모가 없어요. 신도(神道)는 오늘날엔 더 이상 의미가 없는 낡아
빠진 고물입니다 등.” ‘전통주의적’ 진영들에서는 내가 ‘전범
(戰犯)들’에 대해 이야기하는 것을 원망했다.

선별을 할 수 없는 불가능 앞에서 일본인들은 자신들의 역사
에 대해 손가락 하나 까딱하지 않는다. 그렇게 그들이 야스쿠
니 신사를 참배해 여타 다른 군인들 가운데 있는 도조 히데키
장군을 경배하는 태도를 이해해야 한다.

또한 나는 신도의 신사들에 감추어진 거울이 얼마나 우리의
호기심을 유발했는지 언급했다. 일본인들은 이 말을 듣고 놀라
워했다. 나는 신사들에 대해 이야기하면서 그것들을 연금술의
도가니와 비교했다. 그들은 내 말을 이해하지 못했다.

강연이 끝날 때면 이런 질문들이 나왔다. "개인주의, 그것은 이기주의를 의미하나요?" "신성한 것, 그것은 사랑인가요?" 혹은 통역자의 이런 질문이 있었다. "Endimanché(나들이 옷을 입은)라는 낱말은 우아함을 표현하기 위한 용어인가요?"

*

마치 일본인들은 언제나 시험을 치르고 있는 것 같다.

*

"지금까지 발견된 모든 민족들 가운데 이들[일본 민족]은 아마 가장 훌륭하다 할 것이다." 생 프랑수아 그자비에는 1549년 일본을 기독교로 개종시키기 위해 인도와 말레이시아를 거쳐 도착했을 때 그렇게 말했다.

1597년에 20여 명의 외국 선교사들과 세례 지망자들이 나가사키에서 십자가에 못 박혀 죽었다. 1638년에는 시마바라반도에서 3만 명 이상의 기독교도가 학살되었다. 메이지 시대 이전까지는 십자가에 대해 말하는 게 더 이상 들리지 않게 된다.

일본은 불같은 화산지대이다.

*

"오! 침묵이
바위와 매미 소리를

송곳처럼 뚫고 또 뚫는다."

바쇼.

*

일본 여자는 하나의 걸작이다. 이 걸작이 풍화되어 간다. 일본 여자는 숨겨진 성(性)을 지닌 여성성을 실천한다. 보석 상자 뒤에는 커다란 감상성이 있다.

일본 여자는 어머니로 태어나며 일시적으로만 아내와 연인이 된다.

그녀는 남자들의 정념들(권력 · 돈 · 섹스 · 알코올 등)을 어린 아이의 변덕들로 바라본다.

그녀는 마치 젖을 주듯이 무릎을 꿇고 사케를 따른다. 그녀는 아기를 배내옷으로 싸듯이 손님의 목 주위에다 냅킨을 씌워 준다.

어떤 일본 여자들은 감기를 치유하듯이 섹스를 실천한다. 교수인 자기 남편 M.이 유흥가에서 취해 돌아올 때 그를 애지중지하는 그런 여자도 있다.

그녀들은 뮤직 박스인 것 같기도 한 세탁기에서 나온 것 같다.

젊은 처녀는 그 어떠한 신화도 탄생시키지 못했다.

이곳에서 여자에게 나이를 먹는다는 것은 기예가 증진된다는 것을 말한다.

어느 경축 연회에서 경험 있는 여자보다 젊은 여자를 더 좋아하는 것은 안목이 결여되어 있는 것이라며 일본인들은 외국인들한테 경계하라고 주의를 준다.

그 어떤 나라도 일본만큼 여자들의 세계와 남자들의 세계 사이에 그토록 큰 차이를 유지해 오지 못했다. 이 남성적이고 호전적인 나라에서, 여자들은 선함과 기교를 지니고 있다. 그녀들은 (그 어떤 나라의 여자보다) 프랑스 여자의 속성인 재치 있는 언행, 심술궂음, 추파 같은 것은 전혀 없고, 시·노래·춤, 복종된 시선(그녀들의 마음은 그녀들의 시선이 아니다)이 있다.

오늘날의 많은 일본 처녀들은 더 이상 이런 모델을 원하지 않는다. 그녀들은 서양인들에게 자신들을 영악하게 만들어 달라고 부탁하지만 이런 여자들은 그들에게는 횡재나 다름없다. 서양인은 외관상의 복종이라는 함정에 빠지기 전에 즐긴다. 그는 자신의 증조모를 기억해야 했으리라.

오사카에서 미니스커트를 입고 미키 같은 싸구려 장신구를 두른 일본 처녀의 블라우스에는 *Born free*(태생이 자유로운)라고 씌어 있다.

우리는 인도 여자를 통해 인도를 배우는 것보다 일본 여자를 통해 일본을 더 많이 배운다. 왜냐하면 일본은 하나의 사회를 형성하고 있기 때문이다. 반면에 인도는 하나의 총합체이다.

*

인도에서 일본으로 가는 것은 다섯 개의 바다와 2천 년을 통과하는 것이다.

인도. 형이상학. 의식의 층위들은 언어화되어 있다. 각각의 요소는 더 세분화된다.

풍요로운 나라, 힌두쿠시 산악지대에서 내려온 기병들이나 유럽의 무장한 상인들이 탐내고 식민지화한 나라, 인도. 언어들 · 종족들 · 카스트들, 고갈될 정도까지 쇠약해진 풍경들….

사원들에 있는 보물들은 요니와 링감[33]이다. 원자는 빈두[34]라 한다. 절대적 여성성은 샤크티라 한다.

인도에선 환상적인 현실로부터 관념들과 이미지들을 끌어내는 작업이 무한한 소용돌이로 재시작될 것이다. 그곳에서는 당신이 한마디 들을 때, 그 낱말은 이미 연기가 되어 사라졌다.

그곳에서 시간은 순환하고 공간은 무한하다. 그곳에서 사람들은 호흡을 하듯이 기도를 하고, 합산하며 여행을 하듯이 죽는다.

신은 빈 공허 속에 있고 씨앗은 불과 춤 속에 있다.

사람들은 문을 열고 붉은색 · 냄새 · 바람 · 비 · 젖 · 즐김을 받아들인다.

한쪽에는 침묵하는 부처가 있고, 다른 한쪽에는 춤추는 시바 신이 있다.

일본. 사색이 아니라 자연의 원소들이 있다.

노력이 있지만 결코 단념은 없다. 관찰 · 집중 · 자제——단편들. 이곳에서 사람들은 단편을 도려내어, 단숨에 도달하여 우주를 본다.

무사들 · 정원사들, 열심히 공부하는 초등학생들이 있는 나

---

33) 요니는 시바 신과 하나인 샤크티의 상징인 여음상이고 링감은 시바 신의 상징인 남근상이다. 〔역주〕

34) 빈두(Bindu)는 산스크리트어로 어원적으로는 정액 방울 혹은 종자를 의미하며 출발점, 기원으로서 모든 잠재성을 지니고 있다. 그것은 출발점과 도착점으로서 수렴의 중심점, 곧 만다라의 중심점이다. 〔역주〕

라. 오랜 세월 동안 단 하나의 언어만이 있었으며, 단 하나의 민족이 있었고, 오만하게 고립되어 있던 나라. 이곳에서 사람들은 책임을 다하고 버텨낸다. 사람들은 의무를 저버리지 않기 위해 죽는다.

사람들은 떨어지는 낙엽을 찬양한다. 침묵은 어둠과 마지막 말을 나눈다.

사람들은 전진한다. 어디로 가는가? 가는 것이다!

한쪽에는 신성화된 돌이 있고, 다른 한쪽에는 감추어진 거울이 있다.

*

"언어가 언어에 대해 꿈을 꾸게 내버려두라." 바쇼.

벚꽃의 정숙함

모든 산에
모든 가지에
꽃들이 피는 것을 보고
그것들과 하나하나 결합하기 위해
몸을 수없이 증식시킨다.

사이교, 〈공(空)을 향해서〉.

왜 벚꽃, 즉 사쿠라가 이처럼 일본인들을 매혹하는지 알고자 하는 의문이 들 때, 이 의문을 삭풍과 계절을 따라 표류하도록 내버려두는 게 일본적이라 할 것이다. 그리스 문명의 자손은 이런 지혜가 없다. 그러나 그는 이 꽃의 이의를 제기할 수 없는 아름다움에 대해 지루하게 말하지는 않을 것이다. 벚꽃은 우리 서양의 꽃보다 더 풍성하고 더 원색적이다. 그것은 황실 국화[35]의 가을과 함께 일본열도에서 가장 유쾌한 계절인 봄을 예고한다. 그것은 며칠밖에 피어 있지 않기 때문에, 불교가 발전시킨 덧없는 것의 의미와 관련이 있고, 부서지기 쉬운 삶을 지닌 사무라이들에게 상징의 역할을 한다. 벚꽃이 필 때면 일·본인들은 열광하여 축제를 벌이고, 시를 쓰며, 꽃이 피는 것을 지켜보기 위해 밤을 하얗게 지새운다.

야마부시들과 행군을 한 후, 맥주를 마시고 따사로운 온천욕을 한 뒤 이지러지는 달을 관조했다. 그러고 나서 우리는 자동차를 타고 웅대한 산들을 가로질러 북쪽으로 떠났다. 우리는 신곤파 불교의 중심지의 하나인 고야 산을 멀리서 알아본다. 초롱들이 켜진 오솔길 끝에 가면 가장 고요한 묘지 하나에 잠든 구카이(空海)(고보 다이시, 弘法大師, 774-835)가 이곳을 지키고 있다.

우리는 (나라 현)의 요시노에 도착했다. 이곳은 그 정신적 에너지와 역사, 오래된 작은 길들과 사찰들, 특히 제국의 모든 섬들에서 찬미하러 오는 수많은 벚나무들로 유명하다. 예술가 이쿠코는 지금은 호텔이 된 옛 사찰 시쿠린으로 나를 데리고 내려간다. 이 호텔의 아름다운 정원은 다(茶)의 가장 존경받는 대

가인 센노 리큐(千利休)가 만들었다 한다. 그는 차노유, 곧 다례
(茶禮)법을 새롭게 혁신했던 인물이다.

그에 따르면 세 가지 원칙이 다례법을 지배해야 한다. 첫번째
는 슈(shu) 곧 보호하는 것이고, 두번째는 하(ha), 즉 끊어 버리
는 것이며, 세번째는 리(ri) 곧 초월해 가는 것이다. 우리가 사
유하는 새로운 습관에 따르면, 여기서 우리는 모든 창조의 자
연적인 움직임일 수밖에 없다고 보이는 훌륭한 변증법을 볼 수
있다. 조형예술이나 음악에서 현대는 모든 전통적 표지들이 무
너지는 것을 목격하고는 어떤 결함이라 할 하(ha) 속에 뛰어들
었다. 슈(shu)가 없는 하(ha)는 아무 쓸모가 없다. 슈(shu)와 하
(ha)가 없이는 리(ri)에 도달하는 게 불가능하다. 현대의 오류는
놀라운 것을 천재적이라고 생각하는 것이다. 천재적인 것이 언
제나 놀랍기는 하지만, 놀라운 것은 하늘과 유령들을 필요로
한다.

도요토미 히데요시라는 냉혹한 정복자를 모신 후, 리큐는 그
의 마음에 들지 않자 1591년에 할복자살했다. 평정심과 섬세함
의 위대한 스승이 단검 한칼에 자신의 배에서 솟아오르게 한 창
자 위로 자발적으로 쓰러진 것은 우리 서양인의 눈으로 보면 모
순이지만, 여기서는 위대함이다.

시쿠린의 정원에 앉아서 명상에 잠긴다. 물·바위·모란·
대나무 숲·벚꽃은 말을 거부한다. 장밋빛으로 물든 넓은 꽃잎
을 지닌 벚꽃들은 비록 개화기가 끝났음을 알리면서 피어 있지
만, 정숙함을 지니고 있어 두 눈으로 화관을 살피러 가는 것을
막는다. 그것들의 내밀함은 신사(神社)들의 감추어진 거울이다.

한 줄기 햇빛이 장밋빛 볼을 두드러지게 한다. 오, 베일에 싸인 육체여… 나는 그대를 아작아작 씹도다!

내 방 창문을 통해 정원의 그림자들이 조금씩 밤의 모습을 드러내고 있다.

우리가 숲 속에서 오솔길을 따라 강 쪽으로 내려가니 강물이 나무들과 칡들 사이로 장난기 어린 자유로움을 드러내면서 흐른다.

사이교(12세기)는 벚꽃을 좋아했다. 그는 이곳에 초가지붕을 얹은 진흙 단칸방을 은둔처로 지었다. 지붕에서는 작은 타래처럼, 익살스럽게 고사리 다발이 자라난다. 사이교는 벚꽃이 뒤덮인 요시노 산(山)에서 발원한 맑은 샘물로 갈증을 풀면서 장과(漿果)와 나물을 먹고 살았다. 이 오두막 안쪽에는 법복을 입고 앉아 명상에 잠겨 있는 이 시인의 동상이 있다. (신곤파) 수도승이자 시인(와카, 단카[36])이고 궁수(弓手)였던 그는 이 고독한 곳을 되찾았고, '무형의 즐거운' 마음으로 죽기 전에는 걷기를 좋아했다.

아무런 장벽도 없고 아무런 방문객도 소란스럽게 하지 않는 이곳은 800년 전부터 변한 게 아무것도 없다는 느낌이 든다.

숨결은
하늘에 고정되지 않은 채
미지의 지평을 향해 방황하네.

---

36) 와카(和歌) 혹은 단카(短歌)는 5·7·5·7·7로 된 일본의 전통 시이다. [역주]

두 눈은 무엇을 보는가?

구름인가 꽃이 핀 벚나무인가?

사이교가 죽은 지 500년이 지난 후, 그러니까 약 지금부터 300년 전에 한 사무라이 가문의 후손인 마쓰오 무네후사는 때로는 수도승이었고 화가이자 도보자였는데, 이곳에서 사이교를 기리며 겨울 한철을 보낸 적이 있다. 그는 바나나(파초)의 이름인, 바쇼라는 이름을 지니고 있었다. 이는 1680년에 그가 후카가와의 시골에 있는 암자에 기거할 때 그의 제자 하나가 그의 거처 앞에 파초 나무 한 그루를 심은 데서 연유한다. 하이쿠의 가장 위대한 스승으로 간주되는 바쇼는 이곳을 자신의 《오쿠노 호소미치(奧の細道)》에서 이렇게 묘사하고 있다. "이곳은 신성한 감정을 불러일으킨다. 샘에서 **방울방울 떨어지는 그 맛좋은 투명한 물**은 예전의 그 모습을 그대로 간직해 온 것 같다. 왜냐하면 오늘날에도 그 물은 방울방울 떨어지고 있기 때문이다." 하이쿠의 특정인 섬광 같은 기지를 통해, 바쇼는 예술에서 본질적 원리가 무엇인지 자기 나름대로 나타내고 있다. 그는 이 원리를 사이교나 소기[37]의 시에서, 셋슈[38]의 회화에서, 또 리큐의 다도(茶道)에서 재발견한다. "사계절을 자신의 동반자로 삼는다. 우리가 보는 것에는 꽃이 아닌 게 하나도 없으며, 우리가 느끼는 것에는 달이 아닌 게 하나도 없다"(《오쿠노 호소

---

37) 이오 소기(飯尾宗祇, 1421-1502): 일본의 불교 승려이자 일본 고유 시가의 장르인 렌가(連歌)의 대가이다.〔역주〕

38) 셋슈 도요(雪舟等楊, 1420-1506): 일본 수묵화 거장으로 화승(畵僧)이자 선승(禪僧)이었다.〔역주〕

미치》).

　이쿠코의 감성과 지성의 기반, 역사의 드라마들(그녀는 제2차 세계대전 때 태어났다), 그녀의 혈통, 그녀에게 현실을 옮겨주는 언어, 그녀가 사랑이나 죽음과 맺는 관계 등, 그녀 안에 자리 잡고 있는 그 어느 것도 나를 형성시켜 준 것과 접근하지 않는다. 그러나 나는 우리가 이곳의 신비를 동일한 강도로 체험하고 있음을 알고 있다. 이곳에서 우리는 모든 제도들을 전복시키는 '그건 그런 거야'를 재발견한다.

　우리는 침묵을 지키고 있다. 이어서 나는 다음과 같은 이미지들을 받아들인다.

오! 장밋빛 꽃잎이
떨어질 때면
달리 할 말은 아무것도 없네.

바위는
강에 노래를
불러주는 데 결코 지치지 않네.

지푸라기는
샘을 향해
바람을 따라가네.

이끼 위에 반짝이는 물방울
오, 먼지가 되어 버린
사랑하는 몸이여.

이윽고 나는 내 육신을 떠나리
달의 몸을
경험하지도 못한 채.

새는 날개의 자격으로
강물 위에서
자신의 그림자를 쫓네.

돌 위에

소나무는 바라보네

맨발은　　　　　　　　　　　　　　땅에 떨어진 진달래꽃을
죽음의 침묵을 남기네.　　　　　　아무런 동요도 없이.

　　　두루미는 송어를 노리네.
　　　송어는 벌레를 노리네.
　　　나를 노리는 자는 누구인가?

　일본의 가장 중요한 목조 건물 가운데 하나인 긴부센지(金剛山寺)의 자오당(藏王堂)에서 불교 법회에 참석한 후, 우리는 주지스님의 영접을 받았다. 이 사찰은 야마부시들에겐 더없는 중요성을 띠고 있다. 왜냐하면 전통에 따르면 바로 이곳에서부터 구마노까지 원기 회복의 재생 행군이 시작되기 때문이다. 주지 수도승은 (일본에서 유파들의 얽힘이 복잡하기 때문에 단순화해) 이렇게 설명한다. 야마부시들의 수행은 슈켄도(修驗道)(슈켄은 정신적인 이유로 이루어지는 신체적 노력을 의미한다)에서 비롯된 것인데, 슈켄도 자체는 불교 · 신도(神道) · 도교(道敎)가 만나는 지점에 위치한다는 것이다. 이 수행의 창시자는 7세기의 불교 승려 엔노 교자(役行者)[39]다. 행군은 움직이는 좌선(坐禪)이다. 우리는 젊지 않은데도, 명성 있는 스승과 이와 같은 시험을 치르면서 약해지지 않고, 또 …한 공로가 있다. 그러나 슈켄도의 수행은 여러 날의 행군을 포함한다. 우리는 다시 시작해야 할 것이란다("예, 존자님"). 슈켄도는 가능한 오랫동안 산 속에 숨어서 아무도 만나지 말 것을 명령한다. "자연을 비추는,

─────────────
39) 엔노 교자는 엔노 오즈누(役小角)라고도 불린다. 〔역주〕

신사에 있는 거울을 닮아야 하는지" 나는 묻는다. 답변이 없다. 서로의 인사. 태양. 종(鐘)들. 관광 상업 지역이 된 요시노의 거리에서 마지막 산보를 한다.

우리는 서로 헤어져야 할 장소인 작은 역으로 내려간다. 이쿠코는 요시노에 남아서 몇 군데 방문을 할 것이고, 나는 이틀 후에 우리가 다시 만나게 될 교토로 홀로 떠난다. 나는 인도의 델리에서 시작되어 점점이 연결되어 온 철길의 마지막 부분을 흥겹게 맞이한다. 그 수천 킬로미터가 나에겐 추상적인 것처럼 나타난다. 현재가 어떤 절대가 되는 데는 어린아이의 미소나 우정의 표시로 충분하지 않을까?

나무들의 왕국이 끝나고, 외관상 무질서하나 엄격한 조직화가 받쳐 주는 주거지가 펼쳐진다. 일본의 끝없이 펼쳐진 교외들 사이로 보이는 혼란스런 시멘트 건물 덩어리들이 레비 스트로스[40]에게 빨아야 할 곡식을 주기 위해 유지된 사회적 구조를 감추고 있다.

교토로 들어가는 복잡한 접근로에는 유쾌하게 바라볼 게 아무것도 없다. 전선들이 술 취한 거미 무리의 거미줄처럼 다가온다. 어디서 숨을 쉰단 말인가? 일본들은 안으로부터 숨을 쉰다.

과거 일본의 이미지들이 눈앞에 선하다. 나는 그것들을 물리친다. 그것들은 되돌아올 것이다. 종말과 시작은 우리가 수월

---

40) Lévi-Strauss(1908-): 프랑스의 인류학자로 문화 체계를 이것을 이루는 요소들의 구조적 관계로 분석함으로써 구조주의의 선구자이다. 〔역주〕

하게 확립하지만, 우리의 장벽들을 조롱하는 그 모든 대립들처럼 서로 겹쳐 있다.

"당신은 누구십니까?" 마음 좋아 보이는 이웃이 나에게 묻는다. 그의 궁지는 치약 제조회사를 위해 일하는 것이다. 일반적으로 기차에서 만나는 일시적 동행자의 상투적 언사는 당신은 어디서 오고, 어디로 가며, 직업은 무엇인지 묻는 것이다. 나는 이 치약 만드는 자가 유별난 존재인지, 아니면 내가 그의 질문을 잘못 이해했는지 알지 못한다. 내가 교토역의 플랫폼에 발을 내디딜 때 이 질문은 나로 하여금 이렇게 생각하게 만든다.

나는
무(無)를 위한
하나의 기억이다.

기억 속에 잘려진 일본의 이미지들

따르는 물을
통과하는 빛.

세이 쇼나곤.

봄.

과거의 언제…였던가. 상관없다! 과거는 카드들을 뒤섞어 버린다. 내가 일본에 최초로 머물던 머나먼 젊은 시절이었다. 타다오 다케모토와 나는 어떤 여관에 있었다. 나는 기모노를 입은 여자 주인의 접대 의례, 침대가 감추어진 방, 벽에 걸린 족자, 잘려진 천처럼 미끄러지는 문, 다다미에서 나는 말린 풀 냄새를 발견했다. 그 인상은 신비의 섬에 내려진 기분이었다. 우리한테 가족 같은 모습을 부여하는 유카타[41]를 입고서 우리는 타다오가 번역하고 있는 앙드레 말로의 《반(反)회고록》[42]에 나오는 까다로운 한 대목을 명확히 이해하고자 시도한다. 서양에서 바쇼의 하이쿠를 탄생시킨 배경을 모른 채 그것을 해석할 때 그렇듯이, 우리는 번역의 그 불가능성과 번역으로 일어날 오해를 일소에 부친다. 무릎을 꿇은 한 여자가 따끈한 사케를 따라 준다. 타다오는 말한다. "일본의 사계절을 알아야 합니다. 서둘 필요는 없어요."

그 어느 곳에서도 일본에서만큼 인간은 자연의 모든 섬세한 차이들을 받아들일 수 있는 주거 환경을 창안하지 못했다. 이 첫날 밤은 자연이 들어오는 필터들에 대한 입문이다. 반투명지인 창호지로 덮인 창문(장지문, *shôji*)을 연다. 이끼에 그림자를 드리우는 세워진 돌들과 벽으로 닫힌 정원을 발견한다. 창문을 다시 닫고, 바람소리 따라 살아 움직이는 창호지 위에 그려지는 소나무 가지들과 별들을 알아본다. 바깥과 안쪽 사이에는 어떤 마법이 존재한다. 말이 더 이상 필요없다.

---

41) 기모노의 일종으로 평상복으로도 입고 목욕 후나 여름에도 입는다. 〔역주〕

42) 《반회고록》은 말로가 자신의 개인사는 배제하고, 소설가로 시작된 공인으로서의 자신의 삶을 되돌아보는 형식을 취함으로써 일반적인 회고록 양식을 과감히 탈피한 새로운 형식의 회고록이다. 여기서 그는 지구촌 차원에서 동서양을 넘나드는 새로운 사유를 펼쳐내고, 일본 문화에 대한 관심과 찬사를 직접적으로 드러내고 있다. 〔역주〕

*

겨울.

눈 속에 잠긴 도쿄. 침묵은 건물들의 돌출된 모습을 둥글둥글하게 만든 흰 눈더미들처럼 순수하다. 하늘과 맞닿아 있는 거리에는 자동차 하나 없다. 나는 내가 묵는 호텔에서 지하철역까지 어렵게 도달한다. 내가 방문하는 화가가 살고 있는 교외 지역에 도착해 지하철에서 나오자, 나는 매미 소리가 귀청을 찢었던 지난여름에 가본 바 있는 오솔길에서 한 구역의 눈을 치우지 않으면 안 된다. 눈은 나의 키만큼이나 쌓여 있다. 나는 화가의 집에 도착할 때 탈진 상태에 있다. 나의 모습을 보고도 그는 별 느낌이 없다. 그는 이렇게 말한다. "오늘은 나에게 대단한 날입니다. 나는 눈의 열일곱 가지 흰색을 그리고자 합니다."

*

여름.

도쿄의 시부야 거리. 남자들로 가득한 홀에 유럽에서 온 여자가 단 한 명 있다. 고등학생들은 앞줄들을 차지하고 있다. 조금이라도 흥분을 드러내는 사람은 아무도 없다. 예정된 시간이 되자, 한 젊은 여자가 무대에 올라간다. 그녀는 추파를 던지지 않고 다만 정확성을 기하면서 옷을 벗는다. 나체가 되자, 그녀는 관객 각자가 그녀의 모든 것을 자세하게 볼 수 있도록 단을 한 바퀴 돈다. 그녀는 무릎을 꿇는다. 그녀는 두 손가락으로 자신의 만돌린 내부를 눈으로 보고자 하는 자들에게 보여준다. 일본에서 사람들은 늘 배운다. 그녀가 시연을 끝냈을 때, 다시 일어선다. 음악. 기다림은 오래가지 않는다. 관객 하나가 그녀와 합류한다. 그는 옷을 벗고, 그녀는 그의 클라리넷을 수건으로 닦은 뒤 반투명의 데이지꽃으로 덮는다. 여자는 눕고 남자 역시 눕는다. 행동은 신속하다. 무대에서도 홀 안에서도 웅성거림은 전혀 없다. 남자는 일어서서 다시 옷을 입고 자신의 자리로 되돌아간다. 음악. 같은 놀이. 이게 지겨워진다. 여자가 바뀌어도 폐쇄된 영역에서 아무것도 변하지 않는다. 무대에 양키 모습의 오리걸음을 하는 금발여자가 나타날 때 나는 권태에 사로잡힌다. 이 모든 것은, 온몸에 경련을 보이며 부랴부랴 올라간 한 애호가와 함께 홀 전체를 매혹시킨다. 그는 일단 쫓겨나자 임기 말의 정치인 표정을 짓는다. 그 다음 타자! 농부의 얼굴을 한 땅딸막한 다부진 사내가 무대로 달려든다. 시작은 규정대로 하더니만 결정적인 순간에 이 불쌍한 녀석은 공연히 소란을 피운다. 힘이 겨운 상대 여자가 강펀치를 날리지 않았다면, 그리고 이 불행한 녀석이 다시 시도하고 또다시 시도하지 않았다면, 또 헛된 싸움을 한 후, 이 녀석이 분개하여 일어서지 않았다면, 우리는 이 실패에 대해 아무것도 알 수 없었을 것이다. 시험에서 기만은 통하지 않는다. 이런 장면이 프랑스에서 벌어지는 것을 상상해 보자. 끈적거리는 웃음소리, 야유가 나오고, 홀은 열광에 빠질 것이다. 이 도쿄인들 무리는 도자기(陶瓷器) 같은 침묵을 지키고 있다. 사태가 이대로 끝나지 않는다. 또 다른 남자가 일본의 명예를 회복하러 곧바로 올라오고, 두번째, 세번째 남자가 온다. 이탈리아 가면희극 코메디아 델

라르테에 나오는 교활하고 재치 있는 오만한 하녀 콜롬비나 같은 여자는 아양 떠는 표정의 매춘부 같은 이 지방 여자로 대체된다. 농부가 왜 일본 제국이 역사에서 단 한번만 패배했는지 그 나름대로 상기시키면서 다시 무대에 올라오자, 나 역시 다시 지겨워진다. 관중은 웅성거림도 없고, 준비하는 여자는 조금도 놀라지 않는다. 두 남녀는 자세를 잡는다. 하나, 둘, 셋… 세는 소리와 함께 시간이 간다. 이윽고 남성적 영광(이 말이 본의 아니게 새어 나왔다)의 표시인 그 작은 경련이 보이자, 관중은 그의 도발이 성공했음을 이해한다. 남자는 천사 같은 미소를 드러낸다. 다음 타자!

바깥의 어두운 거리에서 우리가 무릎을 덮은 치마 속에 **세계의 기원**을 감추고 있는 한 여자와 엇갈릴 때면, 우리는 그녀가 지킴이 노릇을 하고 있는 신비에 대해 꿈을 꿀 수 있고, 신선한 욕망을 재발견할 수 있으며, 이같은 충동 속에서 정복의 멋을 되찾을 수 있다.

*

여름.

한 달 전부터 클레르 옵스퀴르, 레티시아 그리고 나는 숲이 우거진 산의 비탈에 지어진 집에서 지내고 있다. 이 산은 동쪽으로 난 비와 호수와 암벽 능선을 통해 분리되고 있는데, 우리는 이 암벽을 넘어서지 못했다. 아래쪽에는 맹렬한 급류가 흐르고 있고, 여성적으로 안으로 휘어진 내포 같은 곳의 맑은 물에서는 목욕을 할 수 있다. 급류 위로는 절벽이 솟아 있고 그곳에서는 원숭이 한 가족이 우리의 얼굴을 보고 놀라 튀어 오른다. 우리 역시 그들의 얼굴이 우리와 너무도 닮은 모습에 놀란다.

숲의 비탈에는 차려 자세를 한 침엽수들이 대지를 붙들고 햇빛을 차단하고 있다. 탁 트인 빈터들에는 고사리와 붉은 꽃들이 여기저기 흩어져 자라고 있다. 돌담 따위로 쌓아올린 터들은 미조구치 겐지의 영화에서 보이듯이, 그곳에 예전에 가난한 농부들이 경작한 논들이 있었음을 상기시킨다. 이웃 남자는 죽음이 매우 빠르게 다가올 것이라고 말한 바 있었다. 사람들은 지팡이를 앞세우고 다시 출발한다. 덧없음에 대한 해설은 불필요하다. 작은 촌락 위로 곰을 잡기 위한 덫과 함께 우리 하나가 있다. 나무로 지어진 신도(神道)의 작은 기도실 하나는 숲을 길들이는 임무를 띠고 있다. 꽃다발과 흰색의 작은 잔이 기도를 기다리고 있다.

*

여름.

태풍이 몰아쳐 나라(奈良)에서 3인조의 내 어린 동무들과 하루를 보낸다. 우리는 비가 도다이사(동대사, 東大寺) 대불전의 지붕에 쏟아지는 소리를 듣는다. 우리는 손에 법륜을 들고 있는 비로자나 불상을 불안한 시선으로 살핀다. 이 법륜은 무한히 되살아나는 인간의 욕망을 진정시키지 못한 채, 자비심을 드러내면서 2500년 전부터 돌아가고 있다. 너무도 공들여 다듬어진 작은 길들, 잘 길들여진 사슴들(사르나트 사슴들의 화신들), 그리고 관념론자들의 이론만큼이나 별로 생명력이 없는 방문객들의 나라에 대한 이론, 이 모든 것과 함께 태양빛이 쏟아지는 나라(奈良), 불교의 이 경이로운 곳은 예측할 수 없는 교태적 삶의 매력을 없앨 수가 없다. 태풍은 이 각자(覺者; 부처)의 도시에 기품과 풍치를 부여하고 있다.

회오리바람이 잔잔해지자, 우리는 두건을 쓴 채 가스가타이샤 신사(春日大社) 쪽으로 올라가니 철·청동·나무 혹은 돌로 된 수많은 등들 가운데 몇몇이 눈에 들어온다. 이 등들은 행동이 절정에 다다랐을 때 정지한 무희들을 닮았다. 분수들은 하늘을 향해 뻗은 비쭈기나무 가지들 같다. 그것들은 맹위를 떨치는 자연의 힘에도 불구하고 우리한테 계속해서 올라가라고 부추긴다. 높은 곳에는 전통적 머리 모양을 한 미코(무녀, 巫女)들이 태양 아래 있는 것과 같은 미소를 드러내면서 우리를 맞이한다.

우리를 이 신사까지 불러들인 것은 그녀들도, 거울도, 비를 맞아 곤두선 초가지붕들도 아니다. 그것은 우리 켈트족 조상으로부터 온 아득한 숨결, 보다 멀리는 인간이 하늘을 향해 머리를 쳐들고 저 관조를 통해 정신을 함양했던 선사 시대로부터 온 숨결이다.

니체가 신도(神道)를 알았다면 서양 사상의 모험은 다른 국면을 맞이했을지도 모른다. 역시 보들레르가 자신이 원했던 것처럼 인도에 갈 수 있었다면 어떤 결과를 낳았겠는가. 우리들 저마다의 삶에서 발견되는 것은 차가운 대리석에 갇힌 하나의 고정된 조각상이다. 나의 조각상 형태는 무엇일까?

*

봄과 겨울.

나는 내가 일본을 발견했던 그 청명한 봄에 사토코를 만났었다. 그녀는 폴 클로델[43] 작품에서 자연에 대한 감정으로 박사 학위 논문을 끝내가고 있는 중이었다. 나는 명예롭게도 나고야에 그녀를 동반했고, 그녀가 그녀의 숙모 한 분을 방문하러 갔던 시마에도 함께 갔었다. 우리는 아칸더스와 배추 잎, 새와 이리 머리를 닮은 암석들이 있는 아고 만(英虞灣)에서 산보를 했다. 내가 그녀의 손을 살짝 건드리자, 그녀는 눈을 내리깔았다. 내가 그녀의 어깨에 손을 대자 그녀는 머리를 숙였다. 나는 일본인의 문법을 모르고 있었다. 나는 여성적인 문법을 다소 실천해 보았던 것이다.

우리는 해질녘 해변에서 사랑을 나누기 위해 약속을 했었다. 모래, 부서지는 파도, 달빛, 아무것도 부족한 게 없었다. 나는 자문했었다. 그녀는 여성이라는 성(性)을 지니고 있는가, 아니면 그녀는 여성이라는 성인가? 나는 그녀가 바다 앞에서 노리토(신에게 올리는 노래)를 부르면서 열광했을 때 기도하는 모습을 보고 난 후, 불안해졌다. 그녀는 우리가 다시 만나기로 되어 있던 도쿄로 돌아갔다. 나는 그녀를 헛되이 기다렸다. 나는 몇 년이 지난 후 그녀가 두 아이, 평범한 남편과 살고 있고, 젊은이들을 위해 책에 삽화를 넣는 일을 하고 있다는 것을 알았다. 그녀는 기억에서 희미해졌다.

---

43) **Paul Claudel**(1868~1955): 프랑스의 시인이자 극작가이다. 〔역주〕

1988년 1월, 눈으로 뒤덮인 도쿄에서 도서전. 작가들과 잡담을 했고, 저녁에는 일본 씨름 스모를 구경했으며, 한 강연에서 나는 관심 있는 일본 지식인들 앞에서 자연의 신도(神道)에 대해 내가 끌린 이유를 환기시킨다. "거울의 수수께끼, 무녀(巫女)들의 춤, 나무·바람·공(空)의 정령 따위"를. 적대적인 반응은 나를 즐겁게 한다. 나는 내가 많은 사람들한테 억압된 폭력적 무의식을 일깨우고 있음을 안다. 논쟁이 끝나자 연단 밑에서 나는 통역자한테 고맙다고 말한다. 통역자는 자신에게 매우 낯설었던 내 메모의 간결한 표현들을 이해하려고 밤샘을 했기에 부지런한 만큼 해쓱하다. 메모에는 "연금술적인 도가니, 거울의 거울, 영혼 속에 반향하는 숨결의 울림, 우리의 상징들에 설치된 베일, 미(美)에 대한 플라톤적인 관념의 부재…" 따위 같은 표현들이 있다. 또 루드비히 비트겐슈타인의 "말하지 말고 보여준다"는 표현도 즐겁게 써놓았다.

흰 원피스를 입고 3미터 떨어져 서 있는 사토코는 내가 그녀를 알아보지 못하고 있음을 이해한다. 사실, 나는 누군가를 알아보았지만, 그게 누구일까? 나는 그녀에게 다가가 묻는다.

"질문이 있나요?"

"질문은 왜요?" 그녀는 프랑스어로 대답한다.

이제 나는 그녀가 23년이 지난 모습의 사토코라는 것을 안다. 시간은 세월을 헤아리지 못하도록 나의 손가락을 오므리면서 닫혀 버렸던 것이다. "제 작업실로 와주세요!" 이 말에는 일본 열도의 그 어떤 여자도 외국인 앞에서 그토록 공개적으로 드러내지 못하는 단호함이 담겨 있다. 우리는 그 다음 날 한 시간을 내도록 한다. 비록 나의 스케줄이 이 짧은 체류 기간 동안 빡빡하지만 말이다.

그녀는 나를 우에노 북쪽의 방대한 야마케 묘지 옆에 있는 닉포리역에서 기다린다. 우리는 말없이 걷는다. 그녀는 평범한 아파트에서 홀로 살고 있다. 그녀가 작업실로 쓰는 방에 들어가기 전에 나는 불공을 드리는 작은 기도실에 열두어 살 이하로 보이는 딸과 아들의 인물 사진이 놓여 있는 것을 본다(그녀의 아이들은 열여섯 혹은 열여덟 살이 될 터인데 말이다). 나는 이 행복한 얼굴들 앞에서 멈춘다. "이 아이들은 당신의…" 그녀는 손가락으로 테이블을 친다. "자 갑시다." 나는 작업실에 앉는다. 그녀는 뱀이나 도마뱀이 허물갈이를 한 후 남겨놓은 껍질을 나타내는 두 개의 화폭을 내려놓는다. 껍질들은 포물선의 호, 삼각형, 사변형, 구겨지거나 구멍 난 조각 같은 다양한 형태를 지니고 있다. 그것들은 마치 껍질의 투명성이 더욱 가볍게 만들고 있는 무중력 상태에서 떠다니고 있는 것처럼 화폭 위에 배치되어 있다. 때때로 푸르스름한 흰색을 배경으로 그것들 사이에 불안한 형상들이 나타난다.

"당신은 그런 추이를 옮겨 표현하고 있나요?" 나는 그녀에게 말한다. 그녀는 눈살을 찌푸린다. 나는 다른 두 화폭 앞에서 침묵을 지킨다. 그것들은 전체가 조화되도록 구성되어 있는데 원들로 구성된 비늘이 가득하다. 그러고 나서 작은 붉은 반점들을 배경으로 안쪽에서 본 투명한 껍질이 있는 단 하나의 화폭을 본다. 이어서 초록빛이 감도는 무수한 껍질이 언제나 같은 투명성을 드러내면서 다발을 형성하고 있다. 사토코는 고미다락방으로 새로운 화폭을 찾으러 가기 전에 각각의 화폭을 몇 분 동안 화가(畵架) 위에 놓아둔다. 나는 손목시계를 본다. 신문기자와의 약속 시간에 도착하려면 10분 후에는 출발해야 할 것이다.

　마음을 동요시키는 화폭들이 한결같은 침묵 속에서 한결같이 완만하게 이어진다. 나는 이 과정을 중단시킬 수 없다. 불그스름한 색을 배경으로 회색빛을 다양하게 드러내는 가운데 커다란 찢겨진 껍질을 나타내는 화폭 앞에서 나는 이 그림을 다시 한 번 바라보고 싶다는 신호를 사토코에게 보낸다. 약속 시간은 지나갔다. 나는 미안하다고 말하기 위해 전화조차 하려 하지 않는다. 나는 사토코의 얼굴을 살핀다. 이제 그녀는 내가 이해했다는 것을 알고 있다. 나는 질문을 하고 싶지만 참으며, 질문과 비슷한 이런 말을 간직한다. 모든 게 허물 벗는 탈바꿈이니, 당신의 아이들은 어딘가에 있다. 그들은 당신에게 미소를 되찾으라고 요구하고 있다. 그녀는 나에게 일련의 작은 둥그런 화폭들을 보여주는데, 각각에는 나선형으로 꼬아진 한 조각 껍질이 두 개의 모습을 보여주고 있다.

　두 시간 이상이 지나갔다. 겨울의 석양이 아틀리에를 채우고 있다. 마지막 화폭은 두 개의 동일한 껍질을 표현하고 있는데, 그것들은 무한한 소용돌이를 암시하는 터치로 된 흰 공간으로 분리되어 있다. 사토코는 내 앞에 서서 가슴에 팔짱을 끼고 있다. 부부가 살고 있는 곳으로 되돌아가기 전에 옷을 다시 입은 여자 같다.

봄.

진주 같은 도바항에서 도쿄로 가기 위해 배에서 하룻밤을 보낸다. 도바항 옆에 있는 이세 신사(神社)는 건널 수 없는 울타리 뒤에 숨겨져 있다. 이 신사는 주기적으로 해체되어 똑같은 모습으로 재건되곤 했는데, 이는 부유하는 세계에서 영속성을 나타내는 기호(記號)이다. 신관들은 영원한 현재를 지키는 야경(夜警)이다. 한 권의 고유한 책, 원리 혹은 건축물 속에 담긴 어떤 과거—진실(과거이자 진실)에 대한 우리 서양의 관념은 견고한 혈통을 지닌 이 일본과 맞아떨어지지 않는다. 하지만 이 일본에서 과거는 지속적으로 현재를 향해 끌어당겨진다.

세상의 이미지를 따라, 타다오 다케모토와 나는 배 안의 뜨거운 목욕탕 안에서 부유하고 있다. 거친 파도에 흔들리는 물은 잔잔하게 있고자 하는데, 천장은 좌우로 움직인다. 우리는 남근을 타월로 감추고 발가벗은 채 한담을 나눈다.

타다오, 우리 서양인은 당신들처럼 덧없는 것을 가치화하지 않았습니다.

우리 일본인한테 떨어지는 꽃잎은 우주의 은밀한 속삭임입니다.

이세로 가는 길에서 비가 아무것도 보이지 않을 정도로 쏟아진다. 상관없다! 신사들 가운데 제일 존중되는 곳은 거대한 삼나무들 밑에 있어 언제나 보이지 않는다.

*

여름과 여타 계절들.

원추형의 후지 산은 어떤 결정적인 손길에 의해 설계되었다. 그것은 비록 자주 구름에 가려져 있지만 하늘에 드러나 있다. 여름이면 때때로 그것은 해가 솟을 때만 오렌지색 빛줄기를 받아 잠시 보이다가 안개의 베일에 휩싸인다. 정숙함 때문인가? 그보다는 이 산이 지닌 신성한 성격의 기호(記號)를 보아야 한다. 또 다른 기호는 계절이나 때에 따라 후지 산의 색깔과 형태가 변한다는 것이다. 불교 속에서 전진하고자 하는 사람에게는 비(非)영속성을 훌륭하게 구현하고 있는 매체가 아닐 수 없다. 겨울과 봄이면 산은 눈이 덮여 벽이 없는 것 같은 지붕의 모습을 드러낸다. 벚꽃이 피기 시작하면, 눈은 솜털처럼 가볍게 하늘과 땅 사이를 떠도는 작은 모자가 된다. 눈이 용암의 분출이 남겨놓은 고랑들을 따라 산비탈에서 불규칙적이 되면, 그때 산은 하나의 표의문자가 되고, 사람들은 저마다 자기 나름대로 이 문자를 해독함으로써 정신분석의 상상력을 자극한다. 여름에 매미의 울음소리가 숲을 가득 채울 때면, 산 정상의 눈은 하늘 속에 있는 하나의 콤마가 된다.

애초부터 후지 산은 신성한 것으로 경배되어 왔으며 지금도 예술가들의 눈에는 여전히 신성하다. 그렇기 때문에 오랜 세월 동안 그것은 등산이 금지되었다. 금지는 다만 선별된 일부 사람들에게만 해제되었지만, 여자들한테는 1872년까지 유지되었다. 지금은 여름이면 수많은 등산객들이 잿빛 오솔길들을 따라 산의 정상까지 오른다. 후지 산은 밟히고 오염되었기 때문에 멀리서 관조할 때 발산되는 주술적 힘을 상실했다. 이 주술적 힘은 수많은 화가와 시인에게 영감을 주었던 것이다. 하나의 신(神)인 이 산의 비탈들에 관객들의 발길이 끊이지 않음은 자신들의 것이 아닌 가치들 앞에서 일본인의 복잡성을 드러내는 증거이다.

우리는 도시아키 마루야마 윤리 연구소에 머무는 동안 후지 산을 마주하고 살았다. 이 산에 경의를 표하는 숭배는 그것이 구름 뒤로 자취를 감추게 되었을 때 증가했다. 나라는 존재는 3 내지 4세기 전부터 그렇게 형성된 서양인들에 속하기 때문에 흔히 호기심이 관조보다 앞선다. 나는 산을 등반하기로 결심했다.

나는 여름방학 동안 일본 문화에 입문하기 위해 오는 나의 3인조를 맞이하러 도쿄에 갔다 왔던 참이었다. 신도(神道) · 여관 · 젓가락 · 가미들(신(神)들) · 예법 · 거울 · 전자기기 따위에 대한 입문을 말이다. 타다오 다케모토와 도시아키 마루야마는 우리를 위해 후지 산 등반을 마련했다. 우리의 안내자인 세키 씨는 우선 매우 꼼꼼함을 드러낸 쾌활한 남자였다. 우리는 등산화 · 등산양말 · 배낭 · 안경 · 비스킷 따위는 이런 것이어야 하고, 일본을 지배하는 영산(靈山)을 돌로 둘러싸는 짙은 안개에도 불구하고 머리에 카나리아 빛깔의 노란색 모자를 꽉 눌러써야 한다는 지침을 받았다. 우리는 전적으로 일본적인 이런 세심함에 조소를 머금었지만, 사실 상당히 수월한 이런 등산이 원정의 양상을 띤 데 대해 매우 즐거웠다.

우리는 새벽에 출발해 여러 시간 동안 안개 속에서 오솔길을 따라간다. 때때로 우리는 편편한 곳에서 멈추기도 한다. 에너지를 절약하기 위해 우리 일행은 도시락을 먹으면서 말 한마디 안하는데, 이건 프랑스인들에게는 고행이다. 산을 오르는 동안 세키 씨가 한 유일한 말은 이런 것이다. 즉 우리는 14시 53분까지 제4(혹은 제3, 제6) 중간 기착지에 도착해야 하는데 지금 14시 32분이니 계획대로 잘 되어 간다는 것이다. 나중에 특히 아직도 두 시간은 더 가야 하는 상황에서, 세키 씨는 두 구름 사이로 정상이 가깝게 떠 있는 것처럼 보였던 때인 마지막쯤에서 젊은 아이들의 열의를 진정시키는 데 애를 먹는다.

목적지에 도착하니 흐린 하늘과 제멋대로인 작은 건물들 때문에 실망스럽다. 놀라운 상투적 문구들 무더기를 구성하는 말들을 전(全)세계에 쏟아낼 수 있는 조그만 안내 방송실만이 재미가 있다.

분화구 주변에는 몇몇 웅덩이에 쌓인 눈이 햇빛에 저항하고 있다. 검은 구덩이를 향해 몸을 숙이면 불덩이가 진동하는 것을 느낄 수 있다. 기원의 물질인 불덩이는 여유를 부린 뒤 장난삼아 우리의 삶 속에 선물을 보냈는데, 우리는 많은 방식으로 이것을 낭비하려 애쓰고 있다.

대피소에서 보내는 밤은 시련이다. 머리와 가슴도 아프고 추워서 몸이 으스스 떨린다. 여름의 열기에 익숙해진 우리의 몸은 기온이 0도 아래로 내려간 상황에서 난방도 없는 건물의 축축하게 젖은 이불을 견디지 못한다.

등반에 실망하고, 몸은 얼어붙고, 숙소에서 올라오는 신음소리에 불안한 나는 폭발한다. 주지하다시피, 호기심은 많은 것을 주는 매우 풍요로운 것이다. 그러나 원자, 여자들 혹은 신성한 것(이런 목록은 얼마든지 댈 수 있다)이 있을 때면 호기심은 한결같은 보호를 필요로 한다.

상황의 반전은 새벽에 온다. 나는 대기 현상보다는 다른 자연 현상들을 위해 쓰려고 기적이라는 낱말을 간직하고 있다. 그러니 여기서는 어떤 너그러운 놀라운 일이라고 말하자. 하늘은 맑게 개었고 서쪽 수평선 위로 솟은 산들은 그림처럼 행복을 닮은 터치들을 받아들이고 있다. 잠들었던 모든 사람은 중요한 사건이 일어나기 10분 전에 이미 일출의 동쪽과 마주한 갑(岬)에 모여 있다. 조용하라고 요구할 필요가 전혀 없다. 이미 침묵의 상태이다. 노란 윤곽이 나타날 때, 사람들은 자신의 내부에서 태양의 여신 아마테라스를 경배한다. 그리하여 그녀(그리스 신화에서 파시파이의 아버지이자 미노타우로스의 할아버지 등으로 나타나는 헬리오스는 여기서 여자이다)는 호수들과 숲들이 정체를 드러내는 신화적 풍경을 비춘다. 그녀는 솟아나 우리의 얼굴에 도달한다. 그녀는 우리를 하늘의 경계로 데리고 간다.

*

봄.

나는 도쿄에서 간판이나 옷에 대해 사용된 프랑스 낱말들을 적어둔다. 예컨대 비주꾸튀리(*Bijoue couturie*: 재단된 보석), 블랑마리에(*Blanc Mariée*: 결혼한 순백), 마드무와젤 우이우이(*Mademoiselle oui oui*: 아가씨 예 예), 옹베라비엥(*On verra bien*: 두고 보자), 슈들레(*Choux de lait*: 캐비지 우유), 뤼상탕(*Lui*

chantant: 노래하는 그), 프레장뒤시엘(*Présent du ciel*: 하늘의 현
재), 칼르쏭모드(*Caleçon mode*: 팬츠 모드), 데자뷔(*Déjà vu*: 이
미 본)··· 혹은 푸포레(*Fou forêt*: 미친 숲)[44] 같은 것인데, 이 마
지막 것은 일본 발음에 의해 변질된 feu follet(도깨비불, 덧없이
사라지는 것)이다.

*

가을.

규슈 섬에서 다카치호 지역은 일본에서 가장 아름다운 곳 가
운데 하나이다. 그곳은 많은 창설 신화와 연결되어 있다. 화가
난 아마테라스 여신이 대지에서 빛을 없애 버린 채 숨어 버렸
다는 동굴이 이곳에 위치한다. 가미들(제신들)은 이 여신을 동
굴에서 끌어내겠다는 희망을 안고 모였다. 그들 가운데 하나가
춤을 추었고 옷을 벗었다. 모두 폭소를 터뜨렸다. 호기심에 이
끌린 아마테라스는 동굴을 막고 있는 돌덩어리를 밀어냈다. 그
때 그녀는 또 다른 태양신과 마주했다. 그녀는 동굴에서 나왔
고 거울 하나가 그녀의 찬란한 빛을 반사했었다는 것을 알았
다. 그렇게 하여 세상은 다시 신성한 빛을 되찾았고 거울은 숭
배의 대상이 되었던 것이다.

내가 보기에 질투와 나르시시즘과 연결된 모든 설명은 어리석
다. 그보다는 반사의 필요성 쪽에서 설명을 찾아보자. 즉 대지

---

44) 이 상표들에 사용된 프랑스어 낱말들은 문법적으로 잘 맞지 않고
있다. 남성 명사와 여성 형용사, 혹은 여성 명사와 여성 형용사가 조합되
고 있거나 남성 명사가 여성화되고 있다. (역주)

가 밝게 비치도록 하기 위한 빛과 빛의 분신 말이다. 우리 삶의 어떤 순간에 반사(반영)는 비록 감추어 있어도 가장 값진 보물 가운데 하나이다. 일본인들은 내가 이런 설명의 실마리를 던졌을 때 나에게 미소를 지었다. 그들은 신화를 설명하려 하지 않는다. 그런 설명은 우리 서양인들이 즐겨하는 것들의 하나이다. 일본인들에게는 빛이 있었고, 어둠이 있었으며, 춤, 거울이 있었고 빛은 되돌아왔다…. 이거면 모두가 언급된 게 아닌가?

불타는 붉은색과 노란색으로 물든 다카치호에서 또한 목격되는 것은 수많은 폭포와 깊은 계곡인데, 계곡들의 벽면은 아소 산의 용암으로 형성되어 있다. 바로 이와 같은 태초의 풍경 속에서 나는 대신관(大神官) 고토를 만났고, 나중에 그는 야마부시들과 함께하는 행군을 조직해 준 것이다. 그때 그의 얼굴은 절벽 위로 빛을 뿜고 있었다. 그는 가미들을 내려오게 하는 너그러움을 드러내면서 두 손을 벌리고 있었다. 신화들은 구불구불한 정념들의 굴곡에서 우리를 안내할 채비를 갖춘 친근한 모습들이 되고 있었다. 진리는 계시되거나 문화적 코드를 지닌 한 권의 고유한 책에서 비롯될 때, 이 진리를 다른 사람들에게 받아들이게 하기 위해선 많이 에둘러 표현해야 하는 것이다. 그 진리가 대지·물·불·빛 혹은 대기라는 형상들로부터 추출된다면, 그것은 각자가 손에 넣을 수 있는 것이다. 우상숭배라고? 절대 아니다! 자연적인 지혜이다. 고토는 손을 벌린 채 웃었다. 이 방문의 가장 강력한 추억은 정지되어 광채를 발하는 것 같은 이 신도(新道) 신관이다.

*

여름.

가미카제라는 낱말은 잘못 사용되어 왔다. 그것은 조선에서 온 원나라 함대가 일본을 침략하고자 할 때였던 1274년으로 거슬러 올라간다. 그때 태풍이 몰아쳐 침략자들의 함대가 침몰했다. 조선의 해안에서 온 원정은 7년 후 다시 시작되었고, 다시 일본은 같은 이유로 인해서 참화를 면했다. **카제**는 바람을 의미한다. 따라서 가미카제는 일본을 구제할 수 있는 신풍(神風)이라는 뜻이다. 1941년에 일본인들은 미국을 공격한 후 그들의 해안 먼 바다에 도착한 거대한 함대를 보고 환희에 사로잡혔었다. 그러나 1944년에 일본인들은 오만과 지정학적인 유치한 행동으로 절망적인 상황에 처했었다. 해군제독 오니시 다키지로는 힘이 과소평가되었던 신세계 미국의 군함들에 폭탄을 실은 요격기들을 보내 그대로 돌진시켜 자살케 하는 발상을 했다. 1944년 10월부터 1945년의 항복 때까지 군부 책임자들은 2천 명 이상의 전투기 조종사들을 하늘로 발진시켰는데, 그 가운데 일부는 이제 사춘기를 갓 지난 청년들이었다. 많은 비행기가 비행 중에 파괴되었다. 적군 함대의 철판 위로 급강하하기 전에 일단 무사히 도착하기 위해선 베테랑이 되어야 한다. 함대를 구성했던 500대의 미국 함정 가운데 34척이 침몰되었고 288척이 파손되었다.

대부분의 가미카제는 미국이 위치 추적을 하지 못한 규슈 섬의 남쪽 끝에 있는 어떤 지점에서 날아갔다(그들은 되돌아올 수 있는 연료가 없었다). 비행장은 가고시마에서 멀지 않은 곳에 차

나무로 뒤덮인 언덕들로 이루어진 전원적인 풍경 속에 숨겨져 있었다. 일본인들이 죽음 및 희생과 유지하고 있는 놀라운 관계를 이해하기 위해선 전쟁기념관과 박물관을 방문하면 유익하다.

바다에서 온 미풍이 대기에 향기를 불어넣고, 태양빛에 물결치는 차밭을 채색한다. 주름치마를 입은 초등학교 여학생들이 오르막길에서 웃는다. 길을 따라 설치된 수백 개의 초롱 하나하나가 희생된 비행사를 환기시키고 있다.

미국 함정들 위로 도착하기까지 두 시간 반을 비행해아 했다. 이륙하는 순간에 전투 비행사들은 자신들의 마지막 생각을 적었다. 그들은 자신들의 사명에 대해 판단을 내리지 않았다. 그들은 이렇게 말하고 있었다. 나는 일본이 살기 위해 나의 생명을 내놓는다. 그들은 사진을 찍었다. 얼굴은 고요했고 때로는 즐거운 모습이었다. 함대가 전진해 옴에 따라 '자원자들'은 점점 더 젊은이들로 채워졌다. 그들이 이륙할 때 젊은 처녀들은 축제, 그러니까 추수절의 축제 때처럼 나뭇가지를 흔들면서 그들에게 작별 인사를 했다. 우선 전투 비행사들은 그들이 존중하는 하나의 화산 위를 날았다. 마치 그 화산이 후지 산이고 일본인 것처럼 말이다. 그러고 나면 하늘과 바다 사이에서 두 시간 이상을 버텨야 한다. 어떤 자들은 몸이 오들오들 떨려 되돌아왔다. 그들은 부끄러움에 사로잡혀 다시 출발해야 했다.

멀리서 일본을 삼키기 위해 오는 회색빛 함대 덩어리가 나타나자, 사이렌 소리가 요란스럽게 울렸고 미국 전투기들은 애송이 자원자를 제거하기 위해 하늘을 가르고 질주해 오고 있었다. 그때 그의 정신은 테크닉적인 문제들에 집중되었다. 어떻게 적의 사격을 피하고, 어떻게 적절한 축을 찾아내 눈을 뜬 채 급강하하면서 돌진할 것인가, 특히 약해져서는 안 된다…. 대개의 경우 비행기는 하강을 시작할 수 있기도 전에 비행 도중에 폭발해 버리고 말았다. 찢겨진 살점들은 바다 속으로 서서히 사라지고 바다의 무심함에 붉은 흔적조차 남기지 않았다.

그들은 자신들이 생명을 바친 일본이 사무라이의 명예로운 규범이었던 기사도 정신을 이 전쟁에서 부정했다는 것을 모르고 있었다. 일부 군부 지도자들은 연합군이 승리한 후, 죽음에 직면해서야 비로소 이 정신을 되찾았다. 그들은 자신의 조국이 항복했다는 소식에 오니시 제독처럼 자살을 하거나, 자신들의 책임을 인정하고 자살을 했던 것이다. 교수형에 처해지기 전에 도조 장군은 이렇게 선언했다. "나로 말하면, 내가 처벌받는 것은 당연했다. 그러나 여전히 불쾌한 일은 조정으로 하여금 초래된 모든 책임을 오로지 나에게 덮어씌우도록 설득해 나의 동료들에게 타격을 가하지 못한 것이다. 바로 이 점이 내가 가장 애석하게 생각하는 것이다. 최소한 천황 폐하께선 소송의 논쟁에서 그 어떤 것에도 말려들지 않았다는 것은 나의 위안이다. 내가 나의 동포들이 순순히 따라주었던 그 끔찍한 전쟁에 대해 생각할 때, 느끼는 것은 나의 사형선고마저도 나로 하여금 나의 책임을 벗어나게 할 수 없다는 것이다. 그래서 나는 심히 고통스럽다." 그는 자신의 목을 사형집행인에게 내밀었다. 마룻바닥의 뚜껑문은 1948년 크리스마스 전날 밤 예정된 날짜에 열렸다.

전쟁 동안 비정상적 명분을 위한 잔인함, 원자 폭탄, 과장된 서양화(西洋化) 또한 일본인들의 마음을 움직였다. 죽음·희생·고통 혹은 노력 앞에서 용기 있는 이 국민은 선명한 빛의 어떤 진실들이 나타날 때 머리를 돌린다. 중국인들은 능란한 사악함을 드러내면서 일본인들이 자신들의 과거 앞에서 처한 모순들을 조롱한다. 일본인들에게 자신들의 정신을 살펴보도록 정신분석용 의자 같은 것을 내밀어 보았자 소용없다는 것이다. 이 의자들은 진정시킬 수도 없는 악마들을 일깨운다는 것이다. 일본인들은 그들로 하여금 중상모략에 떨어지지 않게 해주는 위기적 공간이 필요하다는 것이다. 어째서 그들은 나는 내 어머니를 사랑하고 어머니의 단점을 인정한다고 말하는 것을 배우지 않는가? 그들은 자신들의 미학이 지닌 어둠·빛·반사의 천재적 정신을 역사에 적용시킬 줄 모른다. 그들이 우리에게 바쇼를 빌려주면, 우리는 몽테뉴를 그들에게 빌려줄 것이다.

*

'화려한 비단 같은 가을.'

나는 처음으로 봄에 교토에 있는 눈부신 가쓰라이궁(桂離宮; 가쓰라이 별궁)을 방문한 적이 있었다. 나는 그곳에 그보다 20년 후 붉게 착색된 가을에 다시 왔다. 나는 이 별궁이 나의 기억 속에 흔적을 남겨놓았다는 것을 깨달았다. 내가 다른 곳에서 이끼들과 암석들 사이에 구성했던 어떤 조화들은 이 별궁에서 왔던 것이다.

또한 나는 별궁이 내 안에서 죽음에 대한 관념을 진정시켰음을 알았다.

나는 20년 후에 다시 이곳에 올 것인가?

*

봄.

나는 홀로 교토로부터, 불안한 영혼을 달래 주는 쿠마노반도를 향해 떠난 적이 있었다. 안개 속에서 오솔길을 걷고 있었을 때, 나는 어떤 형태가 드러나는 것을 보았다. 신도(神道)의 젊은 신관 하나가 길 끝에 있는 산허리 신사에서 저녁에 나를 기다리겠다는 것을 알리기 전에 나를 조용히 바라보고 있었다. 나는 그 신사에서 그 신관을 다시 만났는데, 그는 나를 어떤 홀로 안내해 상자에서 거울을 꺼낸 후 나 홀로 남겨놓았다.

나는 아무런 프로그램이 없는 것이 만족스러웠다. 나는 거울이 반사하는 얼굴 앞에 좌선의 자세로 앉았다. 이 얼굴은 물론 친근하지만 나는 살피는 게 습관이 되어 있지 않았다. 이번엔 그것은 나의 내적 상태에 부합하지 않은 어떤 딱딱함을 통해 나의 호기심을 자극했다. 한참이 지나자, 나무딸기-야자열매 같은 세트 옷을 입은 두 무녀(巫女)가 따끈한 사케를 대접하러 왔다. 그녀들은 별로 표정이 없는 두 눈으로 나의 동작 하나하나를 살폈다. 그러나 잔이 비자마자, 로봇 같은 그녀들 가운데 하나가 완벽한 동작으로 잔을 다시 채웠다. 그녀들은 나갔다. 거울 속에 반사된 내 얼굴은 탁해졌다. 내 죽음의 얼굴이 나타나는 것을 보러 갈까?라고 나는 생각했다. 나는 두 눈을 고정시키면서 내가 두 눈을 관찰하는데 눈이 감긴다면, 중요한 비밀이 나에게 전수될 것이라고 생각했다. 두 눈은 움직이지 않았다. 나는 검은색이었다가 노랗고 붉은 가느다란 흔적의 보라색이 되는 커튼을 치는 비몽사몽에 사로잡혔다. 어떤 동요가 나를 다시 일으켜 불쾌한 마주함으로 되돌아가게 했다. 나는 너무도 집요한 그 시선을 좌절시키겠다는 희망으로 여러 가지 찌푸린 얼굴을 해보았다. 바로 그때 어린아이, 귀가 불쑥 나온 몽상적인 작은 남자아이의 얼굴이 나타났다. 그는 정념도 회한도 알지 못했다. 그는 놀라고 불만족스러운 두 눈을 뜨고 있었다. 그는 내가 성장해서 된 성인, 그를 미소 짓게 해보았자 소용이 없는 이 성인에 만족하지 않고 있었다.

*

여름.

예술가인 플로라 보볼리는 교토의 한 사찰에서 미래를 볼 줄 아는 초인적 능력이 있다는 평판이 있는 불교 여승한테 서예 강의를 듣는다. 플로라는 이 여승을 토오지사(동사, 東寺) 옆의 한 화랑에서 자신의 작품 베르니사주(미술 전람회 개최 전야제)에 초대했다. 검은 법복을 입은 그녀는 손에 분홍빛 포도주 한 잔을 들고 익살스런 미소를 띤 채 돌아다닌다. 그 다음 날 나는 플로라와 함께 자전거를 타고 그녀를 방문하러 간다. 그녀는 온통 하얀 방에서 세 마리의 고양이와 함께 우리를 맞이한다. 그녀는 나에게 질문을 한다. 나는 나 자신을 소개한다. 나의 가족, 내놓은 책들, 아시아에 대한 취향, 여행, 프랑스 퀼튀르 방송국에서 하는 일 따위. 그녀는 뛰어가 미닫이문 뒤로 사라졌다가, 1979년 이브 제귀와 미셸 카즈나브가 프랑스 퀼튀르의 방송 프로그램인 "과학과 의식"이란 주제로 코르도바에서 개최한 국제학술대회 책자의 일본어 번역본을 가지고 되돌아온다. 과학부분 노벨상 수상자들은 대담한 열기를 드러내면서 주요 정신적 전통들의 대표자들과 대화를 나누었었다. 행복한 자들과 불평자들을 만들어 냈던 이 학술대회의 주제들은 1984년에 츠쿠바에서 다시 다루어졌다. 그녀는 자신의 소명을 확인해 주는 학술대회 논문집들을 주기적으로 참고한다고 말한다. 그녀는 참가자들, 나의 위치, 나의 책들에 대해 질문들을 퍼부어 댄다. 플로라는 통역한다. 여승은 잠자코 나를 뚫어지게 바라보다가 피에로 같은 모습을 하며 나에게 이렇게 말한다. "반 고흐처럼, 당신은 당신이 죽고 난 후에 인정을 받을 것입니다. 아주 좋아요." 그녀는 나의 실망을 이해한다. 아마 그녀는 내가 초탈의 길에서 실제 이상으로 전진했다고 생각했을 것이다. 그녀는 나의 손을 잡으며 웃는다. "내가 잘못 생각했어요. 당신이 죽기 전에 인정받을 겁니다. 인내가 필요해요!"

우리가 교토 주변의 시골에서 자전거 산보를 하고 있는 동안 나는 플로라에게 이렇게 질문한다.

"반 고흐. 분명 반 고흐라고 했지요?"

"틀림없어요. 그녀는 어떤 잡지에다 고흐의 삶을 읽어내는 글을 써야 했어요. 그녀는 어쩜 이런 말을 할 수도…"

"누구라고?"

"모르겠네요. 무관심 속에서 죽은 사람이면 누구든지. 당신도 나처럼 잘 알겠지만, 불교 여승에게 인정받는다는 것은 아무런 가치가 없어요."

"그녀가 자신의 말을 번복했을 때, 당신이 보기에 그녀는 진지했습니까, 아니면 다만 나를…"

"조심해요! 당신 무슨 생각을 그렇게 골똘히 해요? 계곡에 떨어질 뻔했어요."

사실, 나는 우리와 마주한 태양빛에 눈이 부셔 길이 다리 쪽으로 휘어진다는 것을 보지 못했는데, 그 다리 위에는 어떤 여자가 양산을 받쳐 들고 걷고 있었다. 그 모습은 〈랑글루아 다리〉[45)에 그려진 옆모습이었다.

*

가을.

나는 열네 시간 동안 비행하면서 거의 하얀 밤을 지새운 후 새로운 체류를 위해 간사이 공항에 내린다. 타다오 다케모토는 제자 세 명을 대동하고 나를 마중하러 나왔다. 우리는 서로 축하 인사를 나누고, 수다를 떨다가 이 재회에 엄숙함을 부여하기 위해 사진을 찍는다. 우리는 앞으로의 계획을 환기한다. 타다오는 나에게 말한다.

"오늘 밤, 당신 책을 읽어보았던 부유한 모 기업가가 당신을 기온(교토의 거리임)에 있는 저녁에 초대했어요. 게이샤가 나옵니다."

"오늘 밤에요? (일본 시간으로 벌써 오후 5시이다) 내일은 안

---

45) 빈센트 반 고흐가 아를르에 있는 개폐식 다리를 그린 작품으로 이 다리를 관리하는 자가 랑글루아였다 한다. [역주]

되나요?"

"내일 그는 도쿄로 떠납니다. 그는 당신을 위해 모든 것을 마련했어요. 진짜 게이샤들이죠. 그녀들은 미국인들이 보러 오는 그런 게이샤들이 아니죠. 그녀들은 매우 폐쇄된 장소에서 자신들의 예술을 실천합니다. 당신은 게이샤들을 경험해 본 적이 없죠. 나는 당신이 매우 높이 평가하리라는 것을 알아요."

겨우 호텔에 짐을 풀고 넥타이를 맬 시간이 있다. 타다오가 말한 남자는 사근사근하고 직접적인 관계를 맺는다. 기온의 좁은 거리에서 우리는 관광객을 위한 상점들 앞을 지나간다. 우리는 아무런 간판도 없는 문을 밀고 들어간다. 우리가 어두운 복도를 지나 다소 밝은 홀에 도착하니 빈 공간에 몇몇 탁자들만이 놓여 있다. 여종업원들이 반짝이는 이슬처럼 살살 녹는 생선회와 사케를 접대한다. 찻집에서 그렇듯이, 함께 있다는 사실만으론 생각을 교환하거나, 재치와 박식함을 겨루거나 세계를 다시 만들어 내는 구실이 되는 것은 전혀 아니다. 사람들은 모르페우스[46]가 몰래 지키고 서 있던 여행객에게 알맞은 침묵과 소통한다.

일본의 무사 사회는 게이샤를 신비로운 만큼 복잡한 하나의 살아 있는 예술 작품으로 만들었다. 게이샤들은 노래하고, 춤추며, 시를 읊고, 때로는 시를 짓는다. 한편 우리로 하여금 환상을 품게 하고, 권위 있는 소식통에 의하면 매우 부유한 사람들이 맛보는 걸작이라는 측면은 기준이 있는 만큼 희귀하다.

지극히 엄격한 학원에서 시간을 두고 교육받아 형성되는 게

---

46) 그리스 신화에서 꿈의 신이다. [역주]

이샤의 모든 섬세함을 제대로 감상하기 위해선 스트라디바리우스 같은 인물의 아르페지오를 첫 박자에서부터 알아보는 자처럼 세련된 감각이 필요하다. 게이샤는 언어학 이론만큼이나 복잡한 규범을 실천한다. 그들이 때가 되어 손님과 처녀 딱지를 떼는 낙화(落花) 자체가 하나의 의식(儀式: 미즈아게)이다. 그들을 부양하는 남자들의 흔히 거친 행동과 이런 규범 사이의 대비를 보면 사람들은 놀랄 것이다.

그 야만적인 사업가 남자는 타다오의 설명에도 불구하고 모든 것을 다 이해할 수는 없었다. 하지만 나는 감싸고 일깨우며 진정시키는 이 예술 형태를 그 어떤 곳의 그 어떤 것도 도달할 수 없었다는 것을 그가 행복하게 이해했다는 것을 확인할 수 있었다.

아직도 매우 젊은 무희 하나는 아랫입술을 하얗게 칠한 시코미(풋내기 게이샤)였는데, 이런 모습 때문에 그녀가 입을 벌려 붉은 불빛이 흰 윤곽선을 비출 때면 죽음의 형상을 드러냈다. 고참 게이샤인 두번째 여자는 위대한 예술가들처럼 더없이 공들여 제작된 작품에 자연적인 면을 집어넣을 줄 아는 능력이 있었다. 나의 충동들은 젊음의 우아함과 완성의 우아함으로 양분되었다. 이는 잘 알려진 이야기이다.

*

여름.

별로 믿을 수 없고 별로 현실적이지 않지만 내가 확신하는 것은 연극이 진실을 감추는 우리의 고아 같은 욕망들을 투사한 것들 가운데 하나가 아니라는 것이었다.

한국을 여행한 뒤 프랑스로 돌아오고 있을 때 나는 도쿄를 다시 보고 싶었는데, 다시 보았다. 나는 야나타의 친근한 거리에서 산책을 했다가 신주쿠에서 길을 잃었고, 우에노에서 잠을 잔 뒤 공항으로 갔었다.

나는 12시 10분에 고원 같은 구름 위로 높은 후지 산이 나타나는 것을 보았을 때 비행기의 둥근 창문 앞에서 몽상을 하고 있었다. 눈 덮인 정상은 흑색과 백색이었고 바위들로 둘러쳐 있었다. 불덩이를 포효하게 했고 분출하게 했으며 예술가들의 시선을 통해 지존이 되었던 하나의 신은 그렇게 부유하고 있었다. 비행기는 날갯짓을 한번 하더니 산들을 가로질러 나가센도의 옛 길을 대략적으로 따라가면서 서쪽으로 방향을 돌렸다. 혼슈 열도의 척추골을 뒤덮고 있는 구름층 위로 더 이상 아무 것도 나타나지 않았다. 일본은 감추어져 있었다. 나는 화산들, 흐름을 이루는 침엽수들, 등껍질 같은 바위들, 영광스러운 폭포들과 강들, 톱니 모양 같은 해안, 섬들…을 짐작하고 있었다. 이는 바다 위로 이러한 온갖 형태들을 쏟아내 삶을 찬양한 창조에 대한 영감이었던 것이다. 꽃들 · 식물들 · 동물들 · 그림자들 그리고 빛들이 구름층 아래서 사방으로 퍼지고 있었고, 열정적인 결합들을 호소하고 있었다. 신성한 결합들을.

당시 나는 비행기 의자에 갇혀 나의 문화를 향해 되돌아가고 있었다. 그 문화는 당나귀 등에 앉아 보편에 따라 움직인 팔레스타인의 한 유대인(예수)을 스승으로 선택했다. 그는 "나의 왕국은 이 지상에 있지 않다"라고 선언했지만 들어주는 사람이 없었다.

끝없는 교토

시골에 등을 돌릴 때이다.

《수상록》(Ⅲ, 9).

이렇게 해서 내 여행의 마지막 단계를 위해 요시노로부터 온 열차는, 내부에서 보면 하늘로 뻥 뚫려 가볍지만 바깥에서 보면 난삽한 교토역으로 들어갔다.[47] 교토는 전쟁 중 폭격을 받지 않았는데, 이 도시의 오래된 거리들을 약탈하는 투기꾼들은 이 성도(聖都)를 둘러싼 언덕들 위에 건설된 사찰들과 신사들의 장식물을 보호하는 가미(신, 神)들에 의해 다행히 저지되고 있다. 나는 메이지유신 시대(1868)까지 천황의 거주지였던 황궁 앞으로 묵으러 간다. 이 황궁은 아직도 대관식 장소로 사용된다.

폴 클로델은 강력하게 분출한 시적 천재성을 부어넣은 그리스와 성서를 원료로 만든 훌륭한 칵테일 덕분에 일본을 가장 잘 이해했고 좋아했던 서양인들 가운데 한 사람이 되었다. 그의 가톨릭을 괴롭게 할 수도 있었건만 그는 신도(神道)에 대해서 아무런 편견도 없었다. "자연의 힘들을 찬양하는 데… 어떤 위험이 있겠는가?" 입 닥치시오!라고 클로델 할아버지가 소리친다. 내 말 잘 들어요. "그러니까 일본에서 초자연적 세계는

---

47) 〈끝없는 교토〉 앞에 위치한 〈기억 속에 잘려진 일본의 이미지들〉은 저자가 일본에 대해 간직해 온 이미지와 추억을 풀어낸 것이다. 따라서 시간상으로 보면 〈벚꽃의 정숙함〉에서 〈끝없는 교토〉로 이어진다. [역주]

자연 이외의 다른 것이 전혀 아니에요. 그것은 문자 그대로 초자연(la surnature)이며, 소리라는 현상이 의미작용의 영역 속에 이전되는 지대, 보다 높은 진정성이 있는 지대입니다. 그것은 자연의 법칙과 어긋나는 게 아니고 자연의 신비를 강조합니다. 종교의 모든 목적은 정신으로 하여금 항구적인 사물들에 대해 겸손하고 침묵하는 태도를 취하게 하는 것입니다"(《떠오르는 태양 속의 검은 새》). 뒤에 가서 그는 천황의 모습으로 나타난 상징적 힘을 찬양한다. "일본의 천황은 영혼처럼 현존한다. 그는 언제나 거기 있어 영속하는 그 무엇이다. 우리는 그가 어떻게 시작되었는지 모르지만, 그가 끝나지 않으리라는 것을 안다." 1929년에 씌어진 이 텍스트는 틀림없이 이전 세기와 마찬가지로 어리석을 이 세기 초에도 여전이 유효할 것이다.

천황제도가 시작된 이래로 일본의 천황은 자연과 굳게 결속되어 있다. 그는 자연의 숨겨진 떨림과 소통하고 자연의 숨결을 해독한다. 전통에 따르면 90명의 황제가 와카(전통 시)를 지었다 한다. 현재 천황의 배우자인 미치코 황후는 자연에 대한 사랑과 부드러움이 빛을 발하는 와카들을 짓고 있다. 예를 들어 보자.

대지

"한밤중에 일어나
대지의 향기에 매혹되어
나는 봄이 다가옴에 따라,

귀 기울이네

서리 뒤덮인 나뭇잎 소리에.”

매년 황궁의 조정은 도쿄에서 모든 일본인들이 참여할 수 있는 와카 경연대회를 연다. 심사 후 가장 훌륭한 시들은 천황 부부와 선택된 청중 앞에서 낭송된다. 이 의식(儀式)은 시간을 폐기하고 일본을 단 하나의 신체, 곧 두 부분으로 나누어진 5·7·5·7·7조 5행 시(서양이 심취한 하이쿠는 3행, 곧 열일곱 음절만을 포함하고 있다)의 부동의 리듬에 따라 살아 움직이는 신체로 만들어 준다. 그리하여 끔찍한 의례에 따라 여신 태양신의 후예가 산다는 ‘대나무 성벽’ 뒤에서 매년 봄이면 일본은 시를 통해서 자신의 신화적 과거와 다시 결합된다.

교토 북쪽으로 가모 강과 다카노 강이 만나는 합류점에서 멀지 않은 방대한 공원에 위치한 황궁은 부분적으로 비어 있지만 일본의 제3의 눈(目)과 같다.

일본의 정원을 추상적인 언어로 오염시키는 몰상식에서 벗어나야 한다. 또한 연속해서 두 개의 정원 이상을 방문하는 것도 피해야 한다. 게다가 정원을 **방문**해서는 안 되고 그것을 체험해야 한다. 이것은 기질을 따르는 유연성을 필요로 하는 일이다. 정원들은 잡아끌기도 하고 배척하기도 한다. 이럴 경우, 자전거를 타고 가모 강을 따라, 예쁜 교토 여성들이 시선은 창공에 둔 채 바람에 머리칼을 날리며 지나가는 모습을 찬양하러 가는 게 좋다. 사람들이 떠들어대는 젠(禪) 정원들로 말하면, 그것들을 형이상학적 정원으로 취급해서는 안 된다. 갈퀴로 깔끔하게 긁은 자갈 더미 위에 세워진 돌들이 들어선 이 폐쇄된 공간들보다 더 물리적인 것은 없다. 이것들은 다만 하나의 바다, 하나의 섬, 하나의 산을 나타낸다. 아무런 상징도 없으며, 반영물들이 있다. 침묵. 미사.

　나는 료안사(용안사, 龍安寺)[48]를 다시 보러 가지 않을 것이다. 사진기 뒤에 꼼짝 못하는 너무도 많은 방문객들과 해설들이 이곳의 떨림을 변질시켜 버렸다. 이 떨림은 아직도 존재하고 있지만 묻혀 있다. 하지만 우리가 상기해야 할 점은 사람들은 이 점에 관심을 가져야 할 것이다——이 정원에서 줄무늬진 자갈들 위에 세워진 열다섯 개의 돌 가운데 가장 중요한 것은 어떤 각도에서 보든 여전히 감추어진 채로 있는 돌이다. 사람들이 나무로 된 울타리를 따라 움직이면, 새로운 돌이 보이지 않게 된다. 교훈은… 스톱이다!

　방대한 불교 사찰 토오지사(동사, 東寺)에는 말하자면 일본 전문가인 베르나르 프랑크의 유해가 잠든 곳인데, 나는 자전거를 타고 이 절로 가는 도중에 어떤 정원에서 멈춘다. 이 정원에는 하나의 연못, 하나의 콤마 같은 섬, 하나의 정자, 오솔길들이 있으며, 이 오솔길들은 진달래 숲을 향해 올라가다가 다시 내리막길이고, 소나무들·단풍나무들·대나무들 사이로 구불구불 이어지며 그 끝에는 한 무더기 작약들이 있다.

---

48) 젠정원으로 유명하다.〔역주〕

우리가 교토에서 방문한 정원들 각각에 자기 존재의 한 조각을 남긴다면, 모자이크 모양의 얼굴이 저 아래쪽에 그려진다. 무질서하게 모인 입체적 돌들은 마지막 날의 조립공을 기다린다.

토오지사는 법당들·기도실들·식당들·연못들·정원, 그리고 만다라의 형상으로 배치된 스물한 개의 불상들을 모셔둔 강론실로 구성되어 있는데, 이 불상들 가운데 열다섯이 구카이 대사의 작품으로 간주되고 있다. 불상의 재현이 인도까지 나아갔던 그리스 예술로부터 왔다는 것을 상기하면 감동은 더욱 깊어진다.

어떤 불교 표현에 따르면 '바람과 먼지로,' 우리는 그렇게 만들어졌다. 의자에 앉아 있는 어린아이만이 한줌의 바람을 잡을 수 있다. 한편 먼지——혹은 재——로 말하면, 흙을 구워 만든 항아리에 그것을 보존하는 게 가능하다. 일본을 이해하고, 자신의 제자들에게 일본의 불교를 전수하는 데 일생을 바친 베르나르 프랑크를 나는 찬양했고 좋아했다. 그런 그에게는 자신의 가르침을 몸소 체험했던 학자의 겸손이 있었다. 그는 작업을 하다가 죽었다. 그의 내부에는 교양과 환상이 결합되어 있었다. 나는 그의 일본인 아내 준코가 들고 온 유해 항아리 앞에 무언지 알 수 없는 말로 기도를 하러 뇌유쉬르센에 간 적이 있었다. 화가인 그녀는 그 끝이 어딘지 모를 여행을 떠난 것처럼 하늘로 날아간 바위들을 자신의 화폭에다 배치해 놓았다. 항아리는 지금 토오지사의 한 건물 속에 보존되어 프랑크가 남긴 한줌의 재와 함께하는 보살들에 의해 보호받고 있다.

이어서 나는 묘신지(妙心寺)의 정원들로 향한다. 나는 두 개 이상의 정원은 방문해서는 안 된다!고 말한 적이 있다. 나는 어떤 꼬마 악마의 유혹에 못 이겨 타이조오인(퇴장원, 退藏院)[49] 에 있는 세 개의 정원을 방문한다. 비록 이것들 가운데 하나는 아주 작은 정원이지만, 나는 코카콜라로 갈증을 풀고 있기에 내 스스로에게 몽둥이질을 가해야 마땅하다. 나 자신을 변호하기 위해 내가 다시 이해한 것은 (하지만 이해할 필요가 있었던가?) 불교의 대사(大師)들이 구상해 낸 이 일본 젠정원들을 통해 인간의 역사에서 하나의 유일한 창조가 이루어졌다는 점이다. 양식(style)을 계속 창조해 가면서 그리스도 강생의 역사를 재현해 온 기독교 유럽의 화가들의 자극만큼이나 강렬한 자극이 상상된다. 이곳에서 정원의 예술가들은 양식을 계속 창조하면서, 역사 바깥에 존재하는 것 같은 창조를 재현해 왔다.

세로로 펼쳐진 한 정원에는 어디서 온 것인지 알 수 없는 장밋빛 꽃잎 하나가 자갈들 사이에 정지되어 있다. 바람이 가벼운 웃음의 그림자를 흔들고 있다.

이런저런 양식들의 목록이 작성될 수 있다. 그러나 흔히 계절의 유희는 누가 그런 양식들을 만들었는지를 지워 버렸다. 때때로 무릎을 꿇은 예술가들은 자신들의 사후(死後)에 정원에서 조금씩 나오게 될 반복적 운율에 대한 비전을 안고 나무들과 이끼들을 조합해 놓았다. 이러한 정원들은 박물관에 옮겨놓을 수 없고, 어떤 것들은 방문이 금지되어 있다. 수도승들만이 접근할

---

49) 묘신지에 속한 작은 절이다. [역주]

수 있는 이런 정원 하나를 둘러싸는 담장 뒤에 있어 보는 것도 경험이다. 현자는 잠을 자는 가운데서도 그렇게 빛을 발한다.

이쿠코와 나는 훤한 대낮에 정해진 시간에 다시 만났다. 우리는 교토의 북동쪽 언덕 위에 있는 시센도(詩仙堂, 시선당)[50]로 올라간다. 길을 따라 듬성듬성 있는 집들이 절제 있는 생울타리 뒤로 화려한 모습과 정원들을 감추고 있다. 우리는 이사가와 조잔(石川丈山)의 은거처로 가는 매우 가파른 오른쪽 계단을 오른다. 그는 적들의 육체로 하여금 붉은 피를 쏟아내 시든 모란처럼 땅에 흘리게 한 후 신비주의적인 시(詩)세계로 전향한 전사였다. 그는 중국의 시를 연구한 뒤 1636년에 자신의 마지막 열망에 맞는 마지막 거처를 짓게 했다. 그가 열망한 것들은 달을 찬양할 수 있는 정자 하나, 명상을 위한 젠정원 하나, 진달래꽃, 거대한 동백꽃·대나무·고사리·소나무로 이루어진 숲 사이의 이끼 위에서 무기에 익숙한 자신의 무거운 발걸음으로 산책하기 위해 아래쪽으로 낸 방대한 정원 하나였다. 노인들은 (예외적인 경우를 제외하곤) 상자에 숨겨놓기 위해 만들어진 족자에 중국의 먹으로 그려진 소나무 양식을 택했다. 차단막에 보호된 가운데 꽃이 활짝 핀 세 그루 모란은 순수한 침묵 속에서 이끼 위에 자신의 핏빛 꽃잎을 떨어뜨리기 전에는 아

---

50) "도쿠가와 정권의 무장이자 시인이었던 이사카와 조잔(石川丈山)이 은거하던 산장이다. 중국의 36시선(詩仙)의 상을 사방의 벽에 걸어 놓은 방이 있어서 시센도라고 한다. 흰 모래를 깔고 잘 다듬어 놓은 정원이 일품인데, 초겨울이 되면 조잔이 생전에 좋아했다고 하는 산다화(山茶花)가 흰 모래가 깔린 정원에 하얀 꽃잎을 날려 절경을 이룬다"《두산백과사전》).〔역주〕

무런 동정도 애원하지 않는다.

이사가와 조잔이 땅바닥에 떨어진 꽃잎들을 바라보고 있는데, 그의 내부에서는 어떤 열기——얼마나 대단한 추억인가!——가 올라온다. 그는 뒷짐을 지고 서 있다. 그는 젠정원 앞의 차를 마시는 정자에서만, 혹은 그의 열정의 대상이었던 중국 시인들의 작품을 읽기 위해서만 앉는다. 어떤 긴장을 통해서, 혹은 어떤 몰입을 통해서 이들 시인들과 대등할 수 있을 것인가? 봄이면 그는 그렇게 몸을 꼼짝하지 않고, 되살아나는 싸움의 추억들과 함께 여러 시간 동안 있을 수 있다. 그는 폭포 소리에 의해서도, 대나무 조각이 물이 차차마자 돌덩이 위로 떨어지면서 주기적으로 내는 건조한 소리에 의해서도 산만해지지 않는다. 대나무 조각은 비워진 채 새롭게 채워지기 위해 다시 올라간다. 모란들은 이와 같은 규칙성을 무시한다. 시(詩)처럼 그것들은 그것들에 고유한 시간에 속해 있다. 달이 뜨면서 어떤 새로운 꽃잎이 떨어질 것인가? 불확실한 일 가운데 인내.

방문객들은 이 은둔처를 지배하는 정자에 올라가는 게 허용되지 않는다. 상상력이 작동한다. 어떤 틀 속에서 나는 소나무들에 이어서 검은 천 같은 하늘에 의해 지탱되는 대지 위로 달이 떠오르는 것을 본다. 어김없이 시간을 지키는 달의 모습은 모란의 변덕을 쉬게 한다.

나는 젠정원 앞에 앉는다. 마루를 삐거덕거리게 하는 무리들의 소리를 더 이상 듣지 않을 수 있고, 모래 위의 하얀 선들, 아무 곳으로도 인도하지 않음으로써 힘을 얻고 있는 그 하얀 선들과 홀로 있을 수 있으며, 드러내야 할 아무런 신비도 지니지 않을 수 있고, 3세기 이상 전부터 영속되는 하나의 모습만이 될 수 있는 그런 힘을 찾아야 한다. 나는 어떤 각성의 전조인 몰입의 희망을 안고 그 선들을 응시한다. 그것들은 어떤 응결된 시간의 바다이다가… 나의 정신이 방해받은 것일까…? 나는 존경스러운 갈퀴가 수행한 작업을 파괴하는 어떤 노선을 구분해 낸다. 그것은 잔가지가 지나간 흔적처럼 가볍지만 불규칙적인 선이고 평소의 모래에서는 없는 엉뚱한 환상이 깃든 선이다. 예기치 않은 뜻밖의 일들이 바위들, 모래 더미 혹은 구부러진 선들로 구성된 젠정원의 매력 가운데 하나이긴 하지만, 갈퀴의 톱니들은 정연한 규율을 실행한다. 그런데 어떻게 그런 선이…?

대답은 담장 구멍 속에서 떨고 있는 작은 머리, 도마뱀의 머리 덕분에 나온다. 정원사가 배열해 놓은 모습에다 이 파충류가 남긴 추억은 붓이 어떤 풍경에 생명력을 부여하기 위해 덧붙이는 예기치 않은 터치라는 것을 그에게 어떻게 설명할 것인가? 나는 이렇게 일반화한다. 즉 나는 하늘의 기계적 움직임에 불만족한 어떤 예술가가 그처럼 지상의 삶을 흔들어 놓은 것이라고 상상한다. 또한 나는 우리가 현재 있는 지점에서 새로운 터치가 필요하리라 생각한다. 시샘을 없애고 욕망을 단념하는 것이다. 욕망한다는 것은 우리가 별을 응시하는 일을 멈출 때 우리 안에 깃드는 충동이고, 메워야 할 결여이다.

각각의 창조자는 이런 필요성, 즉 두 눈을 감고 잃어버린 별을 응시하며 그것의 찬란함을 되찾아야 할 필요성에 의해 자극을 받고 있다. 결국 그는 종이 위에, 화폭 위에, 악보 위에, 신체 위에 그것을 표현해 내게 될까? 마침내 그는 별을 함께 나누게 할 수 있을까?

"울타리에
활짝 핀 꽃들 사이로
나비 한 마리가 날아다니네.
오! 그와 함께하고 싶은 마음,
참으로 덧없네.

사이교.

모래의 그림들에 마음이 팔려 우리는 시간을 망각했다. 태양은 이제 하늘 높이 떠 있다. 우리는 경사진 작은 길들을 걸어서 동쪽으로 간다. 하치다이 사당은 매우 숭앙되는 미야모토 무사시를 기념하여 건축된 것이다. 그는 무술의 가장 위대한 스승들 가운데 하나로서 무술에 관한 고전적인 저서 《고린쇼(五輪書)》의 저자이다. 뿐만 아니라 그는 무로마치 시대의 수묵화 화가이다. 검과 붓을 결합시킨 그의 업적은 가부키[51]의 무대와 소설들에서 찬양되었는데, 많은 영화를 낳았고(많이 성공했다) 그 가운데 어떤 것들은 이 신사에서 촬영되었다. 무사시는 성녀 잔다르크가 서양의 기사도상 하나를 나타내듯이 일본의 기사도 정신을 나타낸다. 내적인 적(영혼을 분열시키는 자, *dia bolos*)과 검을 통해 외적인 적을 동일한 열정으로 쳐부수는 행위는 이 시대의 분위기가 좋아하는 것과는 달리, 달콤하고 감상적인 그런 도덕이 아니다. 이것이 그것의 토대와 생명력을 켈트족들에서 일본인들까지, 모세에서 율리시스·랜슬롯 혹은 마호메트까지 여러 문화들을 통해서 이해해야 하는 또 하나의 이유이

---

51) 에도 시대에 시작된 일본의 전통 연극이다. 〔역주〕

다. 사람들은 그것이 멀리서 되돌아오기를 기다리고 있고, 그
것의 모조품들 앞에서 검을 뺀다.

　정념의 지배를 결코 막은 적이 없는 대나무 숲으로 보호된
화려한 저택들이 있는 이 언덕 위에서 우리는 다시 걷기 시작
한다. 사람들이 이해했듯이, 일본인들은 그들의 사회적 규범이
지닌 엄숙함 뒤로는 유령들을 필요로 하고 있다. 차 마시는 정
자에서 고요한 의식(儀式)은 얼마나 인간이 부글부글 끓는 마
그마를 지니고 있는지를 잠시 잊게 해준다.

　"이 절에 들어가 봅시다." 유령들과 화산들의 문제를 헌신이
란 말을 통해 해결한 이쿠코가 제안한다. 20여 명의 승려들이
살고 있는 이 불교 사찰은 수집가처럼 이곳저곳을 방문하는 자
들을 위한 것이 아니다. 이쿠코가 주지 스님을 알고 있기 때문
에, 우리는 허가받아 하얀 공간들을 이동하고 창호지 문들을 열
어가면서 산책을 한다. 회색 법복을 입은 수도승들은 눈을 아
래로 깔고 살며시 움직이고 있다. 우리는 벽에 아무것도 없는
어떤 방의 가장자리에 앉는다. 이 방은 모래 · 꽃 · 식물로 이루
어진 정원을 향해 있고, 정원은 반원 형태의 벽으로 둘러쳐져
있다. 석양이 붉은 진달래꽃에 노란빛을 띠게 하고, 갈퀴질로
이루어진 모래 고랑들에 회색빛 먹의 선들을 부여하고 있다.
이 공간의 광물적인 물결은 죽음을 길들이고 있다. 우리처럼 심
연에 복종하면서 자신들의 조화를 통해 구원받는 돌과 꽃을 받
아들이고 사랑하면 되는 것이다. 인간이 이것을 기억하게 되는
것은 어떤 작품에 대한 희망을 안고 흙을 반죽하게 될 때이다.

나는 모래 속으로 뛰어들어 완벽하게 늘어선 줄들을 파괴하고 발길질로 원초적인 혼돈을 되찾도록 나를 자극하는 충동을 억제하기 위해 정원 앞에서 미닫이문틀을 잡고 늘어진다.

우리 뒤에서 나는 발소리가 마룻바닥을 삐거덕거리게 하다가 멈춘다. 나는 자신의 정원과 마주하고 있는 낯선 두 사람을 발견하는 수도승의 놀라움을 짐작한다. 정원은 그에게 영속성과 계절들을 말하지만, 무례한 것을 결코 말하지 않는다. 그는 우리 쪽으로 다가와서 다시 우리 등 뒤에 멈춘다. 그의 숨소리가 들린다. 우리는 돌처럼 냉정하게 있다. 그는 우리를 없애고 싶은 생각을 할 수도 있을 것이다. 그는 떠나간다. 이쪽저쪽으로 문이 미끄러지는 소리, 정령들을 끌어들이기 위한 것인 양 나무 발판들이 삐걱거리는 소리가 들린다. 그림자들이 저 안쪽의 숲에다 동굴 같은 모습들을 파놓았고, 모래는 폭풍이 몰아치는 하늘의 검은색이 되었다. 이쿠코와 나는 함께 일어선다. 떠날 때가 되었다는 것을 상대방에게 알리기 위한 말 한마디 동작 하나 없었다. 그림자들이 떠나라는 합의를 주었던 것이다.

밤이 왔을 때 우리는 조용히 교토를 향해 다시 내려간다. 우리 앞에 도시의 불빛들이 나타난다.

우리가 헤어지려고 할 때 이쿠코는 묻는다.

"저 언덕에서 걸을 때 당신이 좋아했던 것은 무엇입니까?"

"시센도에서 본 도마뱀의 흔적이었죠."

역자 후기

　역자가 이 책의 저자인 올리비에 제르맹 토마를 만난 것은 2008년 6월 일본의 아키타대학에서 열린 앙드레 말로 국제학술대회 때였다. 그는 소설가 · 작가 · 여행가이지만, 또한 소설과 에세이 등을 통해 동양에 대한 깊은 관심과 탐구를 펼쳐냈던 앙드레 말로 전문가이기도 하다. 학술대회 때만 해도 역자는 이 저자를 그렇게 잘 알지 못했는데, 그가 본서를 통해 2007년 르노도상 에세이 부문을 수상했다는 다른 동료의 언질을 받았다. 뿐만 아니라 이 책이 프랑스에서 많이 팔리고 있는 베스트셀러라는 사실도 알게 되었다. 그리하여 저자에게 번역을 해볼 생각이 있다고 했더니 그는 귀국해 역자에게 이 책과 한국 여행에 할애된 《붓다를 향한 길》을 보내 주었다. 역자는 두 권을 다 읽어보았는데, 대상을 수상한 이 책을 먼저 번역 소개하는 게 낫다고 판단해 번역에 착수했다. 《붓다를 향한 길》은 우리나라에서 해인사 등 사찰들의 방문에 얽힌 이야기, 법정 스님과 현각 스님, 그리고 미지의 여승 등을 만난 에피소드와 대화 내용, 불교에 대한 명상을 담아내면서 현실과 상상을 넘나드는 독특한 글쓰기를 보여주고 있다.

　본서에서 저자는 인도의 바라나시에서 시작해 일본의 교토까지 육로와 해로를 통해 불교의 발자취를 더듬는 순례적 여행의 모험과 종교적 사색을 펼쳐내고 있다. 하지만 그는 각 나라마다 불교와 여타 종교들의 관계는 물론이고 문화와 예술도 심도 있게 다루어 많은 읽을거리를 제공하고 있다. 예컨대 인도는 불교의 발상지인데도 불교도보다는 힌두교도가 아직도 절대 다수를 차지하고 있다. 따라서 그는 불교에서 힌두교와 이슬람 문화까지 아우르는 폭넓은 지적 울림을 드러내고 있다. 야무나 강에서 성스러운 목욕을 하는 한 가족의 풍경, 그리고 에로스와 신성함의 만남으로 열려지는 이 책의 시작은 종교성에 굶주린 독자에게 신선한 자극을 주면서 다가온다. 또 태국·라오스·베트남을 거쳐 중국에 이르면, 중국의 도가 사상과 불교, 그리고 문학·회화·풍경 등 풍부한 문화유산과 미래 등, 동양 전문가인 서양 미학자의 눈에 비친 이 거대한 제국의 보물(寶物)들이 잔잔하게 독자의 눈을 사로잡는다. 불교의 마지막 종착점인 일본에서는 일본의 신도(神道)와 불교와의 관계, 일본의 유명 사찰들·신사(神社)들·정원들에 대한 성찰, 벚꽃 축제·사시미·게이샤에 대한 단상, 명상 체험, 일본 여인과의 사랑의 에피소드 등이 저자의 미적 감성과 어우러져 아름다운 시적 서정을 표출해 내고 있다. 물론 여기에는 아시아가 서양화되면서 겪고 있는 혼란과 아쉬움, 따끔한 질책도 빠지지 않고 있다.

사실 저자도 인정하고 있듯이, 서양에서 기독교는 종교만이 지니고 있는 깊이와 힘을 상실한 지 오래되고 물질문명에 오염되어 제구실을 하지 못하고 있는 게 현실이다. 21세기는 '정신적 세기' 혹은 '정신의 르네상스'가 다가오는 세기로 이야기된 적이 있다. 아시아는 서구가 잃어버린 정신 세계를 아직도 간직하고 있다고 생각하는 서양 지식인이 적지 않다. 그런 지식인의 한 사람으로서 올리비에 제르맹 토마는 서양이 상실한 종교적 정신과 빛을 찾아 인도에서 일본까지 불교의 이동 경로를 추적하면서 동양에 대한 참신한 빛을 던져 주고 있다.

서양인의 눈에 비친 아시아의 정신적 풍경은 우리가 바라보는 것과는 사뭇 다르다 할 수 있다. 그가 아시아를 여행하고 꿈꾸면서 전하는 애정 어린 메시지를 독자와 함께 나누고자 한다.

2009년 6월 김 웅 권

김웅권
한국외국어대학교 불어과 졸업
프랑스 몽펠리에3대학 불문학 박사
한국외국어대학교 학술연구교수
한남대학교 사회문화대학원 문학예술학과 객원교수역임
학위 논문: 《앙드레 말로의 소설 세계에 있어서 의미의 탐구와 구조화》
저서: 《앙드레 말로―소설 세계와 문화의 창조적 정복》
《말로와 소설의 상징시학》《앙드레 말로의 문학 세계》
논문: 〈앙드레 말로의 《왕도》에 나타난 신비주의적 에로티시즘〉
(프랑스의 《현대문학지》 앙드레 말로 시리즈 10호),
〈앙드레 말로의 《인간 조건》에서 광인 의식〉(미국 《앙드레 말로 학술지》 27권),
〈동양: '정신의 다른 극점,' A. 말로의 아시아의 3부작에 나타난 상징시학을
중심으로〉
(미국 《앙드레 말로 학술지》 34권) 외 20여 편
역서: 《천재와 광기》《니체 읽기》《상상력의 세계사》《순진함의 유혹》
《쾌락의 횡포》《영원한 황홀》《파스칼적 명상》《운디네와 지식의 불》
《진정한 모럴은 모럴을 비웃는다》《기식자》《구조주의 역사 Ⅱ · Ⅲ · Ⅳ》
《미학이란 무엇인가》《상상의 박물관》《그라마톨로지에 대하여》
《어떻게 더불어 살 것인가》《과학에서 생각하는 주제 100가지》
《에로티시즘을 즐기기 위한 100가지 기본 용어》《푸코와 광기》
《실천 이성》《서양의 유혹》《중세의 예술과 사회》《중립》《목소리의 結晶》
《S/Z》《타자로서 자기 자신》《밝은 방》《외쿠메네》《몽상의 시학》
《글쓰기의 영도》《재생산에 대하여》《행동의 구조》
《엠마누엘 레비나스와의 대담》《도미니크》《꿈꿀 권리》《촛불의 미학》
《이미지와 해석》《마르셀 모스, 총체적인 사회적 사실》 등 40여 권

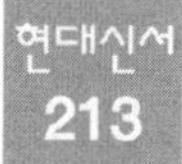

동방 순례

초판발행 : 2009년 7월 10일

東文選
제10-64호, 78. 12. 16 등록
110-300 서울 종로구 관훈동 74번지
전화 : 737-2795

편집설계 : 李姃룡

ISBN 978-89-8038-656-7 04860

東文選 現代新書 81

영원한 황홀

파스칼 브뤼크네르

김웅권 옮김

"당신은 행복해지기 위해 사는가?"

당신은 왜 사는가? 전통적으로 많이 들어온 유명한 답변 중 하나는 "행복해지기 위해서 산다"이다. 이때 '행복'은 우리에게 목표가 되고, 스트레스가 되며, 역설적으로 불행의 원천이 된다. 브뤼크네르는 그러한 '행복의 강박증'으로부터 당신을 치유하기 위해 이 책을 썼다. 프랑스의 전 언론이 기립박수에 가까운 찬사를 보낸 이 책은 사실상 석 달 가까이 베스트셀러 1위를 지켜내면서 프랑스를 '들었다 놓은' 철학 에세이이다.

"어떻게 지내십니까? 잘 지내시죠?"라고 묻는 인사말에도 상대에게 행복을 강제하는 이데올로기가 숨쉬고 있다. 당신은 행복을 숭배하고 있다. 그것은 서구 사회를 침윤하고 있는 집단적 마취제다. 당신은 인정해야 한다. 불행도 분명 삶의 뿌리다. 그 뿌리는 결코 뽑히지 않는다. 이것을 받아들일 때 당신은 '행복의 의무'로부터 해방될 것이고, 행복하지 않아도 부끄럽지 않게 될 것이다.

대신 저자는 자유롭고 개인적인 안락을 제안한다. '행복은 어림치고 접근해서 조용히 잡아야 하는 것'이다. 현대인들의 '저속한 허식'인 행복의 웅덩이로부터 당신 자신을 건져내라. 그때 '빛나지도 계속되지도 않는 것이 지닌 부드러움과 덧없음'이 당신을 따뜻이 안아 줄 것이다. 그곳에 영원한 만족감이 있다.

중세에서 현대까지 동서의 명현석학과 문호들을 풍부하게 인용하는 저자의 깊은 지식샘, 그리고 혀끝에 맛을 느끼게 해줄 듯 명징하게 떠오르는 탁월한 비유 문장들은 이 책을 오래오래 되읽고 싶은 욕심을 갖게 한다. 독자들께 권해 드린다.　　　　　　　— 조선일보, 2001. 11. 3.

東文選 現代新書 44,45

쾌락의 횡포

장 클로드 기유보

김웅권 옮김

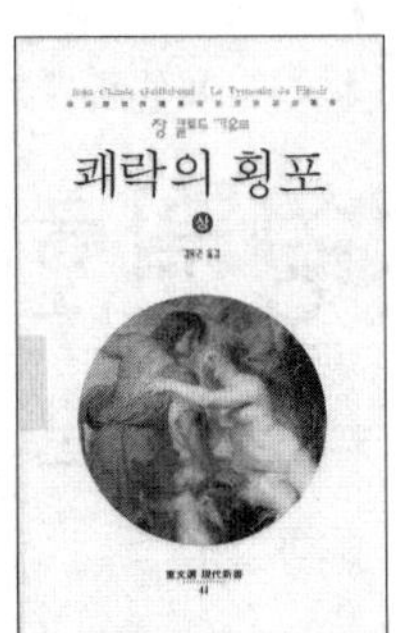

섹스는 생과 사의 중심에 놓인 최대의 화두 가운데 하나라고 할 수 있다. 성에 관한 엄청난 소란이 오늘날 민주적인 근대성이 침투한 곳이라면 아주 작은 구석까지 식민지처럼 지배하고 있는 것이다. 이제 성은 일상 생활을 '따라다니는 소음'이 되어 버렸다. 우리 시대는 문자 그대로 '그것' 밖에 이야기하지 않는다.

문화가 발전하고 교육의 학습 과정이 길어지면 길어질수록 결혼 연령은 늦추어지고 자연 발생적 생식 능력과 성욕은 억제하도록 요구받게 되었지 않은가! 역사의 전진은 발정기로부터 해방된 인간을 금기와 상징 체계로부터의 해방으로, 다시 말해 '성의 해방'으로 이동시키며 오히려 반문화적 현상을 드러내고 있다. 저자는 이것이 서양에서 오늘날 일어나고 있는 현상이라고 말한다. 서양에서 60년대말에 폭발한 학생 혁명과 더불어 본격적으로 시작된 '성의 혁명'은 30년의 세월을 지나 이제 한계점에 도달해 위기를 맞고 있다. 성의 해방을 추구해 온 30년 여정이 결국은 자체 모순에 의해 인간을 섹스의 노예로 전락시키며 새로운 모색을 강요하고 있는 것이다. 인간은 '섹스의 횡포'에 굴복하고 말 것인가?

과거도 미래도 거부하는 현재 중심주의적 섹스의 향연이 낳은 딜레마, 무자비한 거대 자본주의 시장이 성의 상품화를 통해 가속화시키는 그 딜레마를 어떻게 극복할 것인가? 저자는 역사 속에 나타난 다양한 큰 문화들을 고찰하고, 관련된 모든 학문들을 끌어들이면서 폭넓게 성 문제를 조명하고 있다.